KB272707

드래곤 체이서

드래곤 체이서 2부 2
최영채 판타지 장편 소설

초판 1쇄 찍은 날 § 2005년 8월 8일
초판 1쇄 펴낸 날 § 2005년 8월 18일

지은이 § 최영채
펴낸이 § 서경석

편집장 § 문혜영
편집 § 장상수 · 서지현 · 최하나

펴낸곳 § 도서출판 청어람
등록번호 § 제1081-1-89호
등록일자 § 1999. 5. 31
어람번호 § 제1-0621호

주소 § 경기도 부천시 원미구 심곡1동 350-1 남성B/D 3F (우) 420-011
전화 § 032-656-4452   팩스 § 032-656-4453
http://www.chungeoram.com
E-mail § eoram99@chollian.net

ⓒ 최영채, 2005

ISBN 89-5831-663-2 04810
ISBN 89-5831-661-6 (SET)

드래곤 체이서

2부

최영채 판타지 장편 소설

2

제국 아카데미에서의 생활

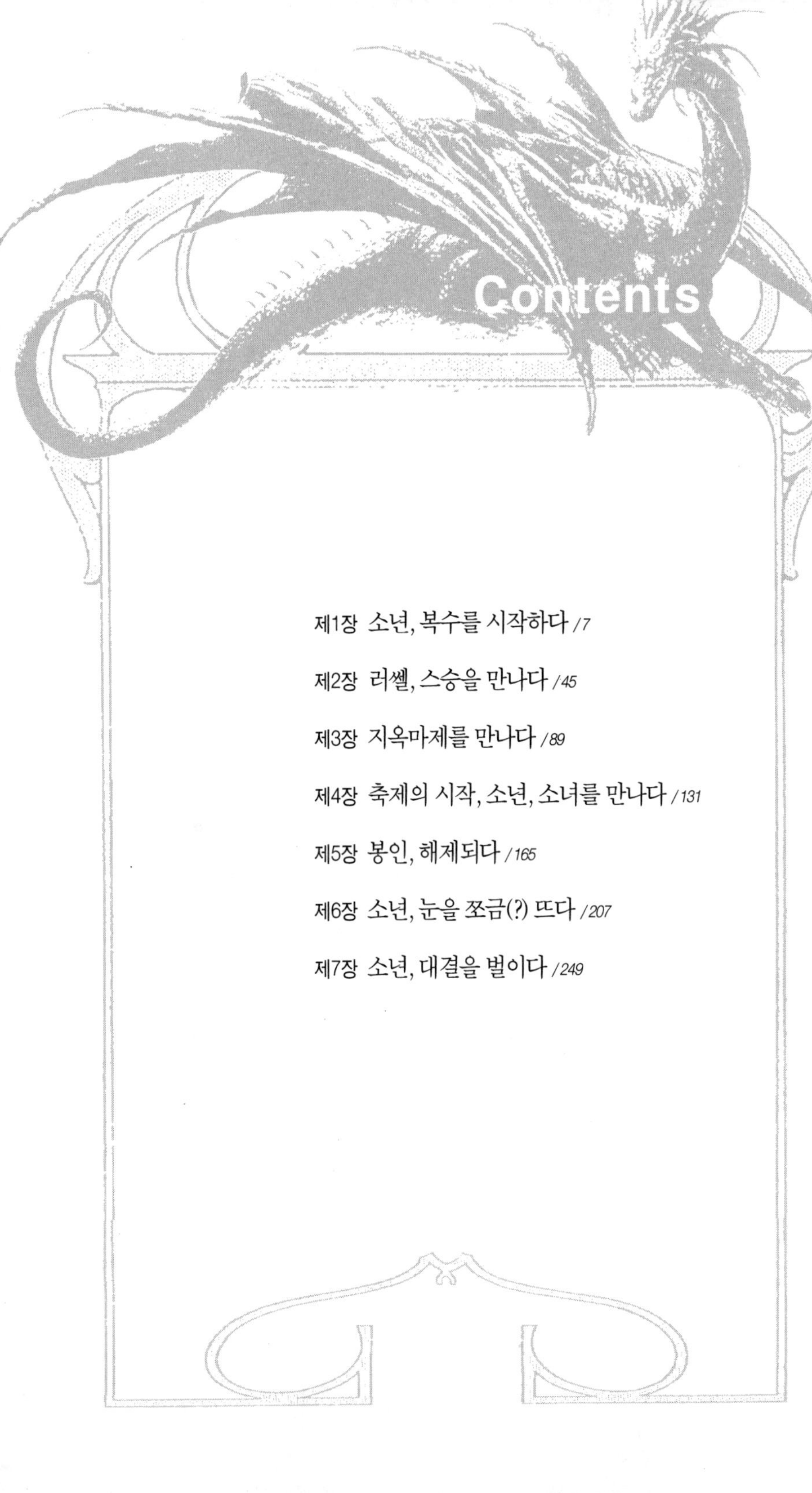

Contents

제1장
소년, 복수를 시작하다

소년, 복수를 시작하다

휙! 휙! 휙!

목검이 어두운 허공을 가를 때마다 소름 끼칠 정도로 날카로운 바람을 가르는 소리가 들렸지만 검을 휘두른 이는 뭐가 마음에 들지 않는지 길게 한숨을 쉬었다.

"아니야, 이게 아니란 말이야. 어쩌면 내 팔인데도……. 휴우~ 이렇게밖에 못 움직이나?"

카렌은 자신의 의도와는 달리 전혀 엉뚱한 흔적을 남기는 목검의 궤적에 한숨밖에 나오지 않았다.

지난 몇 개월 동안 정말 죽어라고 연습하고 연습하며 또 연습을 했다.

오른손은 묶어두고 왼손만을 사용하면서 조금이라도 익숙해지기 위해 모든 일을 왼손 하나만으로 해왔다. 하지만 결과는 전과 비교해 조금도 나아지지 않고 있었다. 단순히 좌우를 뒤집어 휘두르는 것과는 다른 뭔가가 있었다.

사실 현재 그가 연습하고 있는 것은 복잡할 것이 하나도 없었다.

그저 수직 베기와 수평 베기, 그리고 좌우 사선 베기를 번갈아 하면 되는 것이었다.

우에서 좌로 수평 베기, 좌상단에서 우하단으로 사선 베기, 우상단에서 좌하단으로 사선 베기, 상단에서 하단으로 수직 베기, 좌하단에서 우상단으로 사선 베기, 우하단에서 좌상단으로 사선 베기, 하단에서 상단으로 수직 베기. 동작은 이 여덟 가지 베기 동작이 전부였다. 하지만 아무리 연습을 해봐도 동작들이 전혀 매끄럽게 연결되지 않았다.

대체 어디에 문제가 있을까 아무리 생각해 봐도 도무지 알 수가 없었다.

그래도 그동안의 훈련으로 한 가지 소득이 있었다면 아버지가 가르쳐 준 댄싱 쉐도우 스텝—무영보(舞影步)—의 두 가지 스텝 가운데 댄싱 스텝을 어느 정도 깨달았다는 점이었다.

댄싱 스텝의 대단함은 익히면 익힐수록 자신이 마치 한줄기 바람으로 변한 듯 자유자재로 움직일 수 있는 범위가 점점 늘어난다는 점이었다.

처음 3미터의 범위도 제대로 움직이지 못하던 자신이 지금은 거의 방원 7미터 이내에서는 어떤 공격도 피할 자신도, 또 어떤 방향으로든 공격할 수 있을 것 같은 자신도 생겼다. 또 손목과 발목에 차고 있는 파워 밴드에도 벌써 두 개씩의 추가 들어 있었다.

모든 것이 이전과 비교해 조금씩 나아지고 있었지만 왼손의 사용이나 활용만큼은 좀처럼 익숙해지지 않고 있었다. 낙심한 카렌이 아무렇게나 훈련용 목검을 내려놓고, 털썩 지면에 주저앉아 힘없이 한숨을 내쉬었다.

"꼬마야, 왜 안 자고 세상 살 날이 얼마 남지 않은 늙은이처럼 한숨이냐?"

신경질적으로 고개를 돌리던 카렌의 눈에 들어온 사람은 입학 면접을 볼 때부터 자신에게 시비를 걸었던 카약스란 소년이었다. 카약스의 등장에 카렌은 한숨부터 나왔다. 왜 자신 주위에는 자신을 귀찮게 만드는 인간들이 이렇게 많은 것인지 도무지 이해가 되지 않았다.

"까불지 말고 꺼져."

역시 만만치 않은 꼬마였다. 하지만 건드릴 때마다 즉각적인 반응을 보이는 것이 역시 시비를 거는 재미를 느끼게 하는 녀석이었다.

"쯧쯧쯧, 꼬마야. 형님께는 공손하게 말을 해야지."

마치 어린 동생을 타이르듯 말하는 카약스의 태도에 카렌은 같잖은 생각이 들었지만 지금은 그에게 신경 쓸 여력도, 또 그러고 싶은 마음도 없었다. 카약스에게 신경 쓸 시간이 있으면 왼손으로 목검을 휘두를 때 목검의 궤적이 왜 그렇게 흔들리는지 그 이유를 알아보는 것이 더 유익할 것이다. 따라서 카렌은 곁에서 떠들어대는 카약스에게는 신경도 쓰지 않은 채 검의 궤적이 흔들리는 이유에 대해 고민하기 시작했다.

카렌이 자신의 말은 들은 척도 하지 않은 채 생각에 빠지자 카약스는 은근히 열이 오르는 것을 느껴야 했다. 아무리 좋게, 또 귀엽게 생각하려고 해도 자신을 무시하는 모습을 보는 것은 정말 짜증나는 일이었다.

카약스가 얼굴을 일그러뜨리며 앞으로 나서려는 순간 뒤에서 굵은 음성이 들렸다.

"거, 거기 서!"

돌아보니 이 꼬마와 항상 같이 다니는 거구였다. 그렇지 않아도 몬스터처럼 꽝장했던 근육들은 그동안의 훈련 때문인지 더욱 우람하게 변해 있었다.

"어라? 이게 누구야? 꼬마 녀석의 부하 아니야?"

"나, 난 부하 같은 게 아, 아니야."

더듬거리며 입을 연 사람은 다름 아닌 러셀이었다.

그런 러셀을 카약스는 비웃음이 가득한 얼굴을 하며 입을 열었다.

"부, 부하가 아, 아니면 네 주, 주인님이냐?"

"아, 아니야. 난 카렌과 친구란 말이야."

자신의 말투를 흉내 내는 카약스의 말에 러셀의 얼굴은 수치심과 분노로 인해 당장 벌겋게 변했다. 카약스를 무시하려던 카렌은 뜻하지 않게 자신 때문에 러셀이 곤경에 처한 모습을 발견하고는 더 이상 자신만의 생각에 빠져 있을 수 없었다.

자리에서 일어난 카렌은 잔뜩 흥분해 있는 러셀의 등을 두드리며 그를 진정시켰다.

"러셀, 저깟 녀석 때문에 흥분할 필요 없어."

"카, 카렌. 난, 난……."

"알아, 러셀. 난 너의 친구야."

카렌의 대답에 러셀의 얼굴에는 당장 감동의 물결이 파도쳤다. 확실히 러셀은 감정 변화가 너무 급격했다. 좋게 말하면 순진한 거지만 나쁘게 말하면 너무 단순했다.

러셀에게 있어 카렌은 하늘이 자신에게 보내준 살아 있는 천사였다.

경기장에서 쓰러져 있던 아버지를 도와준 것도 카렌이었고, 그의 치료비와 자신의 아카데미 입학금과 학비, 그리고 무엇보다도 자신에게 글을 가르쳐 준 사람이 바로 카렌이었다.

비록 지금은 자신이 카렌을 도울 그 무엇도 가진 것이 없지만 나중에, 자신이 그를 도와줄 위치와 능력을 가지고 있고, 또 만약 자신의 도움을 필요로 한다면 자신이 가진 모든 것을 동원해 그를 도와주리라 새삼스럽게 결심을 했다.

이런 러셀의 생각과 결심은 카렌이 은혜를 베풀었기 때문에 보답을 한다는 차원이 아니라 카렌이 원한다는 그 이유 하나만으로 그런 행동을 하는 것이 당연하다는 어떤 절대적인 사명감을 느끼기 때문이었다.

지금만 해도 카약스의 말에 극도의 분노를 느꼈지만 카렌의 말 한마디에 그렇게 끓어올랐던 분노가 금세 가라앉았다. 이런 자신을 자신이 생각해도 조금 이상했지만 만약 카렌이 자신을 싫어하지만 않는다면 평생 카렌과 함께하고 싶다는 생각이었다.

"놀고 있네. 꼬마야, 오늘은 이만 가겠지만 앞으로 이 형님을 보면 꼬박꼬박 인사해야 한다. 그렇지 않으면 이 형님이 혼내줄 테니까 말이다. 하하하."

한줄기 웃음을 남기며 카약스는 어둠 속으로 사라졌고, 한동안 카약스의 뒷모습을 노려보던 두 소년은 카약스가 떠나고 나서야 바닥에 그대로 주저앉았다.

"카, 카렌, 지금까지 계속 여, 연습했던 거야?"

"그게… 후우~ 왼손으로 연습을 한다는 게 생각처럼 쉽지가 않아. 분명히 머리 속으로는 어떻게 하면 되겠다는 걸 알겠는데 막상 해보면 몸이 생각처럼 움직이질 않아."

"호, 혹시 팔이나 다리에 찬 파워 밴드 때문은 아닐까?"

"파워 밴드?"

"그래, 파워 밴드. 팔과 다리에 각각 2킬로그램씩 추가 들어 있잖아. 평소 움직이던 팔의 무게가 아니라서 아직 몸이 적응하지 못한 것 아닐까?"

무심코 고개를 끄덕이던 카렌은 방금 러셀이 전혀 말을 더듬지 않았다는 것을 떠올리고는 환한 웃음을 지었다.

"러셀, 드디어 효과를 보기 시작했구나!"

"효과? 무슨 효과?"

"말하기 연습한 것 말이야. 방금 말을 하나도 더듬지 않았단 말이야."

"내, 내가?"

말을 더듬지 않았다는 카렌의 지적을 듣는 순간 러셀은 다시 말을 더듬기 시작했다.

그 모습을 지켜보던 카렌은 아무 일도 아니라는 듯 러셀의 어깨를 두드렸다.

"내가 볼 때 말을 더듬는 증상은 상당히 나은 것 같아. 조금 전처럼 본인이 의식하지 못했을 때는 전혀 말을 더듬지 않았거든. 그러니까 앞으로도 성격을 조금은 느긋하게 먹고, 또 책을 소리 내서 읽는 연습도 계속하면 아마 곧 좋은 효과를 볼 수 있을 거야."

"저, 정말 그, 그럴까?"

"그럼, 당연하지. 날 믿어. 날 믿을 수 있겠지?"

"믿어. 카, 카렌의 말이라면 무엇이든."

러셀의 대답은 단호했다.

자신의 말이라면 무조건 믿는 러쎌의 모습에서 기쁨도 느꼈지만 그런 반면 책임감 역시 느끼는 카렌이었다. 비록 나이는 한 살밖에 차이가 나지 않지만 비슷한 또래인 카렌이 보기에도 러쎌은 너무나 순진했다.

하기야 지금까지 산속에서만 살았다니 이해가 되지 않는 것도 아니었지만 한 번 만들어진 사람의 성격이 그렇게 쉽게 바뀌지 않는다는 것이 바로 러쎌의 문제였다. 이 상태 그대로 제국 아카데미를 졸업하게 된다면 틀림없이 누군가에게 이용당하고 말 것이 분명했다.

"카렌."

"응?"

"문제가 잘 풀리지 않으면 그 문제를 잘 아는 사람에게 배워보는 것은 어때?"

"잘 아는 사람? 누구?"

"왼손잡이."

러쎌의 말에 카렌은 아차 하는 생각이 들었다. 왜 그런 생각을 미처 못했는지 자신의 어리석음을 탓하는 카렌이었다. 러쎌이 비록 단순하다고 할 정도로 어수룩하고 순진한 것은 사실이지만 자신보다는 훨씬 틀에 얽매이지 않은 사고를 가지고 있었다.

"혹시 왼손을 쓰는 사람들 가운데에서 아는 사람 있어?"

"발트너 알아?"

"발트너? 아~ 그 말라깽이 발트너 말이야?"

"응, 내가 봤는데 발트너가 왼손잡이였어."

"그래?"

자신의 말이 카렌에게 도움이 되었다는 사실에 밝은 미소를 짓고 있는 러셀과는 달리 반문을 한 카렌은 조금은 난처한 표정을 지었다.

그도 그럴 것이 누구보다 비사교적인 성격의 소유자가 바로 방금 거론된 발트너란 소년이었다. 또 발트너는 카렌과도 그리 반갑지 않은 인연으로 맺어진 소년이었다. 면접 당시 카렌과 카약스가 말다툼을 벌일 때 두 소년에게 경고를 보냈던 깡마른 소년이 바로 발트너였기 때문이었다.

비록 지금은 다른 조에 속해 있지만 다른 사람과는 전혀 어울리지 않는 성격 때문에 지금은 같은 조원에게도 경원당하는 처지란 말을 언뜻 들은 적이 있었다.

"혹시 지금 발트너가 어디 있는지 알아?"

"아마 연병장에서 개인 훈련을 하고 있을걸?"

제국 아카데미에서 저녁 식사 후부터 취침 시간까지는 휴식 시간이었다.

아카데미의 영역을 벗어나지만 않으면 무엇을 하든 아카데미의 수뇌부에서는 모두 허용을 해주었다. 하지만 오전, 오후의 고된 훈련을 한 학생들은 대부분 쉬거나 잠을 자기에 바쁠 뿐 카렌처럼 개인 훈련을 하는 학생은 그야말로 극소수에 불과했다.

"그래? 알았어. 그런데 쉬지 않고 왜 나왔어?"

"나? 카렌이 방에 돌아오지 않아서 찾으러……."

쑥스러운 듯 얼굴을 붉히며 대답하는 러셀의 태도에 씨익 미소를 지은 카렌은 그의 어깨를 두드려 주었다.

"그럼 나랑 같이 훈련할까?"

"훈련?"

카렌의 말에 러셀의 얼굴에는 곧 따분하다는 표정이 떠올랐다.

개인 훈련이라고 해봐야 아직은 1학년 과정이기에 교관들이 가르쳐 준 몇 가지 안 되는 단순한 목검 휘두르기가 대부분이었기 때문이다.

검술을 모르는 학생들을 가르치기 위해 만들어진 동작이기에 단순하고 쉽기는 했기만 너무나 간단했기 때문에 동작을 모두 기억하는 학생들 대부분은 벌써부터 지겨워하고 있었다. 물론 러쎌도 그렇기 때문에 따분하다는 표정을 지은 것이다.

그런 러쎌의 마음을 읽었는지 카렌은 은근한 음성으로 입을 열었다.

"이건 아버지가 나에게 가르쳐 준 격투기인데… 한 번 배워볼래?"

"격투기? 어떻게 하는 건데?"

카렌의 아버지가 소드 마스터란 사실은 이미 들어서 알고 있었지만 검술이 아닌 격투기란 말에 잘 이해가 되지 않는지 고개를 갸웃거리는 러쎌의 귀여운(?) 모습에 카렌은 웃음이 터지려는 것을 억지로 참아야만 했다.

하긴 그런 러쎌의 태도도 이해가 되는 것이 현재 뮤란 대륙에는 검을 제외한 다른 무기를 다루는 기술은 전혀 발전이 되어 있지 않은 상태였다. 그렇기에 세인들이 말하는 소위 마스터의 경지에 도달한 사람은 모두 검술을 익힌 사람들뿐이었다.

"쉽게 말하자면 주먹과 발을 쓰는 기술이야."

"주먹하고 발? 발을 어떻게 쓴다는 거야?"

"그러니까 그게 뭐냐 하면… 에고, 어려워라. 에라, 모르겠다. 설명하기 힘드니까 직접 한 번 겨뤄보자."

"겨뤄? 나하고 카렌하고?"

"그래, 지하 도박장에서 너희 아버지께서 상대와 겨뤘던 것처럼 말이야. 물론 살살 해야겠지만 말이야."

러셀은 여전히 이해가 되지 않는지 고개를 갸웃거렸다.

"이건 카렌을 무시해서 말하는 것이 아니라… 너하고 내 덩치를 봐. 이렇게 차이가 나는데 싸움이 되겠어? 더구나 지금 넌 오른팔을 사용할 수도 없잖아."

"후후후, 그러니까 싸워보자는 거야. 설마… 내가 무섭다는 것은 아니겠지?"

"무슨 소리? 오거나 트롤도 겁내지 않는 내가 왜 카렌을 무서워한다는 거야?"

펄쩍 뛰며 흥분하는 러셀을 보며 카렌은 역시 귀엽다는 생각을 지울 수 없었다.

"그러니까 한 번 겨뤄보자니까."

"알았어. 나도 조심은 하겠지만 카렌도 조심해."

여전히 흥분을 가라앉히지 못하던 러셀은 카렌에게 경고를 하고는 양 주먹을 단단하게 움켜쥐었다.

1미터 90센티미터를 훌쩍 뛰어넘는 키에 팔뚝의 두께가 카렌의 허리만한 러셀이 험상궂은 표정을 지으며 주먹을 움켜쥐자 정말로 무시무시해 보였다.

약 5미터 정도 떨어진 곳에 서 있던 카렌은 우선 호흡을 정리한 후 러셀을 쳐다보았다. 그러면서 어렸을 때 아버지에게서 배웠던 모든 동작을 머리 속에 떠올렸다.

훈련을 했을 당시에는 이런 손짓이나 발짓을 배워 대체 어디에 쓸 것인지 도저히 이해가 되지 않았지만 후일 조금씩 마나를 사용할 수 있게 되었을 때 카렌은 그때의 동작이나 훈련의 소중함을 새삼 깨닫게 되었다.

자신이야 체격이 작고 힘도 약하니 필요가 없겠지만 타고난 신장과 힘을 가진 러셀이 이 격투기를 배워두면 그에게 커다란 도움이 될 것 같았다. 비록 순간적인 생각이긴 했지만 지금의 이 결정으로 인해 후일 러셀이 용병계의 전설인 블러디 피스트라고 불리게 될 줄은 꿈에도 생각하지 못했다.

카렌을 잠시 노려보던 러셀은 대체 카렌이 무슨 생각으로 자신과 싸워보자고 한 것인지 도무지 이해를 할 수 없었다. 자신도 정확히 모르는 자신의 힘과 파괴력을 저렇게 가냘파 보이는 카렌이 어떻게 막겠다는 것인지 이해할 수 없었다.
"조심해!"
카렌에게 경고를 한 러셀은 그리 빠르지 않게 주먹을 휘둘렀다.
부웅!
웬만한 멜론만큼이나 커다란 주먹이 살벌한 소리와 함께 카렌의 상체로 날아들었다.
맞는 것은 고사하고 스치기만 하더라도 체격이 작은 카렌으로서는 엄청난 타격을 입을 것은 분명했지만 카렌은 이미 옆으로 피한 후였다. 다시 한 번 러셀이 주먹을 휘둘렀지만 역시나 카렌은 간단하게 피했다.
몇 번의 헛손질을 한 러셀이 더 이상 공격하지 않고 그 자리에 우두커니 서 있자 이번에는 카렌이 달려들었다. 카렌이 어떤 방법으로 자신을 공격할 것인지 궁금했지만 러셀은 팔을 들어 가슴 부분을 방어했을 뿐이었다.
순식간에 러셀의 앞으로 다가온 카렌은 멈추자마자 왼발을 축으로 해서 그대로 몸을 회전시켜 오른발로 러셀의 팔 상박 부분을 강타했다.

퍽!

"윽!"

도저히 카렌의 작은 발에서 전해진 충격이라고는 믿을 수 없는 통증에 러셀은 자신도 모르게 낮은 신음을 터뜨리며 한 걸음 옆으로 밀려났다. 하지만 카렌의 공격은 끝난 것이 아니었다. 아니, 시작이었다.

그대로 달려든 카렌은 몸을 날려 두 발로 팔로 보호하고 있던 러셀의 가슴을 그대로 힘껏 걷어찼다.

퍽!

"크윽."

도무지 정신을 차릴 수 없었다.

통증도 통증이었지만 무엇보다 한 번 흐트러진 중심을 도저히 잡을 수 없어 타격이 전해진 방향으로 사정없이 밀릴 수밖에 없었다. 게다가 러셀은 자신의 품을 파고들어 사정없이 주먹과 팔꿈치, 무릎, 발등, 발꿈치 등 다양한 부위로 공격하는 카렌의 공세를 고스란히 두 팔로 막아내느라 정신을 차릴 수 없을 지경이었다. 비록 단번에 자신을 기절시킬 만한 큰 충격은 없었지만 연속된 공격은 정신을 차리지 못하게 하기 충분했다.

퍼퍼퍼퍽~

"그, 그만!"

러셀의 말을 듣고서야 카렌은 뒤로 물러섰다.

"어때?"

"굉장해. 하지만 엄청 빠르고 정확하긴 한데, 이걸 배운다고 무기를 든 사람과 싸울 수는 없을 것 같아. 카렌은 그렇게 생각하지 않아?"

볼멘소리를 하는 러셀의 태도에 카렌은 빙그레 미소를 지었다.

"이게 다가 아니야. 잠깐 여기로 와보겠어?"

영문도 모르고 카렌의 뒤를 따라간 러셀은 카렌이 훈련용 목각 인형 앞에서 걸음을 멈추자 자신도 멈추고는 그의 모습을 지켜보았다.

훈련용 목각 인형이란 검술 훈련을 할 때 사용하는 나무 인형으로 나무로 대충 인간 모습으로 깎아놓은 것이다. 원래 훈련용으로 만들어 졌기 때문에 웬만해선 파괴하기 힘들 정도로 상당히 단단했다. 그런 타격용 목각 인형 앞에서 지그시 눈을 감고 선 카렌의 모습을 보고 대체 뭘 하려는 것인지 러셀은 도무지 이해를 할 수 없었다.

호흡을 가다듬은 카렌은 슬쩍 봉인되었던 마나를 푼 다음 그중 일부 를 왼손 주먹에 모았다. 그리고는 훈련용 목각 인형의 머리 부분을 슬 쩍, 아주 가볍게 가격했다.

퍽!

때구루루~

둔탁한 소리와 함께 훈련용 목각 인형의 머리가 너무나도 간단하게 부러져 연병장을 굴러다녔다.

그 모습을 본 러셀은 벌어진 입을 도저히 다물 수가 없었다.

벌써 몇 년째 수천, 수만 번 목검에 맞고도 목각 인형은 본래의 모습 에서 변한 것이 아무것도 없었는데 가냘픈 카렌의 주먹질 한 번에 과 자 부서지듯 맥없이 부러지고 만 것이었다. 하지만 다음 광경을 보고 는 너무 놀라 그저 입을 쩍 벌리고 있을 뿐이었다.

퍼퍼퍼~퍽~

보고도 믿을 수 없을 만큼 빠른 주먹과 환상적인 발 그림자가 밤하 늘을 가득 메움과 동시에 훈련용 목각 인형의 전신에서 나무 조각과 부스러기가 허공으로 날았고, 카렌의 주먹과 발이 훈련용 목각 인형에 닿을 때마다 인형의 전신이 움푹움푹 패이며 볼썽사납게 변해갔다.

카렌의 발길질이 멈췄을 때 훈련용 목각 인형은 완전 분해되기 일보 직전이었다.

숨을 고른 카렌은 그대로 자세를 낮추며 훈련용 목각 인형의 가슴을 향해 왼쪽 주먹을 힘껏 내질렀다.

쉬이익! 펑!

푸스스스~

지금까지와는 달리 폭음과 함께 훈련용 목각 인형은 완전히 먼지로 변해 사방으로 날아갔고, 불어오는 바람에 날려 마지막에는 먼지 한 톨 남지 않았다. 그 모습을 본 러쎌은 온몸에 소름이 와락 돋으며 얼어붙은 듯 그 자리에서 꼼짝도 할 수 없었다.

"만약 아까 내 공격에 이런 힘이 실려 있었다면 어떻게 됐을까?"

"저, 정말 아까처럼 공격하면서 이런 힘을 실을 수 있단 말이야?"

"왜? 내가 거짓말이라도 하는 것 같아? 다시 말하지만 이런 힘을 가지고 있다면 설사 상대가 무기를 들고 있다고 하더라도 충분히 상대할 수 있지 않겠어?"

"그거야 그렇지만……."

"조금 전 내가 한 공격처럼 팔과 다리에 마나를 실을 수만 있다면 그 파괴력이란 상상도 할 수 없을 거야. 내가 가르쳐 준다고 한 무술이 바로 이거야. 어때, 배워볼래?"

빙그레 미소를 지으며 말을 꺼내는 카렌의 모습에 러쎌은 단순한 주먹질이나 발길질이라고 생각했던 자신의 생각을 바꿔야만 했다. 또한 그것을 배우고 싶은 생각이 드는 것을 감출 수 없었다.

그런 러쎌의 속마음을 짐작했는지 카렌은 다시 한 번 진하게 미소를 짓고는 말을 건넸다.

"일단 내가 기본적인 것을 가르쳐 줄게. 나머지는 아버지가 오시면 봐달라고 할 테니까 우선은 기본 동작부터 익히는 게 어때? 내가 알고 있는 것은 전부 가르쳐 줄게. 어때? 배울 생각 있어?"

물론 검술도 배워보고 싶었다. 그러나 어렸을 때부터 아버지가 맨주먹으로 싸우는 모습을 보고 자란 탓에 러쎌로서는 아무런 무기도 없이 맨손으로 적을 물리치는 자신의 모습을 항상 머리 속에 떠올리곤 했다.

이런 상황에서 믿을 수 없는 파괴력을 가진 맨손 무술이 있다는 것을 자신의 눈으로 직접 확인했는데 어떻게 배우고 싶지 않겠는가? 오히려 자신이 먼저 부탁하고 싶었던 이야기였다.

"손목에 소드 스톱퍼를 차고 또 건틀릿을 착용하면 설사 상대가 무기를 가지고 있다 하더라도 충분히 상대할 수 있어. 물론 무기를 사용하는 법도 배워야겠지만 일단은 기본이 되는 몸놀림부터 익힌다면 나중에 무기 사용하는 법을 배울 때도 상당히 도움이 될 거야. 나는 내가 원하는 것 때문에 검술을 익혔지만 러쎌은 힘이 좋으니까 이런 격투기를 배우는 것이 좋지 않을까 생각했어. 어때? 너클 파이트가 한번 돼보는 것은?"

"너클 파이트? 그러니까 너클 파이트라는 게 맨손으로 상대와 싸우는 거야?"

"맞아, 무기를 사용하지 않고 주먹이나 발길질로 모든 걸 해결하는 거지."

"나 배울 거야. 배워서… 아버지게 보여주고 싶어. 그래서… 이제부터는… 내가 아버지보다 훨씬 강해져서 아버지를 지켜줄 거야."

대답을 하는 러셀의 얼굴에는 깊게 골이 패어 있었다.

러셀이 과거에 어떤 생활을 했는지 극히 일부분밖에 모르는 카렌으로서는 러셀의 대답에 문득 자신의 입장이 생각나 동시에 너무 가슴이 아팠다.

"그래, 그렇게 될 수 있고, 또 틀림없이 그렇게 될 거야."

"고마워, 카렌. 그리고 어떻게 몸을 움직여야 하는 것인지 그 방법을 꼭 가르쳐 줘."

"알았어. 그럼 오늘은 조금 전 내가 어떻게 움직였는가 잘 때 잘 생각해 보고, 훈련은 내일부터 시작하도록 할게. 어때?"

"알았어. 그럼 내일부터……."

나름대로 다짐을 하는 듯 보이는 러셀의 태도에 카렌은 그저 고개를 끄덕일 뿐이었다.

"먼저 들어갈게. 점호 시간에 늦지 않게 들어와."

"알았어. 금방 들어갈게."

러셀이 기숙사로 들어가는 모습을 보면서도 카렌은 다시 훈련에 들어갈 생각을 하지 않았다. 그때 조용히 목검을 늘어뜨린 카렌의 입에서 나직한 음성이 흘러나왔다.

"그만큼 훔쳐봤으면 이만 나오는 게 어때?"

"훔쳐보긴 누가 훔쳐봤다는 거야?"

고개를 돌리는 카렌의 눈에 새파란 광채를 뿜어내고 있는 두 개의 눈동자가 먼저 보였다. 그리고 어렴풋하게 어둠에 파묻힌 자그마한 체구 역시 확인할 수 있었다.

"그럼 숨소리도 죽인 채 어두운 곳에서 가만히 나를 지켜본 것을 보통 훔쳐봤다고 표현하지 않는다면 뭐라고 하지?"

“이곳에 먼저 와서 훈련을 하고 있던 사람은 바로 나다. 넌 나중에 와서 시끄럽게 소란을 일으켰을 뿐이고 말이야. 따라서 훔쳐봤다는 둥 지켜봤다는 둥 하는 소리는 꺼낼 생각도 하지 마.”

낮게 으르렁거리는 맹수의 목울림처럼 들리는 발트너의 말에 카렌은 문득 그의 실력부터 확인해 보자는 생각이 들었다. 이대로 발트너를 도발시키는 것이 어떨까 하는 생각을 한 카렌은 입술을 비틀며 조소를 지었다.

“흥! 역시 소문으로 듣던 대로군.”

“그게… 무슨 소리지?”

“성질이 더러워서 함께 어울리는 친구도 없다는…….”

“닥쳐!”

카렌의 말에 발트너는 그대로 지면을 박차며 달려들었다. 그런 그의 왼손에는 짧은 목검이 들려 있었다. 일단 호흡부터 가다듬은 카렌은 목검을 들어올려 가슴을 보호하면서 상대의 몸놀림, 특히 왼손 부분을 유심히 바라보았다.

자신과 카렌과의 거리를 단숨에 좁힌 발트너는 달려오던 탄력을 이용해 카렌의 목을 향해 그대로 목검을 휘둘렀다.

발트너의 공격은 뻔히 눈에 보일 정도로 단순했다. 그러나 보고도 막지 못할 정도로 발트너의 공격은 엄청나게 빨랐다. 단순한 공격 형태에 카렌도 처음에는 실망을 금하지 못했지만 공격의 단순함 정도는 단숨에 날려 보낼 정도로 날카롭고 빠른 기세에 당황함을 감추지 못하며 목검을 들었다.

딱!

겨우 늦지 않게 발트너의 공격을 막을 수 있었지만 상대의 공격은 끝난 것이 아니었다. 하지만 표정이 변하지 않았기 때문인지 발트너가 보기엔 카렌이 한껏 여유를 부리며 자신의 공격을 막은 것처럼 보였다.

"흥! 한 수 정도는 있단 말이지."

눈부시게 빨리 몸을 회전시킨 발트너는 목검으로 카렌의 발목을 공격했고, 카렌은 어쩔 수 없이 뛰어올라 발트너의 공격을 피해야만 했다. 카렌이 공중으로 몸을 피하자 기회라고 생각한 발트너가 달려들며 목검을 휘두르려고 했다가 느닷없이 날아온 카렌의 발에 그야말로 영혼이 기절할 정도로 깜짝 놀라지 않을 수 없었다.

그대로 지면을 박차며 뒤로 몸을 날려 카렌의 공격을 피한 발트너는 이를 악물고는 급격하게 몸을 틀어 재차 지면을 박차며 카렌의 옆구리를 향해 목검을 휘둘렀다. 자신의 옆구리를 향해 날아오는 목검을 발견한 카렌이 목검을 들어 막으면서 상대의 목검이 그려내는 궤적이 자신의 생각과는 달리 뭔가 미묘한 차이가 있는 것을 확실하게 확인할 수 있었다.

미묘한 궤적의 차이, 바로 그것이 지금 카렌이 가장 원하는 것이었다.

침착하게 상대의 공격을 막으면서 카렌은 자신의 훈련과 발트너의 공격이 대체 뭐가 다른 것인지 살피기에 여념이 없었다. 그런 반면 발트너는 카렌의 방어에 자신의 공격이 모조리 가로막혀 버리자 가슴속 깊은 곳에서 뜨거운 뭔가가 울컥 치밀어 오르는 것을 느꼈다.

누구에게도 말할 수 없는 비밀이기는 하지만 이미 어렸을 때부터 어쎄신으로서 배워야 할 모든 지식을 착실하게 배웠고, 또 자신을 가르치던 어쎄신 길드의 교관들에게 뛰어난 재능이 있다는 평가도 받았다.

스스로도 또래 중에서라면 그 누구도 자신의 상대가 안 된다고 생각하고 있었다. 그런데 정말 의외의 장소에서, 의외의 호적수를 만난 것이다. 게다가 카렌은 처음 발길질을 빼면 오로지 방어로 일관할 뿐이었다. 마치 자신 정도는 상대도 안 된다는 듯이 말이다.

어쎄신은 언제, 어느 순간에도 냉정과 침착함을 유지해야 한다는 사실은 그도 잘 알고 있었지만 치밀어 오르는 분노 때문에 목검의 궤적이 자꾸만 흐트러졌다.

발트너의 공격을 막아내던 카렌은 상대의 공격이 처음보다 날카롭지 않다는 것을 깨닫고는 곧 실망하지 않을 수 없었다. 비록 제국 아카데미에 들어오기 전 어디선가에서 나름대로 검술을 익힌 것 같았는데 자신이 보기엔 신통치 않았다. 강렬하고 빠르긴 했지만 안정감이 떨어졌고, 또 방어가 말할 수도 없이 허술했다.

지금이라도 공격을 해 발트너를 무너트리는 것은 그리 어려운 일이 아니었다. 조금 더 두고 볼 것인가 아니면 대결을 그만둘 것인가 고민하고 있을 때 발트너의 목검이 다른 움직임을 보이기 시작했다.

조금 전까지 발트너의 동작이 뭔가에 쫓겨 산만했다면 지금은 보기만 해도 뭔가 으스스함을 느낄 수 있을 정도로 냉정했고, 또한 음산하다고 할 정도로 움직임이 가라앉아 있었다. 상대의 분위기가 급격하게 변한 이상 카렌은 다시 한 번 정신을 차리고 발트너의 움직임을 주시했다.

물론 공격의 강렬함이나 쾌속함은 여전했지만 동작은 훨씬 간결해졌고, 움직임은 더욱 기민해졌다. 쓸데없는 움직임이 사라지니 발트너의 움직임 자체가 달라 보였다.

목덜미나 옆구리, 무릎이나 허벅지처럼 타격을 받게 되면 급격하게 공격력을 떨어뜨릴 수 있는 부위만 공격하는 발트너의 공격에 카렌은 살벌함과 동시에 일반적인 검술과는 상당히 다르다는 것을 깨닫고 있었다.

최소한의 방어만 할 뿐 모든 것을 공격에 치중하는 발트너의 검술은 왼손을 사용함으로 인해 웬만한 사람은 방어하는 것만 해도 굉장히 부담스러울 정도였다.

카렌의 철벽같은 방어에 막혀 공격할 곳을 찾을 수 없자 발트너는 카렌을 다시 보지 않을 수 없었다. 대체 어떤 훈련을 했는지 모르지만 지금 자신의 실력으로는 카렌을 물리치기는커녕 털끝조차 건드릴 수 없다는 것을 인정해야만 했다.

물론 숨겨놓은 비장의 한 수가 있긴 했지만 이것은 그야말로 자신의 생명이 위험할 때 사용할 기사회생의 수법이었다. 하지만 이 수법을 사용한다고 해도 반드시 카렌에게 이긴다는 확신이 없기 때문에 사용할 수가 없었다. 게다가 조금 전 러셀에게 시범을 보여준 카렌의 격투기 기술이 워낙 대단해 반드시 성공한다고 자신할 수도 없는 상황이기에 이 수법을 쓸 것인가 말 것인가를 잠시 망설이지 않을 수 없었다.

발트너가 잠시 망설이는 모습을 보이자 카렌은 지체없이 뒤로 물러섰다.

"후후후, 제법인데."

"까불지 마라, 꼬마야."

"킥킥킥, 누가 누구보고 꼬마라는 거야? 오히려 내가 더 큰 것 같은데?"

"까불지 말라니까. 나중에 후회하고 싶지 않다면 말이야."

"내가 봐줬다는 걸 모르겠어? 뭐, 한 수 배우겠다면 가르쳐 줄 수도 있지만 말이야."

　도발적인 카렌의 말에 발트너의 눈에서 살기에 가까운 새파란 빛이 번쩍였다.

　"좋아, 지금은 너를 단번에 제압할 수 있을 만한 실력이 없다는 것을 인정하지. 그렇지만 방심하지 않는 것이 좋아. 언제 내 목검이 너를 노릴지 모르니까 마음 놓지 않는 것이 좋을 거다."

　"후후후, 그럴 수 있는 능력만 된다면 얼마든지. 하지만 네 목검이 내 몸에 닿는 것보다 내 목검이 네 머리통에 귀여운 혹을 만드는 것이 더 빠를 거다."

　매서운 눈초리로 카렌을 노려보던 발트너는 휙 소리가 들릴 정도로 몸을 돌려서는 기숙사로 들어가 버렸다. 발트너가 사라지자 카렌은 곧 조금 전 자신이 느꼈던 검의 궤적을 떠올리며 천천히 목검을 휘둘러 보았다.

　"이렇게 움직였던가? 오른손을 사용할 때의 습관이 남아 있어서 그런가? 영 어색하네."

　하지만 목검이 그리는 궤적이 얼마 전보다 나아진 것을 깨달은 카렌의 입가에는 흡족해하는 빛이 역력했다.

　'후후후, 왼손 훈련 상대가 필요했던 모양이군. 검술 솜씨도 대단하지만 오히려 아까 보여주었던 격투술이 더욱 위력적으로 느껴지는군. 대체 저 꼬마는 어디서 저런 것을 배웠을까? 아마 저것도 아버지란 사람에게서 배운 것이겠지? 주먹질과 발길질에 마나를 싣는다고 했던가? 어디, 나도 그 연습을 해볼까?

　카렌의 훈련을 처음부터 지켜보고 있던 아카힐은 의미를 알 수 없는 미소를 지으며 자신의 숙소로 향했다.

홀로 남은 카렌은 허공을 향하여 계속해서 목검의 궤적을 그리고 있었다.

밤을 하얗게 지세우면서.

＊　　　＊　　　＊

"지난 3개월 동안의 너희들의 성적이 집계되었다. 교관실 벽에 걸어두었으니 각자 자신의 성적을 확인하고 자신에게 부족한 것이 무엇인지 알고 노력하도록. 알겠나?"

"명심하겠습니다, 교관님."

"어차피 이미 집계가 끝난 것이기에 내가 그냥 밝히겠다. 동료들의 지지도가 조금 떨어지기는 하지만… 오벨리언!"

갑작스런 아카힐의 부름에 오벨리언은 얼떨떨한 표정을 지으며 앞으로 나섰다.

"지난 3개월 동안 학업에 대한 성취도와 조원들의 지지도, 그리고 상황 판단력 등을 집계한 결과 지금부터 이 술 취한 고블린 조의 조장은 너다."

"알겠습니다, 교관님."

아카힐의 말에 오벨리언은 회심의 미소를 지으며 진짜 기뻐했다. 오벨리언은 학기 초부터 카렌을 못마땅하게 생각했던 바로 그 갈색 머리 소년이었다.

"전체 차렷! 교육 준비 끝!"

"좋아, 쉬어."

"전체 쉬어!"

오벨리언의 구령 소리에 학생들은 굳었던 자세를 풀며 아카힐에게
눈길을 보냈다.

"오늘부터 너희는 좀 더 세분화된 공격과 방어 기술을 배우게 된다.
너희가 이곳을 졸업하고 세상으로 나가 누구보다 오랫동안 용병 생활
을 하고 싶다면 오늘부터 배우게 될 훈련을 충실하게 받아두는 것이
좋을 것이다. 누구를 믿을 것인가? 이 질문에 대한 결론부터 내리자면
'세상에 믿을 사람은 아무도 없다' 는 것이다. 또 누구에게 도움을 받
을 것인가? 믿을 사람이 없는데 날 도울 사람이 있겠는가? 결국 모든
일을 결정짓고 책임질 사람은 최종적으로는 자신뿐이다. 부단한 훈련
과 많은 경험만이 너희들의 생명을 책임진다는 사실을 잊지 말고 더욱
노력하도록 해라. 너희들은 지난 3개월 동안 가장 기본적인 공격인 베
기 공격에 대해 훈련을 해왔다. 물론 그 외에도 찌르기 공격도 있고,
주먹으로 치기나 발로 차기 같은 공격도 있다. 하지만 가장 기본적인
공격 방법인 베기 공격을 연습하게 한 것에는 나름대로 이유가 있다.
베기 공격이 성공하려면 무엇이 가장 중요한가? 조장."

"공격이 성공할 수 있는 거리가 가장 중요합니다."

"맞다. 그럼 상대와의 거리는 어떻게 재는 것이 좋은가?"

"평상시 자신이 사용하는 무기의 공격 범위를 확실하게 숙지해 놓는
것이 중요합니다."

"정확한 지적이다. 상대의 무기가 자신의 무기보다 긴가 짧은가, 또
무거운가 가벼운가를 한눈에 파악할 수 있어야 한다. 그러려면 역시
무수한 연습밖에는 없다. 물론 그 외에도 너희들이 알아두어야 할 중
요한 점은 무수히 많다. 무엇이 있는가? 카렌!"

아카힐의 갑작스런 지명에도 카렌은 담담한 어조로 대답했다.

"적의 실력 정도, 대결하는 장소의 위치와 환경, 계절에 따른 대처 능력, 각종 무기에 대한 사용법 숙지 등등 여러 가지가 있습니다."

"좋은 대답이다. 너희가 검술을 익힌다고 해서 단숨에 소드 마스터가 될 수 있는 것은 절대 아니다. 하지만 소드 마스터가 될 때까지 살아남으려면 상대에 대한 정확하고 냉정한 판단을 내려야 되며 동시에 절대 만용을 부려서는 안 된다. 흔들리지 않는 마음과 냉철한 이성으로 상황을 판단하고 대처할 수만 있다면 오래지 않아 너희들은 어떤 길드에서든 특급용병으로 대접받을 수 있을 것이다."

자신의 말에 단번에 심각해지는 학생들의 모습을 보며 피식 웃음을 짓던 아카힐은 자신의 뒤쪽에 서 있던 두 명의 조교에게 턱짓을 했다.

"오늘 이 시간부터는 약속 대련을 통해 검술의 공격과 방어에 대해 알아보도록 하겠다. 비록 목검이라고는 하지만 정신을 차리지 않으면 크게 다칠 수 있으니 절대 한눈을 팔거나 장난하지 않도록 해라. 만약 내 지시를 어기는 녀석이 있을 시엔 절대 그냥 두지 않겠다. 조교 앞으로!"

"앞으로!"

큰 소리로 복창한 두 명의 조교는 곧 서로를 마주 보고 목검을 들어 올렸다.

"너는 상단, 중단, 하단 공격을, 너는 방어를. 번갈아가며 실시한다. 실시!"

"실시!"

딱딱딱!

아카힐의 지시가 떨어지자 조교 하나가 그리 빠르지 않은 속도로 수직 베기 한 번과 두 번의 수평 베기를 했고, 맞은편에 있던 조교가 역시 빠르지 않은 동작으로 차례대로 상대의 공격을 막아냈다. 연거푸 서너 번을 반복했기에 학생들에게 충분히 보여주었다고 생각했는지 잠시 후 두 조교의 동작은 조금 전과는 비교도 할 수 없을 정도로 빨라졌다.

따따따~딱~

휘두르는 목검이 눈에 보이지 않을 정도였다. 비록 단순한 공격과 방어였지만 실력이 떨어지는 학생들이 보기엔 그야말로 환상적인 시범이 아닐 수 없었다.

“와~”

“멋지다, 정말 환상적이야!”

“우리는 언제 저렇게 되냐?”

“와아~”

일제히 터져 나온 학생들의 탄성과 감탄사에 두 조교는 멋쩍은 미소를 짓더니 곧 목검을 회수하고는 뒤로 물러섰다.

“봤느냐?”

“예!”

“지금부터 홀수 열과 짝수 열은 서로를 마주 보고 서도록. 먼저 홀수 열이 공격을 하고 짝수 열이 방어한다. 다시 한 번 주의를 주는데, 만약 내 눈에 장난치는 것이 적발되는 녀석이 있으면 몇 달 동안 침대에서 수프만 먹도록 만들어주겠다. 준비됐나?”

“준비됐습니다!”

“약속 대련 시작!”

아카힐의 구령에 홀수 열에 있던 학생들은 일제히 목검을 들어 내려치는 동작을 했고, 짝수 열에 있던 학생들은 일사불란하게 목검을 들어 공격을 막아냈다.

홀수 열은 목검을 회수해 재차 공격하고, 짝수 열은 목검을 들어 방어하고를 반복했다. 30분 정도가 지나자 처음 재미있어하던 학생들의 표정은 어디론가 사라졌고, 흐르는 땀조차 닦지 못한 채 공격과 방어에 열중하고 있었다.

카렌의 상대는 카렌보다 30센티미터는 더 큰 소년이었는데, 단순히 키가 큰 것이 문제가 아니라 그 소년이 바로 오벨리언의 친구라는 것이 문제였다. 더구나 연습이 시작되자 슬쩍 자신을 보고 의미를 알 수 없는 미소를 짓던 오벨리언의 모습이 생각나 불쾌감이 치밀었지만 일단은 참기로 했다.

몇 번이나 임무를 바꿔 공격과 방어를 하게 되었는데 고의인지 실수인지 알 수는 없지만 상대는 정확한 동작을 취하기보다는 마음껏 목검을 휘두르기에 여념이 없어 카렌을 상당히 곤혹스럽게 만들고 있었다.

물론 마나를 끌어올려 방어를 하면 간단하게 해결이 될 일이지만 교관들이 있는 이곳에서 함부로 마나를 사용할 수도 없고, 또 아직까지도 왼손의 활용이 마음먹은 대로 이루어지지 않아 여전히 오른손은 묶어둔 상태였다.

찍어 누르는 듯한 상대의 공격에 카렌은 어금니를 깨물며 목검을 치켜들었다.

쩍!

둔탁한 소리와 함께 카렌은 자신의 목검이 금이 갔다는 것을 깨달았다. 해서 뒤로 물러서며 상대를 제지하려고 했지만 상대 소년은 아랑곳하지 않고 카렌의 옆구리를 향해 힘껏 목검을 휘둘렀다.

"자, 잠깐……."

우지직~ 픽!

"큭!"

목검이 부러짐과 동시에 카렌은 숨을 멈추며 최대한 옆구리를 보호하려 했지만 상대의 목검은 이미 옆구리에 파고든 후였다. 상대적으로 체격이 작은 카렌은 몇 바퀴나 굴러야만 했고, 갑작스러운 소동에 근처에 있던 학생들은 비명을 질렀다.

교관들이 황급히 달려와 카렌의 부상 정도를 확인하고는 재빨리 응급 처치를 하고는 급히 양호실로 카렌을 옮겼다. 갈비뼈에 금이 가는 부상을 입은 상태에서도 카렌은 자신을 향해 비릿한 미소를 짓고 있는 오벨리언의 모습을 똑똑하게 확인할 수 있었다.

'빌어먹을……. 나를 감히 건드렸단 말이지. 좋아, 앞으로 남은 기간을 악몽으로 만들어주마. 나 카브렌시스 드 싸일렉스의 이름을 걸고 반드시!'

아카힐의 등에 업혀가면서 카렌은 이를 부드득 갈았다.

양호실이라고 해봐야 10여 개의 침대가 놓여 있는 것이 전부였다.

카렌이 아카힐의 등에 업혀 양호실에 도착했을 때 두 사람을 맞은 것은 라페이시스의 여신관인 이시스와 3클래스의 수련 마법사인 볼튼이었다.

"무슨 일이십니까, 조단 학과장님."

"훈련을 하다가 목검이 부러지는 바람에 옆구리에 부상을 입었소."

"잠시 확인을 해보겠습니다. 바디 스캔!"

카렌의 전신을 찬찬히 살펴본 볼튼은 곧 스펠을 해제했다.

"큰 타격을 받은 모양이군요. 갈비뼈 두 개에 금이 가 있습니다."

"그래요? 그럼 다음은 제가 맡아야겠군요."

이시스가 한 걸음 앞으로 나서자 그때까지 가만히 누워 있던 카렌이 갑자기 침대에서 일어났다. 그리고는 이시스와 볼튼에게 고개를 숙였다.

"갈비뼈는 제가 알아서 치료를 하겠습니다."

"무슨 소리를 하는 거냐? 마법이나 신성력으로 치료를 하지 않으면 앞으로 한 달 동안은 꼼짝도 하지 못할 텐데 그걸 알고나 그런 소리를 하는 거냐?"

"알고 있습니다. 그렇지만 저희 가문에서는 골절상을 치료하는 신기한 비법이 있습니다. 말씀은 감사하지만 제 부상은 제가 치료할 수 있도록 허락해 주십시오."

카렌의 태도가 뜻밖에 강경하자 이시스와 볼튼은 어이가 없다는 표정으로 그저 아카힐을 쳐다볼 뿐이었다. 이런 경우는 난생처음이었다.

"무슨 이유 때문에 그런 고집을 부리는 것인지는 모르지만 프리스트 이시스께서 너를 신성력으로 치료를 한다고 하더라도 2, 3일은 걸린다고 말씀하셨다. 만약 네 가문에서 전해지는 치료 방법이 잘못된 것이라면 후유증이 남아 앞으로 남은 교육 기간 동안 몸을 움직이기가 힘든 것은 물론 평생 고생을 할 수도 있다는 것을 알고나 하는 소리냐?"

"치료에 대한 모든 책임은 제가 지겠습니다. 그러니 제 스스로 치료할 수 있도록 허락해 주십시오."

자신의 말에도 카렌이 고집을 굽히지 않자 문득 카렌이 말한 신기한 치료 방법이라는 것이 대체 어떤 방법인지 궁금해졌다.

"좋다. 프리스트 이시스께서 신성력으로 직접 치료를 한다고 해도 며칠은 걸린다고 했으니 너에게 5일간 치료할 시간을 주겠다. 그 시간 동안에 스스로 상처에 대한 치료를 마칠 수 있겠느냐?"

"해보겠습니다."

자신있는 얼굴로 대답하는 카렌을 잠시 바라보던 아카힐은 곧 이시스 신관에게 고개를 숙였다.

"스스로 치료를 하겠다고 저렇게 고집을 부리니 나로서도 어쩔 수가 없구려. 이 학생이 5일 동안만 이곳에 있을 수 있도록 조치해 주시겠소?"

"물론 아카힐 학과장님의 말씀이시라면 그렇게 조치를 취하겠습니다만… 저희가 이래도 되는 건지 모르겠군요."

도저히 이해할 수 없다는 표정을 짓는 볼튼이나 신성력이나 마법이 아닌 어떤 방법으로 상처를 치료하겠다는 것인지 궁금해하는 이시스의 눈길을 피한 카렌은 그저 고개를 숙이고 있었다. 그러나 지금 카렌의 머리 속은 오벨리언과 그 친구들에게 어떻게 복수할 것인가에 대해 생각하느라 현기증이 날 정도로 돌아가고 있었다.

"부탁하겠소. 그럼 이만……."

아카힐은 두 사람의 대답을 들을 사이도 없이 양호실을 빠져나갔고, 뒤에 남은 이시스와 볼튼은 이 소동의 발단인 카렌의 얼굴만 바라보고 있었다.

붉은 기운을 느끼게 하는 보라색 머리를 짧게 깎은 카렌은 그야말로 깨물어주고 싶을 정도로 깜찍하고 앙증맞았다. 신에 대한 신앙심으로 신전에 투신한 이후로 어떤 대상에 대해 이런 마음을 갖기는 그야말로 난생처음이었다.

"저어~"

"하고 싶은 말이 있거든 뭐든 해보거라."

"시간이 없기 때문에 지금 즉시 치료를 시작했으면 합니다. 그러니 잠시… 자리를 피해주셨으면 고맙겠습니다."

"우리가 지켜보면 안 되는 것이냐?"

"가문에서만 전해지는 비전의 방법이라……."

곤란하다는 표정을 짓는 카렌의 태도에 이시스가 먼저 미소와 함께 자리를 떠났고, 볼튼은 미련이 잔뜩 남는 표정을 지으며 그 자리를 떠났다.

두 사람이 자리를 피하자 카렌은 침대 주위에 설치되어 있던 커튼을 치고는 침대 위에 가부좌를 틀고 앉았다. 그리고는 스스로 봉쇄했던 마나를 해제하기 시작했다. 해제 방법 자체는 그리 어려운 것이 아니었기에 해제 작업은 금세 끝났다.

마나 홀에서 풀려난 마나가 하복부에서 전신으로 퍼져 나가는 것이 느껴졌다.

피곤한 상황에서 뜨거운 물속에 들어갔을 때처럼 근육이 이완이 되면서 느낄 수 있는 기분 좋은 노곤함과 함께 활력이 동시에 느껴졌다. 호흡을 통해 흥분된 마음을 가라앉히고는 마나 홀에 뭉쳐 있는 마나를 움직이는 데 모든 신경을 집중했다.

호흡이 길고 규칙적으로 변한 뒤 카렌은 천천히 마나를 움직여 금이 간 갈비뼈 쪽으로 보내 상처를 어루만지고 감싸도록 했다. 하지만 아직까지 마나에 대한 통제가 완전하지 못하기 때문인지 부상당한 옆구리까지 보내는 데 상당한 시간이 지나고서야 겨우 성공할 수 있었다. 하지만 실제로 옆구리로 이동한 마나의 양은 그렇게 많지 않았다.

한편 카렌이 침대 주위에 있던 커튼을 쳐 자신의 모습을 감추자 입맛을 다시던 볼튼은 은밀하게 스펠을 캐스팅하고는 카렌 주위를 확인해 보다 깜짝 놀라지 않을 수 없었다.

마나라는 것이 세상에 골고루 퍼져 있고, 체계화된 훈련이나 반복된 학습을 통해 기사들은 체내에서, 마법사들은 체외에서 마나를 가공해 사용한다는 것은 이미 세상에 널리 알려진 일반 상식이었다. 특히 마법사가 아닌 기사들은 몸 전체로 마나를 받아들여 자신의 무기를 통해 마나를 뿜어내서 소드 익스퍼트나 소드 마스터로 불리게 되는 것이다. 그런데 지금까지 알고 있던 상식과는 전혀 다르게 카렌의 몸 주위에는 상당한 양의 마나가 서서히 회전을 하면서 몰려들고 있었다.

특히 볼튼을 놀라게 만든 것은 다름 아닌 마나 홀에서 카렌의 통제에 따라 그의 체내에서 움직이는 정형화된 마나였다. 어떤 마법사나 기사들에게서도 지금 볼튼이 보고 있는 것 같은 마나의 움직임은 단 한 번도 본 적이 없었다.

무엇보다 볼튼의 관심을 끈 것은 하복부에 모여 있던 마나가 조금씩 움직이기 시작하더니 곧 상처가 생긴 옆구리 쪽으로 이동해 상처 주위에 집중적으로 모여든다는 것이었다.

상처 주위에 모여든 마나는 대체 무슨 일을 하는 것일까?

도무지 이해할 수 없었지만 카렌의 몸 곳곳을 돈 마나는 마치 사람의 손으로 상처를 어루만지듯 상처 주위에 모였다가 하복부로 몰려가기를 반복했다. 게다가 믿을 수 없게도 카렌의 조그마한 몸에 모여 있고, 또 움직이는 마나의 양은 소드 익스퍼트 최상급이 되어야만 보유할 수 있는 마나의 양보다 더 많았다. 또한 가공된 마나가 마치 웅덩이에 물이 고여 있는 것처럼 보인다는 점이었다.

대체 이 카렌이라는 꼬마는 어떻게 해서 이렇게 많은 마나를 가지고 있을 수 있는 것일까?

곁에 있던 이시스도 카렌 주위로 몰려드는 마나의 양이 보통이 아님을 느꼈는지 얼굴이 심각하게 굳어져 있었다. 아무리 생각해 봐도 카렌의 나이와 그의 몸 주위로 모여드는 마나의 양은 전혀 어울리지 않는 것이었다.

이시스나 볼튼은 믿지 못하겠다는 표정으로 카렌이 있는 침대 주위로 드리워진 커튼 너머를 쳐다보고 있었다.

"제가 지금 뭘 잘못 느끼고 있는 건가요?"

"만약 마나의 움직임이나 모여든 양을 말하는 것이라면 제대로 본 것이라고 말해 주고 싶소. 하지만 마나가 어째서 저런 움직임을 보이는 것이냐고 묻는 것이라면 나로서는 할 말이 없소이다. 나도 내 눈을 믿을 수 없는데 이시스님께 어떻게 설명드릴 수 있겠소이까? 정말 이해가 안 되는 황당한 꼬마요. 어찌 되었든 우리가 할 수 있는 일은 없으니 우선은 지켜보도록 합시다."

카렌이 다시 훈련이 참가하게 된 것은 부상당한 후 정확하게 3일째 되던 날이었다.

확실하게 다 나았다는 카렌의 말을 듣고도 아카힐은 도저히 믿을 수 없었다. 아무리 가문에서 전해지는 비법이 훌륭하다고 해도 마법이나 신성력으로 인한 치료가 아니면 최소한 몇 달 동안은 꼼짝도 할 수 없을 만큼 중한 부상이었다.

물론 격한 몸놀림이나 심한 훈련을 하지 않는다면 자연스럽게 아물 수 있는 상처인 것은 사실이었지만 말이다. 하지만 그 기간을 줄이기 위해 마법이나 신성력으로 치료하는 것이 아닌가?

볼튼이 몇 번이나 확인을 하고, 또 이시스 역시 부상을 진단하고서야 아카힐은 겨우 카렌의 훈련 참가를 허락했다.

큰 부상을 입었으리라 생각했던 카렌이 설마 벌써 훈련에 참가할 정도로 나왔을 줄은 상상도 못했기에 오벨리언이나 그 친구들의 얼굴이 불쾌감으로 삽시간에 일그러진 것을 보면 나름대로는 꽤나 놀란 모양이었다.

태연한 표정으로 훈련을 받으면서도 카렌의 눈은 그런 오벨리언과 그 친구들의 표정을 샅샅이 살피고 있었다. 순간적으로 싸늘하게 굳어졌던 카렌의 얼굴은 언제 그랬냐는 듯 금세 활짝 펴졌다. 생글생글 미소를 지으며 훈련받는 카렌의 모습에 오벨리언은 불쾌하고 얄미운 생각 때문에 이를 부드득 갈지 않을 수 없었다.

오랜만에 오른손을 사용한 탓인지 한동안은 어색함을 느껴야 했지만 거의 10년 가까운 세월 동안 집중적으로 사용했던 팔이었기에 카렌은 금세 감각을 되찾을 수 있었다.

"바보 같은 자식, 얼마나 어설프게 손을 썼으면 벌써 훈련을 시작할 수 있는 거냐?"

"어설프게 손을 쓰긴 누가 어설프게 손을 썼다는 거야? 오벨리언, 너도 봤잖아. 그 꼬마 자석의 갈비뼈에 금이 간 것 말이야."

"맞아, 이건 제프가 잘못한 게 아니라 그 꼬마 놈이 미친 거야. 보나 미나 아직 상처도 아물지 않았는데 우리에게 얕보이고 싶지 않아서 무리해서 움직이는 걸 거야."

"그 뺀질뺀질한 얼굴을 엉망으로 짓밟아 버리고 싶은데 함부로 사고를 쳤다간 무조건 쫓겨나기 때문에 일부러 훈련 시간을 택한 것인데……"

"그래도 목검 속에 철심을 넣어서 그 녀석을 혼내주는 방법은 정말 기발했어."

"어디 가서 함부로 떠들지 마. 만약 교관들에게 들켰다가는 나뿐만 아니라 너희들까지 모두 쫓겨나게 될 테니까."

제프의 말에 오벨리언은 인상을 딱딱하게 굳히며 친구들에게 단단히 주의를 주었다. 그러나 그런 오벨리언의 말을 심각하게 듣는 소년들은 한 명도 없었다.

"돌아가 쉬면서 그 자식을 어떻게 괴롭히면 좋을지나 다들 생각해 봐."

오벨리언의 말이 끝나자 학생들은 각자 자신의 방으로 흩어졌다. 하지만 오벨리언의 질책에 기분이 나빠진 제프는 방으로 가지 않고 연병장으로 발걸음을 옮겼다.

따가운 햇살이 내리쬐는 낮과는 달리 저녁에는 제법 시원한 바람이 불어왔다. 잠깐 바람을 쐬던 제프는 두 팔을 활짝 벌리고는 크게 심호흡을 했다.

"흡~ 후~ 휴우, 날씨가 점점 시원해지는군. 벌써 가을인가?"

"흐흐흐. 왜, 날씨가 신경 쓰이나?"

"헉! 누, 누구냐?"

"흐흐흐, 누군지는 알아서 뭐 하게?"

깜짝 놀란 제프는 주위를 둘러보았지만 보이는 것은 그저 짙은 어둠 뿐이었다.

기숙사가 바로 뒤에 있기 때문에 상황이 어려워지면 도망치기는 어렵지 않았지만 대체 누가 자신을 놀리는 것인지 꼭 알아야만 했다.

"쥐새끼처럼 숨어 있지 말고 당장 나서라! 이 제프가 박살을 내주마!"

“흐흐흐, 곰탱이 같은 놈. 아무리 머리를 써봐라, 쥐꼬리라도 발견할 수 있는지.”

“흥! 어둠 속에 숨어서 지껄이는 쥐새끼 따위에게는 관심 없다. 어둠 속에서 어디 실컷 떠들어봐라, 난 들어가 쉴 테니까.”

제프가 막 뒤돌아서서 기숙사 안으로 들어가려고 할 때 뭔가 서늘한 것이 목덜미를 스치고 지나갔다. 깜짝 놀란 제프가 황급히 뒤돌아서서 주위를 살폈지만 보이는 것은 여전히 어둠뿐이었다. 몸을 돌리지도 못한 채 뒷걸음질치던 제프의 목덜미에 뭔가 차갑고 축축한 것이 척 달라붙었다.

“으아아악! 유령이다! 꼬르르륵!”

귀가 찢어질 듯 비명을 지르던 제프는 눈동자가 허옇게 변한 채 통나무가 쓰러지듯 그대로 쓰러지며 기절을 해버리고 말았다.

어둠 속에서 그 모습을 지켜보고 있던 카렌은 제프의 작태에 기가 막혔지만 자신의 예상보다 훨씬 효과가 뛰어나자 씨익 미소를 지었다.

“후후후, 설마 젖은 손수건이 이렇게 위력이 있는 줄은 미처 몰랐는걸. 그렇지만 나 카렌을 건드린 것이 얼마나 끔찍한 실수를 저지른 것인지 아주 뼈에 사무치게, 그리고 이가 갈리도록 철저히 가르쳐 주마.”

제2장
러쎌, 스승을 만나다

러셀, 스승을 만나다

아침 구보를 위해 집합해 있던 학생들 가운데 몇몇이 모여 심각한 표정으로 대화를 나누고 있었다. 좀처럼 볼 수 없는 광경이었기에 카렌은 이해가 가지 않는지 고개를 갸웃거렸고, 그 모습을 곁에서 본 세자르가 얼른 입을 열었다.

"카렌, 네가 보기에도 이상하지."

"무슨 일이라도 있는 거야?"

"어젯밤에 말이야, 기숙사에 글쎄… 유령이 나타났대."

"유령?"

세자르의 말에 린네는 기가 막히다는 듯 반문했지만 뭔가 큰 비밀을 말하는 듯 굳은 세자르의 표정은 좀처럼 풀리지 않았다.

"거짓말이 아니라니까. 뭐라더라? 그래, 제프란 녀석 있잖아. 카렌에게 부상을 입혔던 덩치 큰 녀석 말이야. 그 녀석이 어제저녁에 현관에서 유령을 봤대. 공격까지 받았다고 하더라고. 꽤나 큰 부상을 입고 지금은 양호실에 갔대."

기다렸다는 듯 읊어대는 세자르의 말에 린네는 기가 막히다는 듯 그의 얼굴을 빤히 쳐다보았다. 주위에 있던 학생들도 세자르의 다음 말이 궁금한지 조금씩 모여들기 시작했다.

"그런 사실은 대체 언제 알아낸 거야?"

"당연히 아침에 알아봤지. 집합할 때부터 저렇게 모여서 수군거리고 있었는데 표정이 심각한 것이 꽤나 사람을 궁금하게 만들더라고. 그런데 너희들은 유령이 있다는 게 믿어지냐?"

"저, 정말 유령이 있대?"

세자르의 말에 러쎌은 겁이 나는지 덩치에 어울리지 않게 잔뜩 몸을 웅크린 채 세자르를 쳐다보고 있었다. 그런 러쎌의 행동에 근처에 있던 학생들까지 비웃었다.

카렌은 비록 무표정한 얼굴로 서 있었지만 속으로는 하도 어이가 없어 아무런 말도 할 수 없었다.

'나참, 기가 막혀서. 뭐? 유령에게 공격을 받아 부상당했다고? 게다가 부상이 커서 양호실에 갔다니? 정말 기가 막히는군. 게다가 감히 날 보고 유령이라고 했겠다? 정말 뜨거운 맛을 보여줘야겠군.'

"정말 유령을 봤대? 그리고 부상이 얼마나 크기에 양호실에 갈 정도라는 거야?"

"야, 린네. 너, 내가 필요할 때를 제외하고 언제 거짓말하는 것 봤어?"

"그래서…… 얼마나 다쳤다는데?"

말 같지도 않은 말을 태연스럽게 하는 세자르나, 그런 세자르의 말에 대꾸하며 고개를 끄덕이는 린네의 태도에 학생들은 기가 막히고 황당하다는 표정을 지었다. 그러나 세자르나 린네는 아랑곳하지 않았고, 세자르는 태연하게 말을 이었다.

"프리스트 이시스님이 그러는데 허벅지에 심한 타박상을 입었고, 또 뒷머리에 큰 상처가 나서 최소 한 달은 있어야 한다고 하던데?"

"와아~ 한 달이나 있어야 한다면 굉장히 심하게 다쳤나 보다."

"다친 곳이 머리라서 그렇다는데?"

"그런데 정말 유령이 있긴 있는 거야?"

"넌 선배들 이야기도 못 들어봤냐? 옛날 아카데미에서 훈련을 받다 탈진해서 죽거나 혹은 패싸움을 하다가 어이없이 죽은 훈련생들이 많았다잖아. 그렇게 죽은 훈련생 가운데 하나가 유령이 되어 나타나는 것이라는 소문이 있던데?"

이야기를 듣던 학생들의 대부분은 유령에 대한 두려움보다는 이 지겨운 훈련을 한 달 동안이나 하지 않아도 되는 제프를 부러워하는 기색이 역력했다.

학생들이 삼삼오오 모여서 웅성거리고 있을 때 드디어 아카힐이 모습을 드러냈다.

"전체 차렷! 구보 준비 끝!"

"모두 잘 잤나?"

"예, 그렇습니다!"

"먼저 유감스러운 소식을 전하겠다. 어제 1학년 기숙사에서 불행한 일이 발생했다."

아카힐의 말에 학생들의 얼굴에는 순간적으로 긴장감이 어렸다.

"학생 가운데 하나가 정체불명의 어떤 존재로부터 공격을 받아 조금은 심각한 부상을 입었다. 다행히 일찍 발견해 응급 조치를 취했기에 상처는 그리 염려할 것은 없지만 이런 일이 발생한 것에 대해 너희들을 가르치는 교관으로서 상당히 유감이 아닐 수 없다. 유령이라는 둥, 흑마법사가 소환한 마물이라는 둥 여러 유언비어들이 도는 것 같은데……."

아카힐과 눈이 마주친 학생들은 급하게 고개를 숙였다. 그런 아이들을 살피던 아카힐은 표정을 굳힌 채 싸늘한 어조로 입을 열었다.

"괜히 불안감을 조성하거나 쓸데없이 유언비어를 만들어 퍼뜨리다가 나에게 적발되어 불이익을 당하는 학생들이 없도록 해라. 알겠나?"

"명심하겠습니다!"

목청껏 대답하는 학생들을 바라보던 아카힐은 오벨리언에게 턱짓을 했고, 턱짓의 의미를 알아챈 오벨리언은 학생들을 향하여 큰 소리로 구령했다.

"전체 구보 대열로 헤쳐 모여!"

"얏!"

"뛰어갓!"

오벨리언의 말에 학생들은 일제히 뛰어갔고, 아카힐은 학생들의 뒤쪽에서 뛰어가는 카렌의 모습을 유심히 지켜보고 있었다.

카렌의 뛰는 모습이 오늘따라 유난히 무거워 보이는 것을 보면 아마도 파워 밴드에 넣는 추의 수를 또 늘린 모양이었다. 그런 것을 보면 카렌이란 꼬마는 정말 대단한 꼬마였다.

어제저녁 카렌이 말한 내용을 곰곰이 생각해본 아카힐은 카렌이 말한 방법이 실현 가능성이 높다는 것을 깨닫고는 상당히 흥분했다.

따지고 보면 몸의 일부분도 아닌 검에 마나를 불어넣어 소드 오러를 만들 수 있다면 신체의 일부분인 주먹이나 발에 마나를 보내 손이나 발을 보호하거나 파괴력을 높이는 것은 아카힐처럼 능숙하게 마나를 다룰 줄 아는 사람에게는 그리 어려운 일이 아니었다. 더구나 아카힐은 새벽에 직접 훈련용 목각 인형에 테스트를 해보았고, 그 놀라운 파괴력에 놀란 가슴을 좀처럼 진정시키기 힘들었다.

무기에 마나를 덧씌울 때 얻을 수 있는 날카로움은 찾아볼 수 없었지만 마치 거대한 모닝스타로 짓이긴 듯한 파괴력과 5클래스의 마법 가운데 하나인 익스플로전과 같은 폭발력을 얻을 수 있었기에 마나를 이용하는 방법에 대해 다시 한 번 생각하게 된 동기가 되었다. 동시에 마나의 활용과 제어에 대한 연관 관계를 신중하게 파고들다 보면 소드 마스터가 될 수 있는 단서를 찾을 수 있을 것만 같았다.

그런 생각을 하던 아카힐은 꾸준한 속도로 달리고 있는 카렌의 모습을 보고 질렸다는 표정을 지으며 고개를 흔들었다.

그냥 구보만 해도 달리는 거리가 매일 조금씩 늘기에 맨몸으로 달리기에도 힘이 들 텐데 자신의 실력을 향상시키기 위해 양쪽 손과 발에 파워 밴드까지 차고 묵묵히 달리는 카렌의 지독한 향상심에는 정말 할 말이 없었다.

"오벨리언, 넌 제프가 정말 유령에게 당했다고 생각하냐?"

"너 바보냐? 유령이 있기는 어딨어?"

친구의 말에 오벨리언은 당장 인상부터 썼다.

왜 자신 곁에는 한결같이 이렇게 멍청한 녀석들뿐인지 도무지 이해가 되지 않았다. 신경질적으로 고개를 돌리던 오벨리언은 한결같이 겁먹은 표정을 짓고 있는 친구들의 얼굴을 발견하자 극도의 짜증스러움이 치밀어 올랐다.

"그럼 네 말은 제프가 유령이 아닌 다른 뭔가의 공격에 당해서 다쳤다는 거야?"

"당연하지. 더구나 양호실을 담당하고 계시는 프리스트 이시스님의 말씀에 의하면 제프 녀석이 다친 곳이라고는 발을 헛디뎌 삔 발목하고 기절할 때 넘어지면서 다친 뒤통수뿐이라고 하셨어. 게다가 프리스트 이시스님께서 벌써 치료해 주셨단 말이야.

"그럼 제프 녀석은 왜 한 달씩이나 양호실에 있어야 한다고 한 거야?"

"몰라서 묻는 거냐?"

오벨리언의 퉁명스러운 대꾸에 아이들의 표정이 조금 이상하게 바뀠다. 하나같이 설마 하는 표정을 지었다.

"설마… 자신을 다치게 한 그 유령인가 뭔가가 무서워서 양호실로 도망친 거란 말이야? 그게 정말이야?"

"너희들 아직도 제프 녀석이 얼마나 겁쟁이인지 잊어버렸냐?"

"망할 자식, 아무리 겁이 나도 그렇지 도망을 쳐? 다시 그 자식하고 이야기를 하나 봐라."

"그러게 말이야. 이거 누가 그 자식하고 친구 아니냐고 물으면 부끄러워서 어디 고개나 들겠냐?"

친구들이 일제히 제프를 멍청한 놈으로 매도하자 오벨리언의 눈에 순간적이지만 경멸의 빛이 떠올랐다가는 곧 사라졌다. 정말 정나미가 떨어지는 녀석들이었다.

누군가 실수를 하거나 못난 행동을 하면 죽은 짐승의 시체를 찾아 몰려다니는 하이에나처럼 일제히 물고 뜯을 생각이나 하는 친구들의 모습이 보기 좋을 리 만무했다.

유난히 누군가에게 지시받는 것을 싫어하는 오벨리언으로서는 어떻게든 자신의 발언권을 높이기 위해 이들과 어울렸을 뿐이다. 그런데 이렇게 실망스러운 모습을 하도 자주 지켜보다 보니 이젠 정말 짜증이 나서 견딜 수가 없었다.

이런 덜떨어진 녀석들보다는 눈에 거슬리기는 하지만 카렌이란 녀석이 훨씬 당당하다고 생각했다. 만약 조금만 더 자신에게 고분고분하게 굴었다면 혹시 친구가 되었을지도 몰랐다. 그런 생각이 들자 친구들이 더욱 밥맛없게 느껴졌다.

짜증이 잔뜩 묻은 얼굴을 감추지 않은 채 오벨리언이 결론을 내렸다.

"아직 어떤 녀석인지는 모르겠지만 제프를 공격한 것을 보면 우리 용병학과의 학생들을 노리는 것이 분명한 것 같다. 그러니 너희들도 괜히 밤늦게까지 돌아다니지 말고 일찍 기숙사로 돌아가도록 해라."

오벨리언의 지시에 그의 친구들은 고개를 끄덕이면서도 은근히 불만스러운 기색을 감추지 못했다.

그도 그럴 것이 나이가 자신들과 같거나 어린 오벨리언이 마치 자신들의 대장이라도 되는 양 거들먹거리는 것을 보면 괜히 속에서 뭔가가 부글부글 끓는 것이 느껴졌다. 그러나 체격이 달리거나, 또 실력이 달린 학생들은 그런 자신의 속마음을 감춘 채 오벨리언을 대해야만 했다. 누가 뭐래도 지금 자신들의 우두머리는 그였으니까 말이다.

"나이도 어린 녀석이 꼬박꼬박 반말을 하고 있어, 재수없게……."

오벨리언과 어울리는 학생들 가운데 가장 나이가 많은 가네트는 건방지게 자신에게 명령을 내리는 오벨리언의 행동이 못마땅했지만 실력으로는 감히 비교가 되지 않는지라 오벨리언에 대한 불만을 이렇게 혼자 있을 때만 터뜨리곤 했다.

"흐흐흐, 불만이 상당히 많은 녀석이구나."

갑자기 들린 음산하게 들리는 음성에 가네트는 그야말로 입으로 심장이 튀어나올 정도로 깜짝 놀랐다.

"누, 누구냐?"

하지만 보이는 것은 오직 어둠에 싸인 벤치와 가지를 늘어뜨리고 있는 나무뿐이었다.

"어떤 놈이냐? 당장 나오란 말이야!"

겁에 질린 가네트는 음성이 들렸다고 생각되는 곳을 향하여 힘껏 고함을 질렀지만 눈에 보이는 것은 역시 아무것도 없었다. 순간 가네트의 뇌리를 스친 생각은 어제 양호실에 입원해 있는 제프가 봤다는 유령에 관한 것이었다.

가네트도 오벨리언의 말처럼 제프가 헛것을 보고 발을 헛디뎌 사고를 당했다고 생각했을 뿐 정말 유령이 나타났을 것이라고는 꿈에도 생각하지 않았다. 하지만 방금 자신이 들은 그 음산하기 이를 데 없는 음성은 뭐란 말인가?

누군가가 바로 귓전에 대고 말을 하듯 너무나도 선명하게 들리는 그 음산한 음성은 절대 환청 같은 것이 아니었다. 심지어는 입김마저 느껴지는 듯했다. 하지만 눈에 보이는 것은 아무것도 없었다.

아직도 여름의 끝자락이 맹위를 떨치는지 밤공기는 숨 쉬기도 힘들 정도로 후끈했지만 가네트의 전신은 이미 소름으로 뒤덮여 있었다.

"흐흐흐, 난 바로 네 곁에 이렇게 서 있다. 내가 보이지 않느냐?"

역시나 자신이 잘못 들은 것이 아니었다.

상대의 숨소리마저 들릴 정도로 아주 가까운 곳에서 누군가가 자신에게 말을 걸고 있는 것이 분명했지만 눈에 보이는 것은 아무것도 없었다.

눈에 절대 보이지 않는 존재라면 단 한 가지뿐이었다.

"으아아악~ 정말 유령이 나타났다!"

겁에 질려 창백한 얼굴을 하고 있던 가네트가 갑자기 비명을 질렀는데 장난을 치고 있던 카렌이 놀란 가슴을 진정시켜야 할 정도로 정말 엄청나게 커다란 비명이었다.

기숙사를 향하여 미친 듯이 달려가는 가네트의 뒤를 은밀하게 쫓아가던 카렌은 오늘 저녁은 이 정도에서 장난을 끝내야겠다고 생각하고는 미리 준비해 둔 물에 적힌 수건으로 달려가는 가네트의 뒷덜미를 슬쩍 건드렸다.

"으아아악! 꼬르르륵."

뭔가 차갑고 섬칫한 것이 목덜미에 척 달라붙자 비명을 지르며 달려가던 가네트는 달려가던 자세에서 갑자기 게거품을 물고 기절해 버리는 것이었다. 제프란 녀석 때도 경험한 일이지만 정말로 겁이 많은 녀석들이었다.

"나참~ 아주 골고루 노는군. 이렇게 겁이 많은 녀석들이 어떻게 애들을 괴롭힐 생각을 했는지 몰라. 하지만 효과만은 확실하군."

나직하게 중얼거리던 카렌의 귀에 누군가가 달려오는 소리가 들렸다. 카렌은 슬쩍 소리가 들리는 곳으로 고개를 돌려 살펴보고는 마치 유령처럼 소리도 없이 그 자리에서 사라졌다.

숨을 서너 번 정도 내쉴 시간이 지나자 10여 명의 소년들이 그 자리에 도착했다. 바닥에 쓰러진 가네트를 발견한 아이들은 너무도 놀라

가네트 곁으로는 다가갈 생각도 못했다.

"뭐, 뭐야?"

"헉! 주, 죽었나 봐."

"그렇게 비명이 컸는데 안 죽었겠냐?"

"그런데 누가 죽은 거야? 니가 뒤집어 봐."

"미쳤냐? 그렇게 궁금하면 니가 해, 자식아."

소년들은 일제히 떠들기만 할 뿐 어느 누구도 쓰러진 가네트에게 다가설 생각을 하지 않았다. 잠시 소년들이 웅성거리고 있을 때 다시 10여 명의 소년들과 두 명의 교관이 달려왔다.

쓰러진 가네트를 발견하자마자 교관들 가운데 한 명이 조심스럽게 가네트의 목에 있는 경동맥에 손가락을 대어 맥박이 살아 있는지부터 확인했다. 가네트의 생사 여부를 확인하는 교관의 모습을 숨을 죽인 채 쳐다보고 있던 학생들은 교관이 안도의 한숨을 쉬며 일어서자 일제히 기대감 어린 시선으로 그의 얼굴만 쳐다봤다.

"그냥 단순하게 기절한 것뿐이다. 어서 양호실로 데려가거라."

교관의 말에 소년들은 안도하는 표정으로 가네트를 둘러메고 양호실로 향했다.

그 모습을 지켜보던 교관 중 하나가 모여 있던 학생들에게 심각한 표정으로 질문했다.

"이 자리에 가장 먼저 도착한 사람이 누군가?"

"저와 이 친구들입니다."

학생 하나가 앞으로 나서며 대답하자 곁에 서 있던 학생들이 긴장한 얼굴로 거의 동시에 고개를 끄덕였다.

"이곳에 도착했을 때 쓰러진 학생 외에 이상한 점은 없었나?"

"기절한 학생 외에는 아무것도 없었습니다."

"흐음~ 알았다. 너희들은 즉시 기숙사로 돌아가도록 해라."

"알겠습니다."

"노파심에서 하는 말이지만… 절대 쓸데없는 말을 퍼뜨리지 말도록. 알겠나?"

"명심하겠습니다, 교관님."

싸늘한 교관의 말에 학생들은 긴장한 얼굴로 금세 대답하고는 그 자리를 떠났다.

학생들이 떠난 후 남아 있던 두 교관은 영문을 모르겠다는 표정으로 고개를 흔들었다.

"대체 이게 무슨 일인지 모르겠군."

"그러게나 말이야. 유령이라니? 정말 오크 풀 뜯어 먹는 소리야. 그렇지 않나?"

"지금까지 한 번도 없었던 일인데… 게다가 학과장님은 신경 쓸 필요 없다는 말씀만 하시니……. 정말 답답한 일이야."

"그런데 말이야, 벌써 이런 일이 두 번이나 발생했잖아. 혹시… 정말로 유령이라도 나타난 건 아닐까?"

"아니, 이 친구가 지금 무슨 말을 하는 거야? 학생들이 그런 말을 해도 말려야 할 사람이 어떻게 그런 말을 한단 말인가?"

"아니야, 자네도 생각을 해봐. 벌써 이런 일이 두 번이나 발생했잖아. 게다가 당한 녀석들 덩치를 자네도 보지 않았나. 그렇게 커다란 덩치를 가진 녀석들이 설마 헛것을 보고 기절하지는 않았을 것 아닌가? 물론 조사를 해보면 밝혀질 일이지만 쉽게 이해가 되지 않는 것만은 사실이네."

동료의 궁색한 변명에 뭐라고 면박을 주려던 교관은 곧 고개를 끄덕였다.

자신이 생각하기에도 정말 이상한 일이 아닐 수 없었다. 이미 용병학과 신입생들 사이에는 유령 소동에 대한 일이 파다하게 퍼져 모이기만 하면 유령에 대해 수군거리고 있다는 것을 교관들도 잘 알고 있었다.

처음에는 무조건 유령 소동에 대해 수군거리는 학생들에게 제재를 가했지만 소용이 없었다. 아니, 오히려 무슨 이유가 있기 때문에 학생들의 입을 막는다는 말까지 퍼져 신입생 가운데에는 유령 소동에 대해 모르는 학생이 없을 정도였다.

진짜 유령이 나타났다고 믿는 신입생이 절반 정도 되었고, 헛것을 보고 놀랐다고 믿는 학생들이 절반이었다. 하지만 오늘 저녁 이 일이 알려진다면 진짜 유령이 나타났다고 믿는 신입생이 늘어날 것은 너무나 뻔한 일이었다.

단순히 믿는 학생들이 늘어나는 것뿐이라면 별문제가 없겠지만 겁을 먹은 신입생들 가운데 일부가 제국 아카데미를 스스로 떠나 버릴지도 모르고, 그렇게 되면 이 유령 소동이 황제나 귀족원에 알려져 수뇌부와 실질적인 책임자인 자신들이 문책받을 가능성이 있다는 것이 문제였다.

"골치 아프군. 하여튼 우선 학과장님께 보고부터 하세."

"그러지."

대답을 한 교관은 주위를 다시 한 번 둘러보았지만 역시 보이는 것은 아무것도 없었다. 그리고는 황급히 멀어져 가는 동료의 뒤를 따라갔다.

카렌이 용병학과에 입학한 지도 벌써 6개월이 지났다.

왼손의 숙달도 거의 원하는 수준에 도달했고, 댄싱 스텝은 완벽하다고 자신할 수 있을 정도로 익혔다. 또 강철 추를 다섯 개씩 넣은 파워 밴드에도 익숙해져 일상생활을 하는 데 전혀 불편함이 없었다.

좀 더 정확하게 말하자면 마나를 사용하지 않고도 한 시간 동안 쉬지 않고 롱 소드를 휘두를 수 있는 체력을 가지게 되었다. 그가 목표로 했던 것은 세 시간 동안 쉬지 않고 무기를 휘두를 수 있을 만한 체력이었지만 아직까지는 조금 무리였다. 그렇지만 걱정은 하지 않았다. 한창 클 나이이기에 1, 2년만 지나면 목표로 삼은 체력은 충분히 만들 수 있을 것이라고 생각하기 때문이다.

문제는 지옥이도류였다.

오른손이나 왼손, 어느 손으로도 펼칠 수 있는 검술이 막상 양손으로 동시에 펼치면 엉망이 된다는 점이었다.

원래의 지옥이도류에는 세 개의 공격법과 한 개의 수비법이 있었다. 그것을 데미안이 그동안의 경험을 모아 다시 세 개의 공격법을 추가해 공격법을 총 여섯 개로 정리했고, 그것을 책자로 만든 다음 카렌에게 준 것이었다.

카렌으로선 잘 이해가 되지 않는 일이었지만 아버지가 자신에게 준 책에는 예비 공격 방법이라고 할 수 있는 수법도 존재했다.

뮤란 대륙식으로 표현하자면 대결을 벌이기 전 상대에 대한 예의로 취하는 검례(劍禮)와 같은 것으로 기수식(起手式)이라는 것이 있었는데, 단순히 상대에게 예의를 보이는 것만이 아니라 일격필살의 공격 방법으로도 활용이 가능했다. 때에 따라서는 기수식의 기세만으로도 적들을 물러나게 할 수도 있다는 것이었다.

하지만 문제는 지옥이도류의 공격 방법 가운데 마나가 필요없는 공격 방법은 그 기수식밖에 없다는 것이었다.

단순히 두 자루의 무기를 휘두르는 방법만 적혀 있다면 문제가 될 것이 없지만 앞에서 설명한 대로 모든 초식을 사용하려면 단순히 마나를 사용할 줄 알아야 되는 것을 뛰어넘어 자유자재로 마나를 통제하고 사용할 줄 알아야만 지옥이도류의 진정한 위력을 발휘할 수 있는 것이었다.

어렸을 때 아버지를 따라 몬스터 토벌에 참가했을 때 수십 마리의 몬스터들을 단숨에 몰살시키는 광경을 보고 전율에 가까운 감동을 받은 적이 있었다.

흔하디흔한 롱 소드에서 쏟아져 나온 수십 개의 붉은 원과 소드 오러가 몬스터들을 사정없이 난도질하는 광경은 지금도 카렌의 뇌리에 선명하게 박혀 있었다.

당시 데미안은 가볍게 춤이라도 추듯 부드럽게 움직이며 너무나 간단하게 몬스터들을 없애 버렸기에 카렌은 그 공격에 담긴 파괴력이 얼마나 엄청난지는 한참의 시간이 지나 훈련을 시작한 다음에야 겨우 깨달을 수 있었다. 그렇기에 요즘 들어서는 호흡과 마나를 통제하는 데 대부분의 시간을 보내고 있었다.

카렌이 가부좌를 틀고 앉아 호흡을 통해 온몸으로 마나를 돌리기에 집중하고 있을 때 근처에 있던 러셀은 호흡을 조절하면서 빠르게 몸을 움직이고 있었다.

러셀은 처음 카렌이 주먹질하는 법과 발차기 하는 법을 가르쳐 준다고 했을 때 그 놀라운 위력에 배우겠다고 말은 했지만 실제로 무기를 든 사람과 싸우기는 쉽지 않을 것이라 생각했었다. 하지만 지난 몇 개월 동안 이 훈련을 계속하다 보니 왠지 맨손으로도 충분히 상대할 수 있을 거란 자신감이 생기기 시작했다.

숙! 숙! 숙!

주먹을 내뻗을 때마다, 또 힘껏 발을 찰 때마다 공기 가르는 소리가 들렸고, 러쎌은 그 소리를 들으며 좀 더 간결하고 강렬하게 동작을 취하도록 신경을 집중시켰다.

그렇게 얼마나 시간이 지났을까?

훈련에 열중하는 두 사람에게 다가오는 사람이 있었다.

"러쎌! 러쎌이 누구냐?"

"예? 예, 제가 러쎌입니다."

"면회다. 지금 즉시 준비하고 면회실로 가도록."

교관의 말에 러쎌의 얼굴에는 희색이 흘렀다.

황급히 달려가려던 러쎌은 지그시 눈을 감고 있는 카렌에게 잠시 미안한 얼굴을 하고는 곧 그 자리를 떠났다. 걸음을 옮기던 러쎌은 면회를 신청한 사람이 아버지가 틀림없을 것이라고 생각을 하면서도 돈을 벌기 위해 남쪽으로 간다고 했던 아버지가 왜 이렇게 일찍 온 것인지 궁금하다는 생각이 들었다.

면회실은 정문 근처에 마련되어 있었지만 그 면회실을 이용하는 사람은 거의 없었다. 그러고 보니 입학한 후 1년이 지나기 전에는 면회를 할 수 없다는 교칙이 생각났다.

불안한 마음을 감추지 못하며 면회실에 도착했을 때 러쎌은 누군가 등을 돌린 채 뒷짐을 지고 있는 모습을 발견했다.

러쎌이 들어오는 소리를 들었을까? 뒷짐을 푼 사내는 서서히 돌아섰다.

30대 중반이나 후반쯤으로 보이는 사내는 같은 남자가 봐도 한눈에 반할 정도로 정말 아름답게 생겼다. 러셀로서는 이렇게 아름답게 생긴 사람은 난생처음 보았다. 하지만 문제는 자신이 이 중년 사내와 만난 적이 한 번도 없기에 그가 누군지 모른다는 점이었다.

"네가 러셀이냐?"

"그렇습니다만 누구신지……?"

"난 카렌의 아버지다."

"예?"

데미안의 말에 어리둥절한 표정을 짓던 러셀은 곧 몇 가지 의문이 생겼다.

우선은 남자가 저렇게까지 아름답게 생길 수 있는가 하는 점에 대해 궁금증이 생겼고, 두 번째는 카렌의 아버지가 왜 카렌이 아닌 자신을 찾아온 것인지 그 이유를 알 수 없었고 마지막으로 소드 마스터라고 들었던 카렌의 아버지의 체격이나 분위기가 자신이 상상했던 것과는 전혀 달라 도저히 검술을 익힌 사람처럼 보이지 않는다는 점에 궁금증 이 생겼다.

간단한 여행자 복장을 하고 있는 데미안의 모습은 전혀 용병처럼 보 이지 않아 그 또한 러셀의 궁금증을 자극하기에 충분했다.

"내가 왜 카렌이 아닌 너를 찾아온 것인지 궁금하냐?"

"그렇습니다."

"우선 앉을까?"

데미안의 말에 자리에 앉은 러셀은 다시 한 번 데미안의 모습을 찬 찬히 살폈다.

전에 카렌에게 들었지만 저렇게 아름답게 생긴 중년 사내가 소드 마스터라는 것은 도저히 믿을 수 없었다. 물론 자신의 체격이 남들보다 크다는 것은 알고 있지만 덩치도 자신보다 작고, 근육질의 몸매도 아닌 데미안이 어떻게 소드 마스터가 될 수 있는지, 혹시 카렌이 자신의 아버지를 자랑하려고 거짓말을 한 것은 아닌지 하는 생각까지 들었다.

솔직히 자신이 지금 데미안과 싸운다고 하더라도 충분히 이길 수 있을 거란 생각까지 들었다. 물론 그런 러셀의 생각을 모를 데미안은 아니었다.

"내가 이렇게 너를 찾은 이유는… 네가 앞으로 카렌이 하는 일을 많이 도와줬으면 해서다."

부드러운 미소를 짓는 데미안의 말에 러셀은 이해가 잘 되지 않았다.

"죄송하지만 지금만 하더라도 카렌이 저보다 훨씬 더 강한데요? 그런 카렌을 제가 도울 일이 있을지 모르겠습니다."

"물론 카렌이 강한 것은 사실이지만 세상을 살다 보면 혼자서는 대처하기 힘든 일이 한두 가지가 아니란다. 단순하게 강한 것만으로는 해결하기 힘든 일이 많지. 그럴 때 무엇보다 도움이 되는 것은 자신의 생명을 기꺼이 맡길 수 있을 만큼 믿음직한 동료뿐이란다. 그래서 나는 네가 카렌에게 그런 동료가 되어달라고 부탁하는 것이란다. 물론 그에 합당한 보답은 충분히 할 생각이다."

러셀은 데미안이 합당한 보답을 거론하자 자신도 모르게 눈살이 찌푸려졌다.

그래도 카렌의 아버지만큼은 다른 사람과 다를 줄 알았는데 권위만 내세우는 일부 귀족들처럼 보답이란 말을 꺼내자 갑자기 불쾌한 생각이 들었다.

"제가 카렌에게 얼마만큼 도움이 될지 모르겠지만 최선을 다해 카렌을 돕도록 하겠습니다. 하지만 보답은 필요없습니다."

"후후후, 내 말을 오해한 것 같구나. 하지만 상관없다, 어차피 오해는 곧 풀릴 테니까."

의미를 알 수 없는 미소를 짓는 데미안의 태도에 러쎌은 조금 의아스럽기는 했지만 표정은 여전히 딱딱하게 굳어 있었다. 그런 러쎌을 쳐다보던 데미안은 갑자기 허리에 차고 있던 대거를 뽑아 들었다.

"이게 뭔지 아느냐?"

"대거 아닙니까?"

"대거가 맞다. 하지만 일반적인 철로 만든 대거가 아니라 미스릴로 만든 대거란 점이 조금 다르지."

미스릴이란 데미안의 말에 러쎌의 눈이 휘둥그레졌다.

그럴 만도 한 것이 미스릴이란 광물이 워낙 희귀한 탓도 있었지만 보통의 실력을 가진 대장장이들로서는 녹이기조차 힘들다고 알려진 아주 까다로운 금속이었다. 미스릴로 만든 물건은 모조리 드워프가 만든 것이라고 할 만큼 귀한 것이었다. 그런 미스릴로 만든 단검이라니 족히 몇천 골드는 호가할 물건이라는 것을 어렴풋이나마 짐작할 뿐이었다.

"잠깐 이걸 보겠느냐?"

러쎌의 주의를 끈 데미안은 오른손에 들고 있던 대거로 왼손의 손등을 사정없이 찔렀다.

당장 붉은 선혈로 물들 것 같았던 왼손에서 믿기 힘든 광경이 벌어졌다.

깡~ 까까까~ 깡~

귓전을 자극하는 요란한 소리와 함께 수십 개의 불똥이 튀었다.

연약한 인간의 손등과 무엇이든 파괴할 수 있다고 알려진 미스릴로 만든 대거가 만나 발생할 수 있는 광경은 절대 아니었다. 찢어질 듯 커진 러쎌의 눈을 보며 데미안은 피식 미소를 짓고는 대거를 다시 허리춤에 꽂았다.

"네가 보기에 이런 현상을 믿을 수 있느냐?"

"도저히… 믿을 수 없어요. 혹시… 손을 만져 봐도 될까요?"

"그렇게 하거라."

데미안이 순순히 손을 내밀자 러쎌은 무슨 비밀이라도 찾아내려는 듯 세밀하고 꼼꼼하게 손등을 살펴봤지만 이상한 점은 털끝만큼도 발견할 수 없었다.

"이런 힘을 가지고 싶지 않느냐?"

"지금 제게 보여주신 그 힘을… 제가 원한다면 가질 수 있단 말씀이십니까?"

"물론 네가 죽을 정도로 꾸준히 노력하고 또 노력을 한다면 얼마든지 가질 수 있다. 인간이 가진 살갗을 드래곤의 비늘만큼이나 강하게 만드는 힘, 태어나면서부터 가지고 있던 인간 본래의 능력을 초월해 오우거만큼이나 강한 힘을 낼 수 있도록 해주는 힘, 바람만큼이나 빠르게 움직일 수 만드는 힘. 내가 말한 합당한 보답이란 바로 이것이다. 배워 보겠느냐?"

데미안의 말에 러쎌은 도저히 믿을 수 없다는 표정을 지었다.

"정말 인간의 피부가 무엇이든 막을 수 있다는 드래곤의 비늘만큼이나 강해질 수 있고, 오우거만큼 강한 힘을 발휘하거나 바람처럼 빠르게 움직일 수 있나요? 말씀하신 대로 노력을 한다면 말입니다."

"물론이다. 네 눈으로 직접 보지 않았느냐? 물론 상당히 힘들고, 또 고통이 따르겠지만, 그 과정만 지난다면 네가 방금 말한 그런 능력을 너도 가질 수 있다."

"저에게… 그럴 만한 능력이 있을까요?"

조금 걱정스런 표정을 짓고 있는 러셀을 바라보던 데미안은 빙그레 미소를 지었는데 그 미소를 바라보던 러셀은 왠지 그가 말한 모든 것이 사실일 거라는 느낌이 들었다.

그런 러셀의 뇌리에는 조금 전 데미안이 말했던 보답에 대해 불쾌하게 느꼈던 생각은 하얗게 지워져 흔적도 남아 있지 않았다.

"오래전 난 이미 소드 마스터였기에 스스로 자신의 실력에 상당한 자신감을 가지고 있었다. 하지만 내 앞을 가로막는 적은 언제나 더 강했지. 비록 동료들에게 말을 하진 않았지만 한동안 난 자신감을 잃고 있었는데, 그때 나에게 가르침을 주신 분이 계셨다. 그분께 여러 가지를 많이 배웠는데 그 가운데 하나가 인간은 무엇으로든 진화할 수 있는 능력이 있는 존재란 것이었다. 아마 보통 사람들은 소드 마스터가 소드 오러로 쇠붙이 따위를 자르는 모습을 보면 놀랄 것이고, 또 두려워하며 소드 마스터를 마치 인간이 아닌 존재로 여기지 않겠느냐. 또 마법사들은 어떠냐? 5클래스나 6클래스의 마법을 보통 사람들이 본다면 뭐라고 하겠느냐? 하지만 소드 마스터도, 또 6클래스의 마법사도 모두 인간이지 않느냐. 네가 가지고 태어난 스스로의 능력을 너무 과소평가하지 말거라. 난 소드 마스터이기도 하지만 또한 6클래스의 벽을 넘은 마법사이기도 하니까. 한계를 정해놓는다면 너는 언제나 같은 자리에 머물러 있을 수밖에 없을 것이다."

"저, 정말 소드 마스터이시며 6클래스의 마법사란 말씀이십니까?"

"후후후."

대답없이 작은 웃음소리만 내는 데미안의 모습에 러쎌은 갑자기 일생 동안 한 번 찾아올까 말까 한다는 기회가 자신을 찾아온 것은 아닐까 하는 생각이 들었다. 이런 순간에 망설인다는 것은 정말 바보라는 생각에 자신의 마음을 밝혔다.

"배우고 싶습니다."

러쎌의 간절한 눈빛을 본 데미안은 곧 고개를 끄덕였다.

"좋다. 기꺼이 너의 스승이 되어주마. 대신 앞으로 내 지시에 따라 열심히 스스로 훈련을 하겠느냐?"

"전신 타울 앞에 제 이름을 걸고 맹세를 하겠습니다."

황급히 한쪽 무릎을 꿇고 대답을 하는 러쎌의 태도에 데미안은 근엄한 표정을 지으며 입을 열었다.

"지금부터 내가 말하는 방식은 이스턴 대륙에서 행해지는 스승과 제자의 인연을 맺는 방식이다. 두 무릎을 꿇고 나에게 절을 아홉 번 해라. 이는 스승과 처음 대면하는 제자가 영원히 스승을 존경하며 스승의 지시를 충실히 따르겠다는 맹세를 하는 것이다."

데미안의 지시에 러쎌은 재빨리 무릎을 꿇고는 데미안에게 아홉 번 고개를 숙였다. 그 모습을 찬찬히 지켜보던 데미안은 고개를 끄덕이고는 다시 부드러운 표정을 지었다.

"우선 이렇게 인연을 맺게 되어 정말 반갑구나. 아마도 넌 내가 무엇을 가르칠 것인가 상당히 궁금할 것이다. 그렇지 않느냐?"

"그렇습니다, 스승님."

러쎌의 스승님이란 말에 데미안의 얼굴에 잠시 어색한 표정이 떠올랐다가 사라졌다. 손짓으로 러쎌을 일으킨 데미안은 다시 자리에 앉아 대화를 이어갔다.

"먼저 너에게 미안하다는 말부터 해야겠구나."

"예? 무슨 말씀이신지……?"

"이렇게 스승과 제자의 인연을 맺었으니 원래대로라면 너와 함께 지내며 차근차근 처음부터 가르쳐야겠지만 지금은 내가 해야만 하는 중요한 일이 있어서 그럴 수가 없구나."

데미안의 말에 러쎌의 얼굴에는 당장 실망스러운 표정이 어렸다.

"하지만 걱정하지 마라. 비록 내가 곁에 없어도 네가 내 지시만 충실하게 따라준다면 네가 원하는 것은 모두 얻을 수 있을 것이다."

말을 마친 데미안은 신중하게 스펠을 캐스팅하기 시작했다. 그러자 데미안의 전신에서 붉은색의 마나가 뿜어져 나와 데미안의 몸을 휘감기 시작했고, 시간이 지날수록 붉은 마나는 데미안의 머리와 오른손에 집중적으로 모이기 시작했다.

"코울션 리멤버런스!"

캐스팅이 끝나자마자 데미안의 오른손에서 선홍색의 빛이 뿜어져 나왔고, 그 모습을 러쎌은 황홀하게 바라보고 있었다.

"움직이지 말고 가만히 있거라."

데미안의 말에 러쎌은 얼어붙은 듯 가만히 있었고, 데미안의 손이 러쎌의 머리에 닿자 기다렸다는 듯 선홍색의 마나가 러쎌의 머리로 스며들었다. 혹시 참기 힘든 통증이 있지 않을까 걱정하던 러쎌은 생각과는 달리 뭔가가 자신의 머리 속으로 몰려드는 느꼈다. 너무나 갑작스럽게, 또 강제로 주입된 지식에 러쎌은 잠시 동안 혼란스러움을 느껴야 했다.

잠시 후 데미안은 손을 떼었지만 러쎌은 여전히 혼란스러움을 느끼고 있었다.

"지금은 약간 혼란스럽겠지만 곧 괜찮아질 것이다. 방금 너에게 주입한 지식은 네가 앞으로 훈련해야 될 내용과 마나를 흡입해 마나 홀에 쌓는 방법, 마나를 활용하는 방법, 훈련을 통해 얻은 힘을 효과적으로 사용할 수 있는 공격 방법과 수비 방법, 그리고 마지막으로 네가 사용할 무기에 대한 지식들이다."

아직도 어지러운 듯 머리를 만지던 러쎌은 데미안의 마지막 말에 의문스러운 부분을 물어보았다.

"그럼… 앞으로 저는 롱 소드 대신 배틀 엑스를 사용해야 하는 겁니까?"

"네가 선천적으로 가지고 태어난 힘의 파괴력을 가장 효과적으로 사용할 수 있는 무기가 바로 배틀 엑스라고 나는 생각한다. 당연히 처음이니 배틀 엑스에 익숙해지기가 힘들겠지만 익숙해지기만 하면 설사 소드 마스터라고 할지라도 너의 공격을 쉽게 막아내기 힘들 것이다."

소드 마스터조차 자신의 공격을 막아내기 힘들다는 데미안의 말에 러쎌은 반신반의했지만 일단은 데미안의 말을 무조건 믿고 따르기로 했다.

"기억이 모두 나면 알게 되겠지만 왼손도 충분히 훈련을 해두도록 하거라."

"질문이 있습니다, 스승님."

"무엇이냐?"

"카렌이 저에게 주먹을 쓰는 법과 발을 사용하는 법을 가르쳐 주었는데 그 훈련은 계속해도 될까요?"

"이미 내가 너에게 주입한 훈련 방법 가운데 카렌 녀석이 가르쳐 준 것이 포함되어 있으니 굳이 따로 훈련이나 연습할 필요는 없다. 그리고 네가 사용할 무기는 내가 준비해 줄 테니 네가 따로 준비할 생각은 말거라."

"알겠습니다, 스승님. 그런데 제가 혼자서 스승님이 전해주신 지식으로 제대로 훈련할 수 있을지 걱정이 됩니다."

"그 점은 걱정하지 말거라. 자주 들르지는 못하겠지만 가끔 들러 잘못된 점을 고쳐 줄 것이다. 그리고 이것을 너에게 주마."

데미안은 말과 함께 품에서 어른 주먹만한 수정 구슬 하나를 꺼내 러쎌에게 내밀었다.

"내가 이곳으로 올 수 없을 때에는 이 수정 구슬을 통해 너의 훈련을 지켜보도록 하겠다."

데미안의 말에 러쎌은 조심스럽게 수정 구슬을 받아 살펴보았지만 표면에 알 수 없는 기하학적인 무늬가 새겨져 있을 뿐 어디서나 흔히 볼 수 있는 수정 구슬과 다를 것이 없었다. 소중하게 품에 넣는 모습을 지켜보던 데미안이 입을 열었다.

"너에게 전할 것은 모두 전했다. 아마도 우선은 기초적인 체력 훈련과 명상을 통해 마나를 몸에 축적하는 데 많은 시간을 보내야 할 거다. 마지막으로… 카렌에게는 내가 왔다는 말을 당분간 하지 않았으면 좋겠구나. 나중에 내가 기회를 봐서 카렌을 만나겠다."

"알겠습니다."

"쉽진 않겠지만 부단히 노력하거라. 그러다 보면 어느새 네가 원하는 사람이 되어 있는 너를 발견할 수 있을 것이다."

"명심하겠습니다, 스승님."

“난 기다리는 사람이 있어 이만 가겠다. 다음 기회에는 지금보다 훨씬 발전해 있는 너를 보면 좋겠구나.”

“스승님의 기대에 어긋나지 않도록 열심히 노력하겠습니다.”

“기대하겠다. 그럼 다음에 만나도록 하자. 워프!”

시동어와 함께 데미안의 모습이 면회실에서 감쪽같이 사라지자 러셀은 다시 한 번 놀랐다. 물론 데미안에게서 자신이 마법도 사용할 줄 안다고 한 말을 듣긴 했지만 막상 마법을 사용해 사라지는 모습을 보니 놀라지 않을 도리가 없었다. 하지만 시간이 흐를수록 놀람보다는 기쁨이 더욱 컸다.

데미안이 전해준 지식이 머리 속에서 생생하게 생각나며 과연 인간으로서 이렇게까지 강해질 수 있을까 하는 의문이 생길 정도로 그 지식은 놀라웠다.

소드 마스터가 무기를 사용해 인간의 경지를 벗어난 존재라면 데미안이 전해준 지식은 인간이라면 누구나 가지고 있는 기본적인 능력을 극대화시켜 맨손으로 상대가 누구든 제압하는 단계를 지나 완전히 파괴시킬 수 있을 정도로 경이스러운 것이었다.

그 사실을 깨닫게 되자마자 러셀은 도저히 가만히 자리에 앉아 있을 수 없을 정도였다.

당장이라도 연병장으로 달려가서 데미안이 전해준 방법대로 훈련하고 싶어서 온몸의 근육들이 바람을 일으킬 정도였다.

러셀이 서둘러 자리에서 일어나 면회실을 막 나가려고 할 때 황급히 면회실로 들어오려다 러셀과 부딪쳐 나동그라지는 사람이 있었다.

“어이쿠!”

“괜찮으십니까?”

쓰러진 사람을 부축해 일으켜 세우고 보니 쉰은 훨씬 넘어 보이는 중늙은이였다. 입고 있던 로브는 도대체 재질이 어떤 것인지 알 수 없을 정도로 낡고 지저분했다.

러쎌의 부축을 받고 일어선 노인은 몇 번이나 머리를 흔들고서야 겨우 정신을 차릴 수 있었다.

"어이쿠, 엉덩이야."

연신 엉덩이를 어루만지며 자신을 부축하고 있는 러쎌을 노려보듯 쳐다본 노인은 계속해서 툴툴댔다.

"쳇, 어린 녀석이 체격만 좋아가지고……. 참! 내가 이럴 때가 아니지. 물어볼 것이 있다."

"무엇입니까?"

보는 사람의 눈을 의심할 정도로 눈부시게 빨리 표정을 바꾼 노인이 러쎌에게 질문했다.

"내가 알아보니 이곳에 있는 수십 개의 면회실 가운데 면회를 한 사람은 너밖에 없다고 들었는데 내 말이 맞느냐?"

"다른 면회실은 모르겠지만 제가 방금 면회를 한 것은 사실입니다."

"네가 면회한 사람이 대체 누구냐?"

날카로운 눈으로 자신을 노려보는 노인의 태도에 잠시 찔끔하기는 했지만 러쎌은 순순히 받아들이기 힘들었다.

"제 스승님이십니다만……."

"스승? 네 스승이 마법사냐?"

"그렇습니다."

러쎌의 대답에 노인은 더 이해가 되지 않는지 러쎌의 아래위를 훑어보았다.

"네 스승이 검을 쓰는 용병이 아니라 마법사란 말이냐?"

그제야 노인의 궁금증이 이해가 간 러셀은 곧 대답을 했다.

"용병인 것도 맞지만 마법사인 것도 맞습니다."

"서, 설마 마검사란 말이냐?"

"검술도 익히고 마법도 쓸 수 있는 사람을 마검사라고 부릅니까?"

러셀의 호기심 어린 질문을 들었는지 못 들었는지 노인은 눈빛으로 러셀이 한 말의 진위를 헤아리기 여념이 없었다. 그러나 도저히 러셀의 대답을 믿을 수 없었다.

마법 하나만 익히는 것만 해도 얼마나 어려운가?

평범한 사람이라면 결코 수련 마법사의 단계를 벗어나기조차 힘든 것이 사실이었다. 그럼에도 불구하고 검술까지 익힐 수 있었다니…….

노인은 도저히 믿을 수 없었다. 게다가 지금 그의 뇌리를 지배하고 있는 사실은 그것이 아니었다.

"그러니까 네 스승이란 사람이 검도 쓸 줄 알고 마법도 사용할 줄 안단 말이냐?"

"그렇다고 말씀하셨습니다."

"그럼 네 스승이란 사람이 7클래스의 마법사란 말이냐?"

"7클래스라고요?"

반문을 하는 러셀의 눈이 휘둥그레졌다.

7클래스라니?

인간으로서 6클래스의 마법을 익힌다는 건 결코 쉬운 일이 아니었다. 대륙 전체를 살펴봐도 7클래스에 도달한 마법사는 겨우 두 명에 불과했는데, 한 명은 엘프고 나머지 한 명은 인간이었는데 이미 나이가 백 살이 넘었다고 알려져 있다. 그런데 오늘 자신이 만난 카렌의 아버지가 사실 알고 보니 7클래스의 마법사라니? 그를 만난 이후로 알게 된 모든 것들은 놀라운 일뿐이었다.

그러고 보니 아직까지 스승의 이름조차 모르고 있다는 사실이 떠올랐다.

러쎌이 쓴웃음을 짓고 있는 반면 노인은 믿을 수 없다는 듯 러쎌의 얼굴을 멍하니 쳐다보고 있었다.

지난 수십 년 동안 오로지 마법을 익히는 데 모든 것을 바친 자신은 이제야 겨우 5클래스의 턱을 넘어섰는데 7클래스 마법사가 나타났다니…….

황제에게 충성을 맹세한 궁정마법사가 겨우 6클래스인 것을 생각하면 이 덩치 좋은 녀석의 스승이 도달한 경지가 어떠할지는 도무지 짐작이 되지 않았다.

5클래스의 비기너에 불과한 부롱은 순간적으로 밀려든 전율을 동반한 현기증 때문에 휘청거렸고, 근처에 있던 러쎌은 재빨리 부롱을 부축했다.

"이쪽으로 앉으십시오."

자리에 앉은 부롱은 러쎌의 스승이 절대 7클래스의 마법사일 리 없다고 생각했지만 제국 아카데미 지하에 마련되어 있는 비밀 감시처에서 감지된 마나의 파동을 보면 분명 7클래스의 마법사가 마법을 사용할 때 발생하는 마나의 파동이 틀림없었다.

잠시 후 정신을 수습한 부롱은 자신을 걱정스런 눈초리로 쳐다보고 있는 러쎌에게 말을 꺼냈다.

"나중에… 네 스승이라는 분께서 이곳을 다시 방문하면… 나에게 꼭 알려주겠느냐?"

"죄송하지만 저 혼자서 결정할 수 있는 일이 아니라서……."

자신의 대답에 화를 내리라 생각했던 부룽이 뜻밖에도 고개를 끄덕이며 순순히 이해한다는 듯 보이자 러쎌은 의아스러운 생각이 들었다.

"하기야 대마법사의 경지에 들어선 분이시니 스스로의 정체를 밝히길 꺼리시는 것도 이해가 가는 일이지. 그런데 그분의 나이가 올해 어떻게 되시냐?"

"저도 정확하게는 모릅니다. 아마도 예순은 넘지 않으셨을까 생각은 하지만……."

혹시 자신의 대답이 데미안을 번거롭게 하지 않을까 하는 생각에 질끈 눈을 감고 거짓말을 한 것이지만 부룽은 부룽대로 깜짝 놀라고 있었다. 그도 그럴 것이 자신의 나이가 벌써 예순이 눈앞이건만 이제 겨우 5클래스의 비기너에 불과한데 자신과 몇 살 차이가 나지 않는 사람이 인간으로서는 불가능하다는 7클래스에 도달했다니…….

부룽의 시선은 부러움을 넘어서 존경스러운 빛으로 가득했다. 부룽은 어떻게든 눈앞의 이 덩치의 스승이라는 사람을 만나고 싶다는 열망에 빠졌다.

"알았다. 난 마법학과의 교수로 있는 부룽이라고 한다. 네 스승님의 존재를 다른 사람에게는 비밀로 해줄 테니까 그분께 내가 뵙기를 청하더라고 꼭 전해 드리도록 해라. 그리고… 앞으로 뭔가 부탁할 것이 있으면 나를 찾아오도록 해라. 알겠느냐?"

"알겠습니다, 교수님."

"난 생각할 것이 있으니 먼저 가보도록 해라."

"그럼 저는 이만 돌아가겠습니다."

부룽에게 인사를 한 러쎌은 곧 면회실을 빠져나갔지만 부룽은 그에게서 들은 이야기를 정리하느라 그가 언제 빠져나갔는지도 모르고 있었다.

"제길, 대체 어떤 자식이 내 친구들을 노리는 거지?"

신경질적으로 말을 내뱉은 오벨리언은 주위를 노려보았지만 이미 그의 주위에는 그의 말에 호응해 줄 아이들은 한 명도 존재하지 않았다. 그도 그럴 것이 그와 함께 어울려 다녔던 아이들은 이미 하나도 빠짐없이 유령(?)에게 당해 양호실에 가 있었기 때문이다.

기숙사에 출몰한 유령에 대한 이야기는 이제 아카데미 전체에 퍼져 모르는 사람이 없을 정도였다. 게다가 개중에는 자신이 직접 유령의 정체를 밝히겠다고 나선 학생들도 있었지만 성공한 학생은 단 한 사람도 없었다. 오히려 유령에게 놀란 학생들이 부지기수였다.

오벨리언 패거리처럼 공격당한 학생은 없었지만 한결같이 유령의 음성을 들었다고 주장해 유령 소동은 좀처럼 잦아들 줄 몰랐다. 그러니 학생들의 관심은 당연히 유령의 정체가 뭐냐 하는 것에 쏠릴 수밖에 없었다.

한 가지 이상한 점은 교관들이나 제국 아카데미의 수뇌부들도 그런 사실을 알면서도 진상 조사를 전혀 하지 않고 있다는 점이었다.

이유야 어떻게 되었든 매직 칼리지에서 벌어진 이 유령 소동은 곧 노블 칼리지에도 알려졌고, 자신의 실력에 자부심을 가지고 있던 학생들 가운데에서도 이미 여러 명이 원정(?)을 왔지만 유령의 정체를 밝히는 것에 성공한 학생은 한 사람도 없었다.

무엇이 친구들을 다치게 만들었을까를 곰곰이 생각하던 오벨리언은 자신과 다친 아이들에게 한 가지 공통점이 있다는 것을 그제야 생각해

낼 수 있었다.

지금까지 어떻게 이런 사실을 놓치고 있었는지 자신의 기억력을 탓할 수밖에 없었다.

그가 생각해 낸 공통점은 자신과 친구들이 평소 작은 학생들을 자주 괴롭혔다는 점이었다. 하지만 그 일과 친구들이 다친 현재 상황과 어떤 연관이 있는지, 또 대체 누가 친구들을 다치게 한 것인지 도무지 알 수 없었다.

만약 괴롭힘을 당했던 학생들 가운데 누군가가 용병이나 해결사 나부랭이를 고용해 친구들을 다치게 만든 것이라면 절대로 가만히 있을 수 없는 일이었다.

철저하게 조사해 누가 이번 일을 꾸민 것인지 반드시 밝혀내 보복을 하리라 결심을 하고 나니 조금 마음이 진정되는 것 같았다. 다만 오벨리언이 놓치고 있는 점은 이곳 제국 아카데미가 오고 싶다고 해서 누구든 올 수 있는 곳이 아니라는 점이었다.

"어떤 자식인지는 모르지만 내 손에 걸리기만 하면 아주 작살을 내주지."

"호호호, 과연 그럴 수 있을까?"

"헉! 누, 누구냐?"

갑자기 들려온 음산한 음성에 오벨리언은 그야말로 혼이 달아날 정도로 깜짝 놀랐다. 하지만 보이는 것은 줄지어 선 나무들과 어둠이 드리워지기 시작한 연병장뿐이었다.

순간 친구들을 괴롭혔던 유령이 드디어 자신을 찾아왔다는 걸 직감한 오벨리언은 재빨리 들고 있던 목검을 가슴 앞에 세우고는 혹시 있을지 모를 유령의 기습(?)에 대비했다. 하지만 그런 오벨리언의 행동을 비웃기라도 하듯 주위에서는 그저 무심한 산들바람이 불어올 뿐이었다.

식은땀이 흘러내려 옷을 적셨고, 오벨리언은 그리 추운 날씨가 아님에도 불구하고 온몸에 소름이 오싹 돋는 것을 느끼면서도 주위를 경계하는 데 신경을 늦추지 않았다.

"흐흐흐, 네 녀석 모습이 꼭 겁을 집어먹은 쥐새끼 같구나."

"비겁하게 숨어 있지 말고 당장 모습을 드러내라!"

"흐흐흐, 내가 보이지 않느냐? 바로 네 곁에 있는데."

유령(?)의 마지막 말은 바로 곁에서 말하는 듯 그야말로 숨소리마저 느껴질 정도였다.

오벨리언은 눈을 찢어질 듯이 부릅뜨며 황급히 주위를 둘러보았지만 여전히 보이는 것은 아무것도 없었다. 정말 유령이 나타났다는 생각이 들자 오벨리언의 팔과 다리는 떨리기 시작했다. 목검을 쥔 손은 자신도 모르게 난 땀으로 흥건해진 지 오래였다.

쉴 새 없이 곁눈질로 주위를 살폈지만 역시 보이는 것은 없었다.

"나와! 나오란 말이야!"

마치 미친 사람처럼 고함을 지르는 오벨리언의 모습에 어둠 속에서 그를 노려보고 있던 카렌은 어이가 없었다.

비록 체격은 성인보다 훨씬 크고 또 근육질의 다부진 체격을 가지고 있었지만 그런 육체를 지배하는 정신적인 연령만은 아직도 어린아이 수준을 벗어나지 못하고 있음을 깨달을 수 있었기 때문이다.

그동안 오벨리언의 친구들을 유령인 척 놀라게 만든 적은 있었지만 젖은 손수건을 제외하고 그들의 몸에 직접 손을 댄 적은 없었다. 그럼에도 불구하고 자신의 출현에 놀라 자빠진 것만으로 하나같이 양호실에 가버릴 줄은 카렌도 미처 예상하지 못했던 일이었다.

오벨리언의 친구들 앞에 유령인 척 나타나 그들의 반응을 쭉 지켜본 카렌은 실망을 감출 수 없었다. 물론 실력(?)으로도 자신을 막아낼 수 없었겠지만 그래도 당당하게 유령과 맞서는 존재가 하나 정도는 있기를 원했기 때문이었다. 하지만 그런 사람은 단 한 사람도 없었다.

하나같이 겁에 질려 무조건 도망가려고만 했다. 그런 그들의 모습에 카렌은 실망감을 감출 수 없었지만 대신 얻은 것도 있었다.

댄싱 스텝을 완벽하게 익힌 후 쉐도우 스텝을 어느 정도 익혔을 뿐이지만 오벨리언과 그의 친구들 가운데 자신의 모습을 발견한 사람은 단 한 사람도 없었던 것이다. 게다가 전음(轉音)이란 것은 그 효용이 정말 놀라웠다.

메시지 마법과 그 쓰임새가 비슷하기는 하지만 그 활용도는 비교가 안될 정도로 훨씬 다양했다.

한 사람에게만 바로 곁에서 말하는 것처럼 몰래 말을 전달할 수도 있고, 또 여러 사람에게 동시에 같은 말을 전달할 수도 있었다. 게다가 이해가 되지 않지만 어느 정도 경지에 도달하면 100킬로미터 밖의 사람에게도 자신의 뜻을 전달할 수 있고, 살인까지도 가능하다는데, 솔직히 말해 그것만은 카렌도 도저히 믿기 힘들었다.

마나도 이전보다 훨씬 자유롭게 다룰 수 있었다.

마나에 대한 통세가 원활해지니 이전까지 이해기 잘되지 않았던 지옥이도류의 검결에 대한 이해도 한층 늘어 그렇게 어렵게만 느껴졌던 소드 익스퍼트 최상급의 경지에 오르는 것도 그리 어렵게 느껴지지는 않았다.

단순히 호흡을 통해 마나만 흡입해 마나 홀에 쌓는 것이 중요한 것이 아니라는 것을 깨달은 지금은 명상을 통한 마나의 섬세한 통제에 주력하고 있었다.

카렌이 잠시 생각에 빠져 있는 동안 오벨리언의 공포는 극에 달하고 있었다.

상대가 혹시 용병이거나 해결사일지도 모른다는 생각을 잠시 했지만 다시 생각해 보니 아무리 해결사라고 하더라도 함부로 제국 아카데미에 잠입해서 이번 일을 꾸몄다고 볼 수는 없는 일이란 것을 깨달았기 때문이다. 게다가 제프를 시작으로 오늘 자신에게 나타날 때까지 자그마치 한 달이 넘는 기간 동안 아카데미에 숨어서 지내는 것이 불가능하다는 것을 깨닫는 순간 오벨리언은 밀려드는 두려움을 참지 못해 당장 그 자리를 벗어나려고 했지만 다리가 떨려 도저히 한 걸음도 뗄 수 없었다.

"흐흐흐, 왜, 두렵나?"

"나와! 나오란 말이야!"

오벨리언의 뒷말은 거의 울먹일 정도였지만 본인은 너무도 두려운 나머지 그런 사실조차 깨닫지 못하고 있었다.

파파파~ 팍~

그 순간 오벨리언의 귓전에 미약하게 바람이 뭔가에 부딪치는 소리가 들렸다. 황급히 소리가 들린 곳으로 고개를 돌리고 보니 작은 누군가가 목검을 둘러메고 있는 모습이 보였다.

자세히 보니 눈엣가시 같은 카렌이었다.

유령이라고만 생각했던 상대가 카렌이란 것을 확인한 순간 지금까지의 공포는 어느 순간 사라졌고, 대신 주체할 수 없는 분노가 치밀어 올랐다.

오벨리언이 막 입을 열려는 순간 카렌이 먼저 입을 열었다.

"여기서 뭐 하고 있어? 어? 울고 있었던 거야?"

"뭐?"

카렌의 말에 깜짝 놀라 눈가를 만져 보니 언제 눈물을 흘린 것인지 어느새 눈가가 축축해져 있었다. 황급히 눈가를 훔치고는 신경질적으로 말을 내뱉었다.

"너냐? 네가 지금까지 유령 흉내를 내서 내 친구들을 괴롭힌 거냐?"

"무슨 소리를 하는 건지 모르겠네. 저녁을 잘못 먹었냐?"

"시치미 떼지 마라! 그래, 생각해 보니 네 녀석이 한 짓이 틀림없어. 어떻게 한 건지는 모르겠지만 친구들에게 해코지를 한 놈은 네놈이 분명해. 양호실에 입원해 있는 친구들을 대신해 내가 복수를 해주마. 덤벼라!"

조금 전까지 두려움에 떨던 오벨리언이 갑자기 기세등등한 모습으로 자신에게 목검을 겨누자 카렌은 기가 막힘을 느끼면서도 목검을 들었다.

"내가 누굴 해코지했다는 거지? 정말 기가 막히는군. 게다가 너에게 날 혼내줄 만한 실력이 과연 있을지 의문이야."

"아니, 이 땅콩만한 자식이……!"

카렌의 말에 분노가 치민 오벨리언은 그대로 달려들며 목검을 휘둘렀다.

비록 목검이긴 하지만 어깨뼈나 무릎뼈처럼 외부로 돌출된 부분에 맞게 된다면 뼈가 부러지거나 큰 부상을 피할 수 없음에도 불구하고 오벨리언의 목검은 악랄하게도 카렌의 오른쪽 어깨를 노리고 날아들었다.

몇 걸음 뒤로 물러서며 오벨리언의 공격을 피하던 카렌의 시선이 싸늘하게 변했다.

"공격이 너무 심한 것 같은데……."

자신의 우는 모습을 카렌에게 보였다는 수치심이 유령 소동을 일으킨 존재가 평소에도 재수없어 하던 카렌이었다는 생각과 뒤섞이며 강렬한 살의가 온몸을 지배하기 시작했다. 당연히 대꾸도 험악할 수밖에 없었다.

"흥! 네까짓 놈 죽었다고 누가 신경이나 쓸 것 같아?"

"날… 죽일 생각이냐?"

"왜? 이제 드디어 겁이 나기 시작하냐? 하지만 이미 늦었어. 죽이진 않더라도 몇 달 동안 침대에서 꼼짝할 수 없도록 몇 군데 뼈를 부러뜨려 주지!"

오벨리언의 눈에서 흐르는 광기를 발견한 카렌은 어금니를 깨물었다.

"무슨 이유로 나를 그렇게 싫어하는 거지?"

"난 너 같은 놈들이 제일 싫어. 아무것도 가진 것도 없는 주제에 뭐가 그렇게 잘났다고 아이들을 돕는 거지? 끊임없이 잘난 척을 하는 네 놈이 그동안 얼마나 꼴 보기 싫었는지나 알아? 그런 놈이 건방지게 내 친구들을 괴롭혀? 그런 네놈을 내가 그냥 두고 볼 거라고 생각했다면 그건 큰 오산이라는 것을 뼈저리게 알려주마!"

처음 카렌은 오벨리언이 단순히 자신의 덩치만 믿고 으스대기 좋아하는 소년이라고만 생각했다. 하지만 이렇게까지 꼬인 성격을 가지고 있을 줄은 전혀 생각지 못했다. 그렇기 때문인지 더욱 분노가 치밀어 올랐다.

"흥! 누가 잘못 생각한 건지 나 역시 똑똑히 가르쳐 주지."

카렌의 말에 격분한 오벨리언이 마구잡이로 목검을 휘둘렀지만 조금 전과는 달리 카렌은 몸을 피하지 않고 일일이 오벨리언의 공격을 막고, 흘리며 조금씩 전진하고 있었다.

공격을 하고 있는 사람도 오벨리언이었지만 뒤로 물러서고 있는 사람도 오벨리언이었다.

오벨리언은 금방이라도 쓰러질 듯 허약해 보이는 카렌이 자신의 마구잡이 공격을 모조리 막아내자 생각을 바꿔 힘으로 굴복시켜 버리려는 듯 양손으로 목검을 잡은 채 공격을 퍼부었는데, 그 기세가 조금 전과는 사뭇 달랐다.

난잡하게 휘두르던 조금 전과는 달리 천부적으로 타고난 힘을 바탕으로 한 파워 검법이었다. 그러나 그러한 오벨리언의 공격으로도 카렌의 발걸음을 막기에는 불가능했다.

오벨리언으로서는 미치고 환장할 일이었지만 카렌은 차갑게 굳은 얼굴로 일일이 오벨리언의 공격을 막고 흘려내기만 할 뿐 단 한 차례도 반격하지 않았다. 하지만 오벨리언이 보기엔 그 역시 카렌이 잘난 척하려고 공격을 하지 않는다는 생각이 들었다.

순간 스스로 미치는 것이 아닐까 하는 의심이 들 정도로 격렬한 분노가 치밀어 올랐다.

"죽어! 죽이! 죽어버려!"

극도의 흥분 탓인지 오벨리언의 공격은 다시 조금 전처럼 난잡하게 흐트러져 전혀 실효를 거두지 못했다. 그러나 이미 광기에 휩싸인 오벨리언은 그런 자신의 상태를 조금도 깨닫지 못하고 있었다.

카렌은 조금 전 오벨리언이 파워 검법으로 자신을 몰아칠 때 조금은 그에게 기대를 했었다. 자신이 가지지 못한 큰 키와 강한 힘을 바탕으로 펼치는 파워 검법이 어떤 특성을 가지고 있는지 알고 싶었기 때문에 오벨리언의 공격을 일일이 막아낸 것인데 다시 난잡하게 변하자 곧 오벨리언과 그의 검법에 흥미를 잃었다.

이제 남은 것은 적절한 응징밖에 없었다.

결정을 내리자 카렌의 검이 그리는 궤적이 달라지기 시작했다. 조금 전에도 큰 동작은 아니었지만 더욱 콤팩트하게 변하며 전진하는 속도가 조금씩 빨라짐과 동시에 곧바로 반격이 시작되었다.

갑작스럽게 카렌의 대응이 달라지자 그렇지 않아도 분노 때문에 어지러웠던 오벨리언의 목검은 더욱 난잡해졌고, 오벨리언의 얼굴에는 당황한 표정이 역력해졌다. 반격을 하고 싶어도 그럴 수가 없었다. 카렌의 대응 동작이 간결해지면서 공격 속도가 엄청나게 빨라졌던 때문이다.

눈으로 목검이 날아오는 것을 확인하고도 막을 시간이 없을 정도였다.

찌르고, 베고, 후려치는 목검의 궤적이 끝없이 이어지고 있었다. 카렌의 목검은 마치 살아 있는 생명체처럼 오벨리언을 쉴 새 없이 노렸다.

오벨리언은 카렌의 공격을 가까스로 막으면서, 설마 카렌의 실력이 이렇게까지 뛰어날 줄은 전혀 예상하지 못한 자신의 성급한 판단을 탓할 수밖에 없었다.

카렌에게서 조금이라도 멀리 떨어지려고 필사적으로 노력했지만 카렌은 마치 유령처럼 다가와 공격을 퍼부었다. 흡사 방원 수십 미터의 공간이 카렌의 지배 하에 놓인 것처럼 카렌은 어디에고 존재하고 있었다.

그리고 카렌의 몸놀림이 점점 빨라진다고 느끼던 순간, 카렌의 작은 몸이 그대로 어둠 속으로 녹아들었다.

"날 죽이고 싶나, 오벨리언?"

음산하다고 느껴질 정도로 낮은 카렌의 음성에 오벨리언은 식은땀을 흘리지 않을 수 없었다. 그런 탓에 카렌의 음성이 조금 전 자신을 놀라게 만들었던 유령의 음성과 흡사하다는 것도 미처 깨닫지 못하고 있었다.

사방을 둘러보았지만 카렌의 모습은 어디에서도 찾을 수 없었다. 하지만 오벨리언은 카렌이 자신의 주위를 떠나지 않았음을 알 수 있었다. 세찬 바람을 가르며 나는 펄럭이는 옷자락 소리는 제외하더라도 그의 육감이 카렌은 떠나지 않았다고, 어둠 속에서 자신을 노리고 있다고 맹렬하게 경고를 보내고 있었기 때문이다.

그의 시선이 막 오른쪽으로 향할 때 왼쪽에서 바람을 가르며 목검이 날아들었다.

"헉!"

막을 새가 없다는 것을 직감한 오벨리언은 재빨리 상체를 틀어 상대의 공격을 피하려 했지만 그보다는 목검이 날아드는 속도가 더욱 빨랐다. 격렬한 통증이 있을 것이라 생각하고 눈을 질끈 감아버린 오벨리언의 예상과는 달리 목검은 그저 옆구리를 살짝 건드리고는 다시 어둠 속으로 사라져 버린 것이다.

오벨리언이 잠시 어리둥절함을 감추지 못하고 있을 때 다시 그의 배후로 소리도 없이 목검이 날아들었지만 오벨리언은 아무것도 감지하지 못했다.

툭!

"헉!"

깜짝 놀라 황급히 고개를 돌렸지만 목검은 어느새 사라지고 없었다. 마치 자신을 놀리기라도 하듯 소리없이 나타난 목검은 오벨리언의 빈틈만을 가볍게 건드리고는 감쪽같이 모습을 감추기를 반복했다.

끊어질 듯이 팽팽했던 긴장감도 장난 같은 카렌의 공격에 어느새 풀어져 버린 자신을 발견하고는 또다시 격렬한 분노가 치밀어 오르는 것을 느끼는 오벨리언이었다.

"흥! 그 꼴로 나를 죽일 수 있겠어? 어디 힘 좀 써봐. 이건 너무 재미없잖아."

"이 비겁한 자식아! 당장 나타나! 정정당당하게 모습을 보이란 말이야! 왜, 이기지 못할 것 같으니까 마법 도구를 사용해 몸을 숨겨 비겁하게 기습이나 하는 것이냐?"

댄싱 스텝을 밟고 있던 카렌은 울부짖음 같은 오벨리언의 외침에 어이가 없었다. 하지만 오해를 굳이 풀어주어야겠다는 생각은 들지 않았다.

"상상력이 너무 빈약하군. 어찌 되었든 그렇게 원하니 이만 나타나 주지."

카렌이 갑자기 모습을 드러냈지만 분노가 극에 다다른 오벨리언은 카렌의 모습이 보이자마자 그를 향해 목검을 휘둘렀다. 이제까지와는 달리 눈 깜짝할 사이에 오벨리언의 품으로 뛰어든 카렌은 목검의 손잡이로 오벨리언의 옆구리를 힘껏 찔렀다.

"컥!"

허리를 잔뜩 웅크린 채 뒤로 물러서는 오벨리언에게 다가간 카렌은 그의 어깨를 향해 다시 목검을 휘둘렀다. 짧고, 간결하고, 또 강력하게.

"컥! 컥! 으악!"

마치 환상처럼 수십 개로 나눠진 목검이 자신에게로 날아오는 것을 발견한 오벨리언의 눈은 불가항력적인 존재에 대한 본능적인 두려움과 절망감으로 가득했다.

본능적으로 목검을 버리고 양손으로 가슴을 보호하면서 몸을 둥글게 만들어 받을 타격을 최소한으로 줄이려고 했지만 그런 그의 의도와는 달리 카렌의 공격은 그의 어설프기 이를 데 없는 방어로 막을 수 있을 만한 성질의 기세가 아니었다.

순식간에 수십 번의 강렬한 타격을 받은 오벨리언의 눈은 이미 하얗게 변해 있었고, 잠시 후 카렌이 물러서자마자 마치 거대한 통나무가 쓰러지듯이 그대로 연병장에 쓰러졌다.

애초부터 이렇게 심하게 손을 쓸 생각은 없었던 카렌이지만 자신에게 이유 모를 적의를 보이는 오벨리언의 태도 때문에 자기도 모르게 평정심을 잃고 과하게 손을 쓰고 만 것이다. 순간 오벨리언에게 미안한 감정이 들었고, 아직도 자신이 정신적인 수양이 제대로 되지 않았다는 것을 자인하지 않을 수 없었다.

"휴우~ 아직도 멀었어."

다시 한 번 쓰러진 오벨리언을 쳐다보던 카렌은 고개를 흔들며 그 자리를 떠났다. 그리고 얼마 지나지 않아 그 자리에 검은 그림자 하나가 나타나 쓰러진 오벨리언의 모습을 살피고는 감탄한 듯 고개를 끄덕였다.

"대단하군. 제대로 검술을 펼친 것도 아닌데 이런 위력을 발휘하다니… 정말 대단한 꼬마야. 그런데 저 녀석이 언제 소드 익스퍼트 최상급에 근접한 것인지 모르겠군. 나는 아직도 제자리인데 저 녀석은 어떻게 저렇게 빨리 발전할 수 있는 것인지 이해가 되지 않아. 마나의 통제도, 검술의 이해도, 발놀림이나 몸놀림도 이전과는 비교도 할 수 없을 정도로 능숙해졌고, 또 자연스러워졌어. 과연 저 녀석이 졸업하기 전에 소드 마스터가 될 수 있을까? 후후후, 저 녀석을 지켜봐야 할 이유가 또 하나 늘었군."

검은 그림자는 쓰러진 오벨리언을 간단하게 어깨에 둘러메고는 곧 그 자리를 떠났다.

제3장
지옥마제를 만나다

아란나이트 축제.

10월 1일, 제국 내의 모든 추수가 끝난 것을 축하하기 위해 건국 초부터 시작된 트레슈나 제국의 최대 축제를 가리키는 말로 10월 1일부터 장장 열흘 동안 열리게 된다.

그 점은 제국 아카데미에서도 예외가 될 수 없었다, 비록 그 기간이 짧긴 했지만.

10월 1일부터 3일까지 계속되는 제국 아카데미의 축제는 페인야드 시민들의 관심 속에서 진행되는데, 그 가운데 가장 인기를 끌고 있는 것은 철인대회였다. 유일하게 제국 아카데미가 일반인에게 개방되는 시기이기도 하다. 그러나 축제에 참가할 수 있는 사람들은 오직 2, 3, 4학년 용병 훈련생들뿐이다.

1학년은 아직 훈련이 부족해 축제에 참가할 수 없었고, 5학년들은 실무를 경험한다는 명목 하에 외부로 나가 자격을 검증해야 하기 때문에 참가할 수 없었던 것이다.

또, 해를 거듭할수록 철인대회가 인기를 끌자 제국 아카데미의 운영진은 축제의 활성화를 위해 제국 내에서 명성을 날리고 있는 사설 용병 훈련소의 우수한 훈련생들을 철인대회에 초청했다. 대회에 참가하는 선수들은 모두 교관들의 추천을 받아야만 했고, 오로지 학업 성적이 우수하다는 평가를 받은 교육생들만이 선수로 엄선될 수 있었다.

제국 내에서 명성을 날리고 있는 사설 용병 훈련소의 훈련생들을 초청해 벌이는 철인대회가 그중에서 가장 인기 높았다.

제국 아카데미의 수뇌부는 훈련생으로 하여금 제국 아카데미에 대한 소속감을 느끼게 함은 물론이고 자신의 실력을 점검하는 기회로 삼겠다는 생각에 처음 철인대회를 개최했다. 하지만 대회에 참가하는 훈련생들의 나이가 아직 어렸기에 쉽게 흥분해 그들의 대결은 쉽게 과열되기 일쑤였다.

약 10여 년 전부터 시작된 아란나이트 축제 때 제국 아카데미에서 열리는 철인대회에서 제국 아카데미의 용병 훈련생들은 몇몇 종목에서 패한 적은 있지만 종합 성적에서는 매년 승리를 거두었다.

제국 아카데미의 철인대회는 지금까지 대회에 참가하지 못하는 1학년이 대회 준비를 해왔는데, 그것이 이제는 아예 전통이 되어버렸다. 그렇기에 카렌도 다른 1학년생들과 함께 동원이 되어 며칠 동안 철인대회를 준비하기에 여념이 없었다.

멀리뛰기, 높이뛰기, 단거리 달리기, 장거리 달리기, 계주, 투창, 격투기, 목검 결투 등이 있었는데, 대회 참가하는 학생은 예외없이 오크 가죽으로 만든 마나 동결 밴드를 착용해 마나를 사용하지 않은 순수한 육체의 힘만으로 모든 경기에 참가해야만 했다.

여덟 가지의 경기 종목에 빠짐없이 참가해 얻은 점수를 종합해 가장 높은 점수를 얻은 자는 가장 뛰어난 존재라는 뜻으로 '챔프'라는 칭호를 획득하게 된다.

물론 챔프라는 명칭이 상징적인 존재인 것은 사실이었지만 철인대회에 참가하는 훈련생들이라면 누구든 그 챔프의 자리를 차지하기 위해 이를 악물고 훈련에 열중하곤 했다.

멀리뛰기를 위한 장소에 두텁게 모래를 뿌려 정비를 마치고 친구들과 잠시 휴식을 취하고 있던 카렌은 나름대로 철인대회라는 것에 흥미가 생겼다.

카렌이 지난 몇 달 동안 지옥이도류를 연구한 결과 나름대로 내린 결론은 육체는 마나를 담는 그릇이라는 것이었다. 무조건 마나를 체내에 많이 채운다고 좋은 것이 아니었다.

육체가 견디지 못하는 마나는 오히려 육체에 독이 된다.

마나가 육체의 능력을 활성화하여 정해져 있는 이상의 힘을 내는 것은 사실이지만 한곳에 머무르지 않으려는 특성이 있는 마나를 강제로 체내에 묶어두게 되면 그때부터는 육체의 붕괴가 일어나게 된다. 그래도 근육이 있는 부분은 붕괴가 일어나는 속도가 늦지만 단련이 불가능한 뇌에서 일어나는 붕괴는 도저히 인간의 능력으로서는 막을 수 없게 된다.

불필요하게 많은 마나로 인한 뇌의 붕괴가 시작되면 육체의 붕괴 역시 가속화되는데 결국은 몸 전체에 안정을 잃은 불안정한 마나로 가득 차게 되고, 균형을 잃은 마나는 폭주를 하게 된다.

훈련으로 단련된 기사에 비해 육체적인 단련이 떨어지는 마법사에게 상대적으로 마나의 폭주가 일어나기 쉽고, 그래서 역사상 마나의 폭주로 인해 정신 상태가 불안정한, 쉽게 말해 미쳐 버린 마법사가 간혹 등장하곤 한 것이었다.

물론 자신은 아버지의 혹독한 가르침 때문에 마나의 폭주를 경험할 일은 없겠지만 이런 마나와 육체의 연관 관계를 모르는 사람들은 두 가지 중 한 가지를 등한시하기 때문에 발전 속도가 더딜 수밖에 없는 것이다.

"이곳의 작업은 끝난 것인가?"

"예, 모두 마치고 잠시 휴식을 취하고 있었습니다."

갑자기 들려온 누군가의 음성에 카렌 등을 데리고 작업을 하던 조교 중 하나가 얼른 대답했다.

"작업을 마쳤으면 그만 기숙사로 돌려보내라."

"알겠습니다, 교관님."

교관이 다른 곳을 확인하기 위해 그 자리를 떠나자 조교는 학생들에게 해산을 명했다.

"오늘 수고 많았다. 오늘 작업은 끝났으니 모두 돌아가서 쉬도록."

"휴우~ 드디어 오늘 일도 끝난 것인가?"

"에고고~ 허리야."

"그러게나 말이야. 젠장, 우리가 일꾼이 되려고 제국 아카데미에 들어왔나?"

조교의 말이 끝나자마자 학생들의 입에서는 일제히 푸념이 흘러나왔다.

"카렌이 누군가?"

“접니다.”

갑자기 누군가 자신의 이름을 부르자 대답을 한 카렌은 몸을 돌렸다. 20대 후반쯤으로 보이는 청년 하나가 자신을 쳐다보고 있는 모습이 보였다.

“무슨 일이십니까?”

“면회다. 지금 즉시 옷을 갈아입고 면회실로 가보도록.”

“알겠습니다.”

카렌은 대답을 하면서도 청년의 상태가 이상함을 즉시 느낄 수 있었다.

말하는 태도나 음성에서는 별다른 이상을 느낄 수 없었지만 썩은 생선처럼 흐리멍덩한 시선이 멍하니 허공에 고정이 되어 있어 도저히 제정신으로 보이지 않았다.

“그런데 찾아오신 분이 누구신가요?”

“면회를 신청하신 분은… 멋진 금발을 가지신 30대 중반으로 보이는 미남자였다.”

“알겠습니다. 그런데… 혹시 본인이 누구라고 이름을 밝히지는 않았나요?”

“글쎄? 나도 지시를 받은 것뿐이라 그분의 이름은 모르겠구나.”

대답은 또렷했지만 시선은 여전히 허공에 고정되어 있었다. 그 모습에 너 이상 얻을 대답이 없다고 판단한 카렌은 내충 씻고 옷을 바꾸어 입기 위해 기숙사를 향해 달려갔다.

잠시 후 면회실 앞에서 숨을 고른 카렌은 심호흡을 하고는 문을 열고 들어갔다. 찾아온 사람이 누군지 이미 짐작은 하고 있었지만 그래도 긴장이 되는 것만은 카렌도 어쩔 수 없었다.

조용히 문을 열고 면회실 안으로 들어가 보니 금발을 한 평범한 체구의 사내 하나가 등을 보인 채 서 있었다.

자신도 모르게 평소 버릇처럼 상대의 기세부터 살피던 카렌은 상대에게서 전해지는 느낌이 보통 사람들에게서는 절대 느낄 수 없는 엄청난 기세를 느껴야만 했다. 카렌이 움찔하는 순간 등을 보이고 있던 금발사내가 천천히 몸을 돌렸다.

"아~"

금발사내의 얼굴을 확인하는 순간 카렌은 자신도 모르게 탄성을 흘렸다.

지금까지 살아오면서 미남이라고 불리는 사람들을 많이 보지는 못한 카렌이지만 눈앞에 있는 저 금발사내야말로 진정한 미남으로 불려야 한다는 생각이 들었다.

아름다우면서도 분명하게 사내다운 기운을 물씬 느낄 수 있었다.

자신의 아버지인 데미안도 아름답게 생긴 것은 사실이지만 눈앞의 금발사내처럼 사내다운 분위기를 가지지 못한 것은 인정해야 했다.

카렌이 정신을 차린 것은 본인의 의지가 아니었다. 금발사내의 얼굴을 정신없이 바라보다 마주친 금발사내의 눈빛 때문이었다.

사내의 눈빛에는 인간이면 당연히 느껴져야 할 감정의 편린을 단 한 점도 발견할 수 없었다. 그의 눈을 통해 느껴지는 것은 통제할 수 없는 광포함, 거부할 수 없는 절대적인 존재감, 그리고… 짐작조차 할 수 없는 세월이었다.

"저를 찾아온 분이십니까?"

"네가 데미안의 자식이냐?"

자신의 아버지의 이름을 함부로 부르는 사내의 태도에 그가 자신의 아버지의 이름을 함부로 불러도 되는 존재라는 것을 알면서도 불쾌한 기분을 드는 것을 숨길 수 없었다.

"그렇습니다. 그런데 당신은 누구십니까?"

"난 카르메이안이다. 내가 누군지 아느냐?"

"그렇습니다."

카렌은 일단 대답을 하긴 했지만 누나인 네로브가 자신에게 알려준 상황과는 뭔가가 조금 틀어진 것을 깨닫고는 서서히 긴장감을 느꼈다. 그런 반면 자신의 이름을 밝혔음에도 불구하고 조금도 놀라지 않는 카렌의 태연한 겉모습에 조금은 호기심이 생기는 것을 느끼는 카르메이안이었다.

"데미안이 알려주었느냐?"

"아닙니다. 누님께서 알려주셨습니다."

"아레네스의 딸이라는 계집이 알려주었다고?"

카렌의 대답이 의외였는지 카르메이안이 고개를 갸웃하자 카렌은 갑자기 주체할 수 없는 격렬한 분노가 치밀어 올랐다.

"말조심하십시오. 누님을 모욕하는 발언을 계속하신다면 이만 돌아가겠습니다."

상대의 반응이 의외였는지 카르메이안은 무표정한 얼굴로 카렌을 쳐다보았다.

단지 표정이 바뀐 것에 불과했지만 카렌은 숨조차 제대로 쉬기 힘들 정도로 무거워진 분위기를 느껴야만 했다.

"네 친누나가 아니라는 사실을 혹시 모르는 것은 아니냐?"

"아버지께서 그분을 딸로 인정하는 이상 그분은 틀림없는 저의 누님이십니다."

단호한 카렌의 말에 무표정했던 카르메이안의 얼굴에 표정이 생기기 시작했다. 마치 학구열에 불타는 학자와 같은 표정에 카렌은 다시 한 번 발끈하려고 했지만 카르메이안이 먼저 입을 여는 바람이 참아야만 했다.

"하긴 그 계집… 꼬마 계집애가 데미안의 친딸이든 아니든 내게 그런 것은 중요한 것이 아니니 그냥 지나가도록 하지. 내가 이렇게 널 찾아온 이유는 너에게 크나큰 은혜를 베풀어주기 위해서다."

"은… 혜……?"

카르메이안의 말에 다시금 불쾌해진 카렌의 표정이 조금 일그러졌다.

은혜 운운하는 것도 마음 들지 않지만 마치 무슨 절대자라도 되는 양 거만한 표정을 지은 채 자신 앞에 서 있는 카르메이안의 태도가 무엇보다도 마음에 들지 않았다.

카렌의 표정이 일그러진 것을 보고서도 카르메이안의 태도는 조금도 변하지 않았다.

"대신……."

"대신?"

"나를… 할아버지라고 불러라. 그런다면 네가 원하는 것이 무엇이든 들어주마."

"싫습니다."

"뭐라고? 싫어?"

생각해 볼 값어치조차 없다는 듯 곧바로 대답하는 카렌의 태도를 도저히 믿을 수 없다는 듯 눈을 부릅 카르메이안에게서 뿜어져 나온 거역할 수 없는 마나의 폭풍이 면회실을 휩쓸고 지나갔다. 하지만 카렌은 그저 자세를 조금 낮췄을 뿐 여전히 카르메이안을 노려보고 있었다.

수천 년을 살아오면서 단 한 번도 인간을 지적 능력을 가진 생명체라고 생각해 본 적이 없는 카르메이안으로서는 자신의 호의가 카렌에게 거절당할 것이라고는 생각조차 해보지 않았다. 따라서 그의 분노는 더욱 클 수밖에 없었다.

"내 호의를 거절하는 이유가 무엇 때문이냐?"

"우선 저를 볼 때 하찮은 벌레를 보는 듯한 그 냉소적인 시선이 싫습니다. 그러니 먼저 저를 대하는 태도부터 고쳐 주십시오. 그렇지 않으면 저의 생물학적인 할아버지는 될 수 있을지는 몰라도 마음이나 영혼으로 연결된 제 할아버지는 결코 될 수 없을 겁니다. 설마 그 이유를 모를 것이라고 생각하지는 않습니다."

자신을 무섭게 노려보는 카르메이안을 발견하고도 카렌은 말을 멈추지 않았다.

"왜, 제 태도가 마음에 들지 않습니까? 그렇다면 왜, 그리고 무엇 때문에 평소 그렇게 하찮게 여기는 존재의 할아버지가 되고 싶은 겁니까?"

드래곤 피어마저 섞인 자신의 기세를 고스란히 받아내며 할 말을 또박또박 다 하는 카렌의 태도가 카르메이안이 보기엔 제법 당당해 보였다.

아마 과거 같았으면 단숨에 죽여 버렸으리라. 그렇지만 지금은 이상하게도 건방지기 짝이 없는 카렌의 행동이 그리 보기 싫지 않다는 것이었다. 아니, 오히려 흡족한 마음을 넘어 유쾌한 생각마저 들었다.

6,500년을 넘게 살아오면서 이런 마음이 들기는 처음이었다.

사실 카르메이안이 카렌을 찾아온 것은 인간에 대해 알고 싶다는 생각 때문이었다.

과거 메탈리언 전투 당시 실질적인 드래곤 로드라고 할 수 있는 자신이 수많은 드래곤들을 이끌고 합공을 해도 지하르트의 공격을 막아내기는 불가능했다. 그런데 어떻게 한낱 드라시안 따위에 불과했던 데미안이 제아무리 동료들과 함께 신의 무기를 가졌다고는 하지만 지하르트를 봉인할 수 있었던 것인지 카르메이안으로서는 정말 미칠 정도로 궁금하기 이를 데 없었다.

마신전쟁이 끝난 후 20년 동안 자신의 레어에서 그 점에 대해 심각하게 고민에 고민을 거듭해 보았지만 결론은 역시나 알 수 없다는 것이었다. 해서 자신의 눈으로 직접 확인하자고 결정을 내렸다. 그렇지만 문제가 없는 것도 아니었다.

자신이 데미안의 친부(?)인 것은 사실이지만 데미안을 버린 것도 감출 수 없는 사실이었다. 그로 인해 데미안이 자신에게 얼마나 적의를 가지고 있는지 잘 알고 있기 때문에 데미안에게는 접근조차 할 수 없다는 것이 현실이었다.

그렇다고 아무에게나 접근하기엔 그의 자존심이 허락지 않았다.

자신을 잘 모르면서 성장할 잠재력이 큰 존재, 또한 될 수 있으면 자신과 인연을 맺을 수 있는 존재를 찾던 카르메이안의 눈에 띈 존재는 바로 데미안의 자식인 카브렌시스, 즉, 카렌이었다. 물론 그런 카르메이안의 결정에는 자신이 할아버지임을 밝히면 욕심이 많은 인간의 속성상 당연히 자신의 말을 따르리라는 생각이 바닥에 깔려 있었기 때문이다.

감히 누가 드래곤이 할아버지를 자처하겠다는 데 거역하겠는가?

그렇지만 눈앞의 이 꼬맹이는 어떤가?

자신을 거부하는 것은 고사하고 건방지게도 자신을 대하는 태도부터 고치란다.

후후후.

상대에 대한 호의가 겉으로 드러난 탓일까?

카르메이안이 풍기던 분위기가 갑자기 일신되었다. 날카롭고 무겁던 분위기는 어딘가로 사라지며 봄바람처럼 훈훈한 분위기로 갑자기 바뀌자 오히려 카렌이 당황했다.

자신이 누나인 네로브에게 들은 이야기로는 카르메이안이란 존재는 단순히 나이를 많이 먹은 존재가 아닌 모든 드래곤들을 대표하는 드래곤이라는 것이다. 게다가 자신의 복수를 위해 모든 드래곤들을 이용해 인간들을 멸망케 하려던 야심만만한 드래곤이 바로 카르메이안이었다. 그런 카르메이안이 갑자기 자신에게 호의적인 태도를 보이다니… 카렌이 얼떨떨해하는 것도 어찌 보면 당연한 것이었다.

"그럼 내가 어떻게 하면 나를 받아들일 수 있겠느냐?"

"그, 그건……."

카렌이라고 딱히 무슨 생각이 있어서 그런 말을 꺼낸 것은 아니었다. 자신을 쳐다보는 카르메이안의 경멸 섞인 눈빛에 순간적으로 울컥해 말을 내뱉은 것뿐인데, 상대의 태도가 갑자기 바뀐 것이다. 다른 존재도 아닌 드래곤이 말이다.

"그래, 금방 대답하기 힘들 일인지도 모르지. 아직까지 살아온 세월이 너무나 짧았을 테니 말이다. 그렇다면 원하는 것은 없느냐? 아~ 오해하지 말아라. 결코 대가를 바라고 한 말이 아니란다. 그저 네 말처럼 생물학적인 네 할아버지의 입장에서 처음 만나는 기특한 손자에게 무엇인가를 선물해 주고 싶은 마음이 들었기 때문이란다.”

부드러운 카르메이안의 음성에 카렌은 급격하게 마음이 풀어지는 것을 느끼고는 황급하게 풀어지려는 마음을 다잡았다.

“자정에 절 다시 찾아오실 수 있나요?”

“자정에 말이냐?”

“예, 그때 제가 할아버지께 부탁을 드릴 게 있어요. 그리고 조금 전의 무례를 용서해 주세요. 이만 기숙사로 돌아가 봐야 할 것 같아요.”

“그렇게 하마. 어서 돌아가 보거라.”

“그럼 자정에 뵐게요.”

황급히 카르메이안에게 인사를 한 카렌은 면회실을 빠져나갔고, 그런 카렌의 뒷모습을 쳐다보던 카르메이안은 방금 카렌이 자신을 할아버지라 불렀다는 사실을 떠올리자 자신도 모르게 빙그레 미소가 지어졌다.

“이건 예전 데미안 녀석을 키울 때도 느끼지 못했던 감정인데? 자정이라고 했지. 나에게 부탁을 하겠다는 것이 대체 뭘까? 이미 웬만한 기사들보다 강한 녀석인데 원한다는 것이 대체 뭔지 궁금하군. 뭐, 자정에 만나보면 알겠지.”

카르메이안의 마지막 말이 허공 속에 흩어질 때 이미 카르메이안의 모습은 감쪽같이 면회실에서 사라졌다. 그리고 얼마 후.

쾅!

면회실의 문이 부서질 듯 열리더니 추레한 복장의 중늙은이 부룽이 실내로 들어섰다.

“헉헉헉~ 어디 갔어?”

하지만 이미 사라진 카렌과 카르메이안이 부롱의 눈에 보일 리 만무했다.

허탈해진 부롱은 그대로 의자에 털썩 주저앉았다.

저번에는 7클래스 급의 마나가 급격하게 파동치는 바람에 놀라서 달려왔는데 이번엔 자그마치 9클래스 급에 해당되는 마나가 요동친 흔적이 감지된 것이었다. 믿을 수 없는 마음에 한걸음에 달려온 것인데 역시나 예상대로 면회실은 텅 비어 있었다.

"9클래스 급이라니……. 이건 그 마나 감지 수정이 더위를 먹어서 미쳐 버린 거야. 틀림없어. 그렇지 않고서야 어떻게 9클래스 급의 마나가 움직일 수 있겠어. 맞아, 틀림없이 그 빌어먹을 마나 감지 수정이 고장난 걸 거야. 그런 엉터리 수정을 파는 놈들은 모조리 공정거래법 위반으로 고발을 해서 쉰 빵이나 처먹여야 돼. 고로 난 미치지 않았어. 내가 미쳤을 리 없잖아. 세상 사람들이 몽땅 다, 그리고 모조리 미쳤다고 해도 나만은 안 미쳤어. 그럼, 그렇고말고……."

한없이 이어지는 부롱의 푸념.

그러나 들어주는 이 없는 쓸쓸한 늙은이의 넋두리일 뿐이었다.

자정.

방 안의 숨소리가 일정해진 것을 확인하고서야 카렌은 조심스럽게 잠자리에서 일어났다. 그리고는 마치 자신이 자는 것처럼 잠자리를 꾸며놓고는 최대한 소음을 죽인 채 바닥으로 내려섰다.

린네와 세자르, 그리고 러쎌은 이미 세상모르게 잠에 빠진 지 오래였다.

조용히 문 앞에 선 카렌은 우선 복도를 서성거리고 있는 불침번들의 기척부터 확인했다.

용병 후보생들은 기숙사 생활을 시작하면서부터 단 한 사람도 열외 없이 돌아가면서 불침번을 서야 했다. 대략 한 시간 정도였는데 다행히도 오늘 저녁 카렌의 방에는 불침번이 없었기에 카렌이 방을 빠져나가도 들킬 일은 없었다.

현재 자신이 있는 방은 3층, 옥상까지는 5층을 더 올라가야만 하는 상황이었다. 불과 10여 미터 밖에서 한 명의 불침번이 자신 쪽으로 다가왔다가 멀어졌다가를 반복하고 있었다.

불침번이 다가왔다 막 몸을 돌리는 순간 카렌은 소리도 없이 문을 열고 달려나가서 벽을 박차고는 그대로 천장으로 몸을 날렸다. 마치 유령 같은 몸놀림이었다.

손과 발을 사용해 천장에 그대로 매달린 카렌은 혹시나 하는 마음에 불침번을 쳐다봤다. 하지만 그는 아무것도 느끼지 못한 것처럼 여전히 걸음을 옮기고 있을 뿐이었다.

하긴 마나도 느끼지 못한 학생들이 소드 익스퍼트 상급에 상회하는 카렌의 행동을 감지한다는 것 자체가 말이 되지 않는 소리였다.

자정이 가까워졌다는 것을 직감적으로 깨달은 카렌은 서둘러 옥상으로 향했다.

간혹 불침번 서는 아이들을 만나기는 했지만 주로 천장에 매달리는 방법을 이용해서 아무에게도 들키지 않고 무사히 옥상에 도착할 수 있었다.

막상 도착하고 보니 옥상의 넓이가 자신이 상상했던 것보다 훨씬 넓다는 것을 깨닫고는 여기저기를 살펴봤지만 카르메이안의 모습은 어디에서도 발견할 수 없었다.

거의 연병장 넓이의 절반만한 옥상 이곳저곳을 카렌이 살피고 있을 때 갑자기 공간의 일부가 왜곡되며 마나가 급격하게 파동치는 것이 느껴졌다.

카렌의 고개가 그쪽으로 향했을 때 허공에 카르메이안의 신형이 홀연히 드러났다.

"오셨군요."

"내가 늦은 건가?"

"아니에요. 정확하게 오셨어요."

"늦지 않은 것은 다행인지만 이곳엔 앉을 곳이 없구나."

카르메이안의 말에 카렌도 주위를 둘러보았지만 역시 앉을 만한 곳은 보이지 않았다.

옥상 바닥에 그냥 앉을 수밖에 없을 것 같아 난감한 표정을 짓고 있는 카렌의 모습을 지켜보던 카르메이안이 피식 미소를 지었다.

"이야기를 나누기에는 마땅한 장소가 아닌 것 같구나. 괜찮다면 나를 따라오겠느냐?"

"예."

자신의 제의에 가는 곳이 어디냐고 묻지도 않고, 또 아무런 의문도 품지 않은 채 따라나서는 카렌의 태도가 조금은 이상하게 생각되는 카르메이안이었다.

"내가 어디로 가자고 하는지 아느냐?"

"아니오."

"내가 가자고 하는 곳이 어떤 곳인지도 모르면서 불안하지도 않단 말이냐?"

"불안이요? 왜요?"

"……."

오히려 이상하다는 듯 반문하는 카렌의 행동에 순간적으로 카르메이안은 말문이 막혔다.

"제가 어딜 가는지 묻지 않는 것이 그렇게 이상한가요? 할아버지가 절 위험하게 만들 리 만무하잖아요. 제가 묻지 않은 이유는 할아버지를 믿기 때문이에요. 오히려 제가 위험하면 할아버지가 보호해 주실 거잖아요. 그렇지 않나요?"

초롱초롱한 눈망울을 한 채 자신의 얼굴을 빤히 쳐다보는 카렌의 깜찍한 행동에 카르메이안은 속으로 쓴웃음을 지어야만 했다.

되로 주고 말로 받는다고 했던가?

자신을 따라오는 것이 불안하지 않느냐는 말에 오히려 위험하면 자신을 구해주지 않을 거냐는 말에 더 이상 할 말이 없었다.

"무, 물론이다. 네가 위험에 빠진다면 당연히 할아버지인 내가 구하지 설마 그냥 보고만 있겠느냐? 자~ 자세한 말은 장소를 옮겨서 이야기를 하도록 하자. 워프!"

시동어와 함께 카르메이안과 카렌의 몸은 옥상 위에서 감쪽같이 사라졌다. 그리고 얼마 후 땀을 뻘뻘 흘리며 옥상 문을 열고 나타난 이가 있으니 다름 아닌 부롱이었다.

헉헉대며 텅 비어 있는 옥상의 바라보는 부롱의 이마에는 흥건한 땀이, 눈가에는 눈물이 가득 고여 있었다. 그리고는 털썩 그 자리에 주저앉았다.

"젠장, 또 없군, 또 없어. 누군가가 날 놀리는 거야. 틀림없어. 그렇지 않고서야 매번 이렇게 헛걸음질을… 흑흑흑."

늙은 마법사의 구슬픈 흐느낌이 조용히 옥상 위로 울려 퍼졌다.

눈앞에서 빛이 번쩍하는 순간 카렌은 자신이 한 번도 와본 적이 없는 곳으로 이동했다는 사실을 깨달았다. 언뜻 보기에 어떤 건물의 거실로 보였는데 그 화려함이란 카렌이 지금까지 살아오면서 단 한 번도 본 적이 없었다.

몇 번 가본 적이 있는 황궁의 화려함도 이곳의 화려함과는 감히 비교도 안 될 정도였다.

거의 사방 20여 미터는 되어 보이는 넓이에 사방의 벽은 물론 천장과 바닥까지 완전히 황금으로 도배가 되어 있었고, 중앙에는 거대한 카펫이 깔려 있었다. 또 몇 자루의 무기들이 벽면에 걸려 있었고, 벽면의 나머지는 태피스트리와 화려한 벽화로 장식되어 있었다.

어느 한 곳도 평범해 보이는 곳이 없었다.

정신없이 주위를 살피는 카렌의 모습을 지켜보던 카르메이안은 중앙에 놓여 있는 푹신해 보이는 소파를 가리키며 입을 열었다.

"이곳이 내가 사는 곳이란다. 일단은 소파에 앉도록 하거라."

"와~ 할아버지는 화려한 것을 굉장히 좋아하시나 봐요. 사방을 황금으로 장식한 것을 보면 말이에요."

"후후후, 황금으로 장식을 한 것이 아니라 황금맥 중앙에 거처를 만든 것이란다. 이곳을 거처로 삼은 지 벌써 6천 년 가까이 되었구나. 그런대로 살기 괜찮은 곳이지."

카르메이안의 이야기를 들으면서도 카렌은 연신 주위를 두리번거리고 있었다.

"피아나!"

카르메이안의 호명이 끝나자마자 갑자기 근처의 공간 일부가 왜곡

되었다 곧 정상으로 되돌아왔는데, 괴상하게 생긴 존재 하나가 모습을
드러내 카르메이안에게 정중하게 고개를 숙였다.

"주인님, 돌아오셨습니까?"

"이 아이에게는 음료를, 나에는 진주의 눈물을 한 잔 가져오너라."

"잠시만 기다려 주십시오, 주인님."

대답과 함께 괴상한 존재는 나타났을 때처럼 감쪽같이 사라졌다. 그
때까지 그 괴상한 존재를 쳐다보고 있던 카렌은 의문을 감추지 못했다.

"할아버지, 조금 전 그 이상하게 생긴……."

카렌의 말이 끝나기도 전 그 괴상한 존재가 다시 모습을 드러냈는데,
그 존재의 손에는 금으로 만든 쟁반이 들려 있었고, 쟁반에는 금과 크
리스털로 만든 고풍스러운 두 개의 잔이 놓여 있었다. 카르메이안과
카렌 사이에 놓여 있던 테이블에 조심스럽게 잔을 내려놓고는 조용히
시립했다.

그 태도가 얼마나 예의 바르고 정중하던지 카렌이 감탄을 금치 못할
정도였다. 하지만 카르메이안은 뭐가 마음에 들지 않는지 잔뜩 인상을
찌푸리고 있었다.

"멍청한 년, 술과 음료를 가지고 오라고 했다고 그것만 달랑 가지고
오다니……. 과일이나 과자도 가져와야 할 것 아니냐?"

"죄송합니다, 주인님. 곧 가져오겠습니다."

카르메이안의 말이 끝났을 땐 이미 그녀의 모습은 어디에도 없었다.
그런데 이번엔 이동 방법이 달랐다.

조금 전에는 이동 마법 같은 것을 이용해 공간 내에서 사라졌다 나
타났지만 이번에는 눈에 보이지 않을 정도로 빠르게 실내를 빠져나갔
다는 것이 달랐다. 카렌은 자신의 실력으로도 피아나라고 불렀던 존재

가 언제, 어디로 사라졌는지 본 것은 고사하고, 느끼지조차 못했다는 사실에 놀라지 않을 수 없었다.

"할아버지, 그……."

카렌의 말이 끝나기도 전 다시 그 존재가 모습을 드러냈다. 과일과 과자가 듬뿍 뜬 쟁반을 테이블에 조심스럽게 내려놓았다.

"기다리시게 해서 죄송합니다, 주인님."

"내 손자가 네 정체를 무척이나 궁금하게 생각한다. 설명해 주거라."

"알겠습니다, 주인님."

대답을 한 존재가 카렌을 향해 몸을 돌리자 카렌은 그제야 그 존재의 모습을 확실하게 확인할 수 있었다.

암흑처럼 검은 머릿결을 가진 여인은 일반적인 여인의 모습과는 너무나 달랐다.

엉덩이에는 채찍처럼 생긴 긴 꼬리가 매달려 있었고, 엘프보다 더욱 뾰족한 귀, 빨간 입술을 비집고 빠져나온 두 개의 송곳니, 끊임없이 움직이는 네 개의 눈동자, 그리고 등에는 3미터쯤은 될 듯 보이는 박쥐의 날개처럼 생긴 날개가 달려 있었다. 그리고 가려야 할 부분만을 최소한으로 가린 차림이었지만 눈이 번쩍 뜨일 정도로 눈부시게 아름다운 것 또한 사실이었다.

"저는 20년 전 지상계를 침략했던 마신 지하르트의 부하였던 음속의 마녀 피아나라고 합니다."

"마신 지하르트의 부하라면 설마 마족?"

"그렇습니다. 마계 상급 마족 음속의 마녀 피아나가 작은 주인님께 인사를 드립니다."

"작은 주인님?"

피아나의 느닷없는 호칭에 카렌은 당황한 빛을 감추지 못했다. 하지만 피아나는 그런 카렌의 태도가 이해가 되지 않는지 그를 쳐다보며 고개를 갸웃거리고 있었다.

"건방진 년, 감히 누구에게 그따위 무례를 저지르는 것이냐! 당장 카렌에게 사죄하지 못하겠느냐!"

카르메이안의 호통에 피아나는 온몸을 부르르 떨면서 당장 카렌의 발밑에 머리를 조아리고는 사과를 하기 시작했다.

"죄, 죄송합니다, 작은 주인님. 노예 주제에 감히 주인님의 얼굴을 빤히 쳐다보는 무례를 저질렀습니다. 제발 무례하기 짝이 없는 저의 죄를 용서해 주십시오. 제발 저를 소멸시키지만은 말아주……."

피아나의 갑작스러운 행동에 카렌은 당황한 얼굴로 카르메이안을 쳐다보았다.

카르메이안의 얼굴이 딱딱하게 굳은 것으로 보아 조금 전 피아나의 행동에 진심으로 분노를 느낀 듯 보였다.

"괘, 괜찮으니까 어서 일어나세요."

"감사합니다, 작은 주인님. 정말 감사합니다."

피아나는 몇 번이나 카렌에게 인사를 했는데 표정을 보면 정말 자신에게 감사를 느끼는 것 같았다. 어색한 분위기를 바꾸기 위해 카렌이 입을 열었다.

"그럼 마신전쟁 때부터 할아버지의 레어에서 지낸 건가요?"

"아니란다. 과거 뮤란 제국의 수도였던 메탈리언에서 지하르트와 전쟁이 끝난 후 부상을 입고 쓰러져 있던 것을 시녀로 쓰기 위해 데려온 것이란다."

카르메이안의 말에 카렌의 눈빛이 반짝였다.

"그럼 그 메탈리언 전투에 참가를 했단 말이에요? 정말 그 전투에 참가했어요?"

"예, 참가했었습니다."

"어땠나요? 전해져 오는 이야기처럼 정말 그렇게 대단했나요?"

"죄송합니다, 작은 주인님. 저는 제가 참가했던 전투밖에 기억하지 못합니다. 주인님을 비롯한 드래곤들과의 싸움도 힘들었지만 신의 무기로 무장한 인간들의 반격이 무엇보다 무서웠습니다. 아마도 인간들 가운데 최강의 실력을 가지고 있지 않았나 생각됩니다. 만 하루 동안 계속된 전투에서 결국 인간들 가운데 최후로 살아남은 사내가 마신 지하르트를 봉인함으로써 메탈리언 전투는 끝나게 되었습니다. 그리고 난 후 저는 주인님께 구함을 받고 이곳 레어에서 시녀로 살아가고 있습니다."

"이야기가 끝났으면 나가봐라."

"명을 따르겠습니다, 주인님."

대답과 동시에 피아나의 모습은 카렌의 시야에서 감쪽같이 사라졌다.

카렌은 대체 어떤 방법으로 피아나가 이렇게 빨리 사라질 수 있는 것인지 너무나 궁금했지만 할 말이 있어 보이는 카르메이안 때문에 샘솟는 궁금증을 참아야 했다.

"아까 낮에 나에게 부탁이 있다고 했는데 그것이 무엇이냐?"

"원하는 것이 있어요, 할아버지."

이제는 카렌의 입에서 자연스럽게 할아버지란 단어가 튀어나온다. 그리고 카르메이안의 얼굴에도 자연스럽게 미소가 흐른다.

"그래, 무엇이냐?"

"할아버지께선 혹시 영혼 소환진을 알고 계시나요?"

"영혼 소환진? 물론 알고는 있다만……."

카렌의 말에 카르메이안은 의문이 생기는 것을 감출 수 없었다.

영혼 소환진은 과거라면 모르는 드래곤들이 없었겠지만 지금은 알고 있는 드래곤들이 드물 정도로 하찮은 소환진에 불과했다. 쓸데없는 영혼 따위를 소환하느니 차라리 마계나 음차원계의 생명체를 소환해 자신의 레어나 지키게 하는 것이 훨씬 효율적이기 때문이다.

물론 자신은 잘 알고 있었다.

과거 신인과 인간들에게 복수를 꿈꾸면서 힘을 키울 때 자연스럽고 또 당연하게 각종 마법진들에 대해 학구열을 불태웠던 적이 있었다. 때문에 알고 있었던 것인데 카렌이 그런 사실을 어떻게 알고 자신에게 영혼 소환진에 대해 묻는 것인지 궁금하지 않을 수 없었다.

"그렇다면 특정 영혼을 불러올 수도 있나요?"

"특정 영혼이라……. 흠~ 그렇다면 상당히 정밀한 소환진이 필요하겠구나. 그래, 어떤 영혼을 소환하려고 하는 것이냐?"

"4,328년 전에 죽은 곽주민이라는 분의 영혼을 소환하려고요."

"곽주민?"

카르메이안은 그 존재가 인간이며, 특이한 발음으로 보아 이스튼 대륙의 인물이라는 것을 즉시 깨달을 수 있었다. 하지만 왜 그자의 영혼을 소환하기를 원하는 것인지는 아무리 생각해 봐도 이유를 알 수 없었다.

"그자의 영혼을 소환해 내야만 하는 특별한 이유라도 있느냐?"

"할아버지는 아버지가 어떤 검술을 익히셨는지 알고 계시나요?"

“지옥이도류가 뭔가 하는 쌍검술(雙劍術) 아니냐?”

“역시 알고 계셨군요. 그 지옥이도류를 만드신 분이 바로 그분이시거든요.”

“곽주민이라는 녀석이 지옥이도류를 만들었다?”

카렌의 대답에도 카르메이안은 궁금증이 풀리기는커녕 오히려 더 많은 궁금증이 생기는 것을 느껴야 했다.

“그자가 그 무술을 창안했다는 점은 잘 알겠다만 그자는 한낱 인간에 불과할 뿐 아니냐? 설사 그자가 지금 살아 있다고 하더라도 마신을 봉인시킨 네 아버지의 상대는 안 되었을 것 같은데……. 네 생각은 어떠냐?”

자신이 생각을 해봐도 카르메이안의 이의 제기는 타당했다.

잠시 망설이던 카렌은 네로브의 이야기를 털어놓았다.

“제가 할아버지께 이런 말씀을 드리게 된 것은 누나가 그 말을 해주었기 때문이에요.”

“네로브가 말이냐?”

“예.”

“더 더욱 이해가 되지 않는구나. 네 누나가 무슨 이유로 곽주민이라는 자의 영혼을 소환하라고 너에게 가르쳐 주었는지 말이다.”

“제가 아버지만큼 강해지고 싶다고 했기 때문이에요. 누나에게 들은 이야기로는 아버지도 그 지옥이도류의 무공을 완전히 익히신 것이 아니라고 했어요. 때문에 제가 곽주민이란 분의 가르침을 받아 지옥이도류를 완전히 익힐 수 있다면 아버지만큼 강해질 수 있을 것이란 생각이 들어 할아버지께 부탁을 드리게 된 거예요.”

“음~ 그렇게 된 것이군.”

"할아버지, 가능할까요?"

"당연한 말을 하는구나. 난 에인션트 골드 드래곤 카르메이안이다. 이번은 처음이니 용서하겠지만 앞으로는 절대 내 능력을 의심하지 말아라. 알겠느냐?"

순간적으로 카르메이안의 전신에서 뿜어져 나온 마나가 응접실 주위를 휩쓸고 지나갔다.

"죄송해요, 할아버지. 너무나 어려운 일 같아서 불가능하지 않을까 생각했었거든요. 그렇지만 할아버지의 능력을 의심한 것은 아니니까 노여움을 푸세요."

카렌의 다급한 사과에 카르메이안의 치밀었던 분노가 삽시간에 사라지는 것을 느꼈다. 분노가 갑자기 수그러든 것이 이해가 되지 않았지만 카렌에게 화를 냈다는 것 자체도 상당히 어색하기만 했다.

"험험~ 지금 당장 그 곽주민인가 하는 인간의 영혼을 불러주면 되겠느냐?"

"자, 잠깐만요. 저어~ 아카데미의 건물에서 소환해 주시면 안 되나요?"

"안 될 거야 없지. 그럼 지금 아카데미로 가겠느냐?"

"한 가지 더 부탁드릴 것이 있어요."

"무엇이냐?"

"이 반지를 봐주시겠어요?"

말과 함께 카렌이 왼손에 끼고 있던 반지를 빼서 내밀자 카르메이안은 반지를 받아 살피다 조금은 놀랐다는 표정을 지었다.

"호오~ 아직도 지상에 남은 라이오너가 있었던가?"

"제가 들은 이야기로는 어떤 드래곤이 라이오너를 그 반지에 봉인했다고 하는데 어떤 방법으로도 봉인을 풀 수 없다고 들었어요."

"에인션트 드래곤이 용언으로 봉인한 것을 감히 누가 풀 수 있단 말이냐? 어림도 없는 소리. 해서 이 반지의 봉인을 풀기를 원하느냐?"

"봉인을 풀면 곧바로 라이오너와 맹약을 맺을 수 있나요?"

"물론이란다. 단지 라이오너는 정령계 정령이 아니기 때문에 라이오너가 머물 수 있는 공간이 필요한데 우선은 이것을 사용하도록 하자꾸나. 소환!"

외침이 끝났을 때 카르메이안의 손에는 은색을 뿌리는 작은 반지 하나가 놓여 있었다.

"이 반지는 체인 라이트닝이 걸려 있는 미스릴로 만든 반지란다. 하루에 세 번 정도 사용이 가능한데, 라이오너에게는 꽤나 어울리는 보금자리 같구나."

"그럼 라이오너는 정령계에서 소환되는 것이 아닌가요?"

"실프나 운디네, 샐러맨더, 노움 같은 정령들은 정령계에서 맹약자에 의해 소환되지만 윌로위스프나 샌드맨 같은 정령들은 자연계에 존재했다가 맹약자에게 소환된단다. 라이오너 역시 마찬가지지. 하지만 라이오너는 자연계 정령이니만큼 속성의 특성상 머물 장소가 반드시 필요하단다."

"아~ 그렇구나. 그런데 할아버지, 제가 라이오너를 잘 다룰 수 있을까요?"

"글쎄다. 내가 전기를 다루는 블루 드래곤이면 알겠지만⋯ 가만히 있어봐라. 그 문제는 내가 해결해 주마. 그렇다면 제국 아카데미 어디에 영혼 소환진을 설치해 주면 되겠느냐?"

"어디에 소환진을 설치해야 할지⋯⋯."

"이왕이면 영혼 소환진을 설치한 곳에 훈련할 수 있는 장소까지 있으면 더 좋지 않겠느냐? 남의 눈에 띄지도 않으면서 말이다."

"그렇게 할 수만 있다면 더 이상 좋을 수는 없지만, 그렇게 하려면 제가 아카데미에서 벗어나야……."

"그 문제는 내가 알아서 해주마. 그럼 가볼까? 워프!"

손을 들어 카르메이안의 행동을 제지하려던 카렌은 어느새 자신이 제국 아카데미의 연병장에 서 있는 것을 발견했다. 황급히 주위를 둘러보았지만 늦은 밤인 탓인지 연병장에는 아무도 없었기에 겨우 마음을 놓을 수 있었다.

"크리에이트 디멘션 스페이스(Create Dimension Space)!"

카르메이안의 음성이 연병장에 울려 퍼졌지만 변한 것은 아무것도 없었다.

"이제 슬슬 가볼까. 카렌, 그 자리에서 움직이지 말아라. 워프!"

다시 한 번 카르메이안의 음성이 들렸을 때 두 사람의 모습은 연병장에서 감쪽같이 사라졌다. 그리고 얼마 후,

"헉헉헉!"

연병장으로 달려온 사람은 마법학과 교수인 부롱과 용병학과 학과장인 아카힐이었다. 주위를 둘러보던 아카힐은 조금은 굳은 얼굴로 입을 열었다.

"아무도 없구려."

"내가 뭐라고 했소? 이곳에 와봐야 소용없을 것이라 하지 않았소."

"그런데 정말 9클래스 급의 마나가 움직인 것이 맞소?"

"조단 학과장도 나와 함께 보지 않았소? 그 망할 놈의 마나 감지 수정이 고장난 것이 아니라면 오늘 이곳에서 자그마치 두 번이나 9클래

스 급의 마나가 사용되었단 말이오. 하지만 무엇 때문에 9클래스의 마나가 필요했는지 그 이유를 알 수 없단 말이오. 아무리 봐도 변한 것은 아무것도 없는데……."

"9클래스 급이라면 인간일 리는 없을 테고 설마 드래곤이라도 나타났다는 말인가?"

"내 말이 바로 그 말이오. 드래곤이 뭐 먹을 것이 있다고 이런 궁벽한 곳에 두 번이나 나타나느냔 말이오. 조단 학과장이 생각하기에 여기 제국 아카데미에 드래곤의 호기심을 끌 만한 것이 있다고 생각하시오?"

아카힐이 생각하기에도 그것은 말이 되지 않는 말이었다.

설사 드래곤이 나타난 것이 사실이라고 하더라도 자신이 가진 미약한 힘으로 대체 뭘 어떻게 하겠는가?

"부룽 교수, 들어갑시다."

"들어가다니? 어딜 들어간단 말이오. 조사를 해야 할 것 아니오?"

"뭘 조사한단 말이오? 부룽 교수도 생각을 해보시오. 9클래스의 마법을 사용할 수 있는 존재가 설사 이곳에 나타났다고 합시다. 우리가 뭘 할 수 있겠소? 그런 행동이 만약 그 존재의 성미를 건드려 오히려 분노를 사게 된다면 그때는 어떻게 할 거요?"

만약 아카힐의 말대로 그런 일이 벌어진다면 제국의 입장으로서는 그야말로 대재앙이 아닐 수 없었다. 그래도 부룽은 그런 존재를 직접 자신의 눈으로 보고 확인하고 싶었다.

"알았소, 그럽시다."

부룽의 입에는 한숨이 절로 흘러나왔다.

"이곳이 어딘가요?"

"여기? 여기는 조금 전 우리가 서 있던 연병장의 바로 밑이란다."

"예?"

"간단히 말하자면 연병장 바로 밑의 공간을 왜곡시켜 하나의 장소를 만든 것이란다."

카르메이안의 말을 들으면서도, 또 방금 만든 듯 보이는 거대한 돌의 속을 깎아 만든 듯 보이는 거대한 정방형 모양의 방을 모습을 직접 보면서도 카렌은 좀처럼 믿을 수 없었다.

"그, 그러니까 이 공간을 방금 할아버님께서 만드셨다는 말씀인가요?"

"왜, 안 믿어지느냐?"

"안 믿어져서 그런 것이 아니라… 정말 대단하세요! 이렇게 넓은 공간을 순식간에 만들 수 있다니……. 제 눈으로 직접 보고도 믿을 수 없을 정도예요!"

카렌이 믿지 못하는 것도 어찌 보면 당연했다.

사방 100여 미터쯤으로 보이는 돌로 이루어진 방은 높이도 거의 40미터 가까이 되었다. 천장에는 수십 개의 라이트 스펠이 인첸트되어 있는 수정 구슬이 박혀 있어 방 안을 환하게 밝히고 있었다. 물론 거대한 방 안에는 아무것도 없어 조금은 썰렁한 모습이었다.

"이 공간에는 오직 너만 올 수 있단다. 다시 말해 이곳은 너만의 공간이라고 할 수 있지. 이 공간이 무너질까 걱정하지는 말아라. 공간 전체에 형태 유지 마법과 강화 마법이 걸려 있으니 이곳에 어떤 충격이 전해지든 충분히 견딜 수 있을 게다. 또 훈련장으로 사용하기에도 충분할 것 같은데… 네 생각은 어떠냐?"

"너무 훌륭해요, 할아버지."

"마음에 든다니 다행이구나. 그럼 우선 영혼 소환진부터 만들어야겠구나. 우선 기본 형태는 영혼 소환진이니……."

말과 함께 카르메이안이 손을 들자 마치 기다렸다는 듯이 방의 바닥에 크기 10여 미터에 해당되는 거대한 마법진이 새겨졌다.

"시대가 지금부터 4,328년 전이라고 했으니……."

말이 끝남과 동시에 바닥에 새겨졌던 마법진의 동심원 속에 갖가지 기하학적이 도형과 숫자가 새겨졌다.

"대상이 이스턴 대륙에 살았던 곽주민이라 했겠다."

다시 한 번 영혼 마법진 속에 미세한 글자와 도형들이 생겼다.

도형의 상태를 확인할 필요도 없다는 듯 높이 팔을 쳐든 카르메이안의 손에는 10여 개의 마정석들이 모습을 드러냈다. 카르메이안이 손을 내젓자 마정석들은 날개라도 달린 듯 마법진 곳곳으로 날아가 사뿐히 내려앉았다. 그리고 카르메이안이 재차 손을 내젓자 마법진의 중앙에 거의 사람 머리 정도는 되어 보이는 커다란 수정 구슬이 놓여졌다.

"준비가 이제 끝났구나. 그럼 슬슬 불러볼까?"

기대에 차 있는 카렌을 슬쩍 쳐다본 카르메이안은 본격적으로 영혼을 부를 준비를 했다.

솔직히 말해 은근히 불안한 점이 없지는 않았다.

단 한 번도 특정 영혼을 불러본 적이 없었기 때문이다. 그래도 예전부터 알고 있는 지식과 자신이 지금 설치한 소환진이 다르지 않다는 점에 약간은 자신감을 가져보는 카르메이안이었다.

"서먼 스피릿(Summon Spirits)!"

카르메이안의 시동어와 함께 영혼 소환진 곳곳에 놓여진 마정석들이 일제히 푸른 빛을 뿌리기 시작했고, 그렇게 뿜어져 나온 푸른 빛은 중앙에 놓여 있던 수정 구슬로 일제히 빨려들기 시작했다. 푸른 빛을 빨아들인 수정 구슬은 천천히 허공으로 떠오르더니 마법진 중앙의 약 2미터 높이에서 멈춰 섰다.

그 모습을 지켜보던 카렌은 처음 보는 환상적인 광경에 놀란 것도 있었지만 그보다는 이렇게 넓은 방 안에 휘몰아치는 엄청난 양의 마나에 놀라움을 금치 못하고 있었다. 이렇게 거대한 마나의 움직임은 느껴본 적도, 또한 생각해 본 적도 없었다.

에인션트 드래곤이 가진 엄청난 힘에 놀라움을 감추지 못하면서도, 마음 한편으로는 부럽다는 생각 또한 버리지 못했다.

그러는 사이 마법진의 중앙에서 솟아오른 수정 구슬에서 갑자기 검은색 연기가 쏟아져 나오며 주위로 퍼져 나가기 시작했다. 하지만 마법진의 영향 탓인지 마법진 밖으로는 흘러나가지 않았다.

밑에서부터 차곡차곡 쌓이기 시작한 검은 연기는 컵에 물이 차 오르듯 곧 위로 올라오면서 마법진을 가리기 시작했다. 그런 상태가 얼마나 지속되었을까?

카렌은 갑자기 주위의 공기가 서늘해지는 것을 느끼며 자신도 모르게 몸을 부르르 떨었다. 온도가 떨어져서 추위를 느꼈기 때문이 아니라 으스스한 기운이 몸속으로 파고드는 것 같았기 때문이다.

어째서 이런 현상이 일어나는지 궁금증을 이기지 못한 카렌이 막 카르메이안에게 질문을 하려고 할 때였다.

[흐아~ 흐아~]

숨 쉬기가 쉽지 않은 듯 거친 숨소리가 어디선가 들려왔다. 하지만 카렌이 듣기에는 분위기 탓인지 꼭 죽은 자들의 세계인 지옥에서 들려

오는 것처럼 느껴졌다.

[흐아~ 누구냐? 누가 나를 부른 것이냐?]

"네가 곽주민이라는 자냐?"

[누군데 내 이름을 아는 것이냐?]

"당신이 과거 지옥마제라고 불렸던 그 곽주민이라는 분이신가요?"

[지옥마제? 아니다. 난 태국에서…….]

"닥쳐! 그리고 당장 꺼져 버려."

분위기가 점점 이상하게 돌아가는 것을 깨달은 카르메이안은 분노를 참지 못하고 수정 구슬에 나타난 희미한 형상을 향해 소리를 질렀다.

[젠장, 난 가족들이 날 부른 거라고 생각했었는데…….]

"닥치고 어서 꺼지라니까!"

카르메이안이 재차 소리치자 수정 구슬은 다시 어두워지며 떠올랐던 희미한 형상은 곧 사라졌다. 다시 한 번 수정 구슬에서 검은색 연기가 쏟아져 나왔고, 잠시 후 수정 구슬에 흐릿한 영상이 떠오르기 시작했다.

조금 전처럼 뼛속까지 파고드는 듯한 냉기가 또다시 주위로 퍼지면서 수정 구슬에선 음산한 음성이 다시 들렸다.

[흐아~ 누가 나를 부른 것이냐?]

"지옥마제 곽주민인가?"

[흐아~ 그렇다.]

"지옥마제 본인이신가요?"

[그렇다.]

수정 구슬에서 흘러나온 음산하게 들리는 음성에 카렌은 반색했다.

"정말 지옥이도류를 창안한 분이신가요?"

[이곳은 어디지? 내가 살았던 곳은 아닌 것 같은데…….]

"잘 봤다. 이곳은 뮤란 대륙이다."

[뮤란 대륙? 무슨 말을 하는 것인지 모르겠군. 세상에 우리 대륙 말고 다른 대륙이 또 있었단 말인가? 그, 그러고 보니 그대들의 머리색이 상당히 휘황찬란하군.]

검은색으로 변한 수정 구슬에 맺힌 영상이 조금씩 짙어지며 뚜렷해져 갔다.

창백한 안색이긴 턱까지 뻗은 구레나룻이나 각이 진 턱을 보면 상당히 호쾌하게 생긴 사내의 얼굴이었다. 30대 초, 중반 정도로 보였는데, 무엇이 그리 신기한지 사내는 주위를 두리번거리기에 여념이 없었다.

사내는 젊어도 너무 젊었다. 하지만 단순히 사내의 얼굴이 젊어 보인다는 것이 문제가 아니라 아무리 생각을 해봐도 희대의 절학인 지옥이도류를 창안한 인물이라 보기에는 사내가 너무나 젊었기에 그렇게 경험이 많아 보이진 않는다는 점이었다.

"정말 지옥이도류를 창안하셨던 지옥마제 곽주민님이 맞으신가요?"

[꼬마야, 넌 누군데 아까부터 자꾸 지옥이도류를 거론하는 것이냐?]

지옥마제가 드디어 자신에게 관심을 보이자 카렌은 얼른 대답했다.

"우연히 지옥이도류를 익히게 된 카렌입니다."

[지옥이도류를 우연히 익혀?]

"예, 그렇습니다."

[호오~ 지옥이도류라면 내가 지상에 남겨놓은 유일한 흔적인데… 그걸 진정 네가 익혔단 말이냐?]

"그렇습니다."

대답을 하는 카렌의 얼굴을 빤히 쳐다보던 지옥마제는 이해를 못하겠다는 표정을 지었다.

[지옥이도류의 비급은 내가 특별히 만든 장소에 보관을 했는데, 그것이 어떻게 이쪽 대륙까지 온 거지?]

"지옥마제께서 남기신 지옥이도류의 책자는 지금으로부터 30여 년 전 저희 아버님이 우연하게 어느 도서관에서 찾으셨습니다. 하지만 어떤 경로로 이곳까지 오게 된 것인지는 모르겠습니다. 그리고 지금까지 혼자서 그 지옥이도류를 익혔습니다만 워낙 아는 것이 없어 지옥마제님의 가르침을 받겠다는 생각에 이렇게 지옥마제님의 영혼을 소환하게 되었습니다. 제발 저에게 가르침을 내려주십시오."

바닥에 무릎을 꿇은 채 간절히 가르침을 청하자 지옥마제는 찬찬히 카렌을 살폈다. 그리고는 놀라움을 감추지 못했다.

카렌의 단전에 엄청난 기가 응축되어 있는 것을 확인했기 때문이다. 도저히 저렇게 어린 나이에 가지고 있을 수 있을 만한 내공이 아니었다. 하지만 단지 그것뿐이었다. 비록 단전에 많은 내공이 모여 있기는 했지만 기의 흐름이 자연스럽지도 못했고, 무엇보다 혈도가 막힌 곳도 보였고, 또한 탁하기 이를 데 없어 어떻게 저렇게 많은 내공을 아무런 이상 없이 쌓을 수 있었는지 오히려 그것이 의아스러울 정도였다.

그래도 다행인 점은 눈빛이 제법 초롱초롱한 것이 꽤나 총명해 보인다는 짐이었다. 사실 평범한 인제였다면 혼자서 지옥이도류를 익힐 수도 없었을 테니, 두뇌나 재능에 관해서는 걱정하지 않아도 될 듯 보였다. 재능이 남달라 보이는 카렌을 보다 보니 문득 그를 가르쳐 보고 싶다는 생각이 들었다.

문제는 자신이 지상에 소환되어 있을 수 있는 시간이 얼마나 되는 것이냐 하는 것이었다.

단순하게 말 몇 마디로 전수할 수 있는 무공이 아니기 때문이었다.

전생에서 하늘이 내린 기재라는 소리를 듣던 자신이 10년 동안 피를 말리고 뼈를 깎는 노력을 해서 겨우 익힌 무공이 아닌가? 그런 무공의 오의를 저 꼬마가 몇 마디의 말로 이해할 수 있으리라 생각한다는 것은 그야말로 어불성설이었다.

지옥마제가 아무 말 없이 자신을 노려보자 카렌은 긴장되었지만 결정권은 지옥마제에게 있었다.

한참 동안 아무 말도 하지 않은 채 뭔가를 생각하던 지옥마제는 팔짱을 낀 채 자신을 바라보고 있던 존재, 카르메이안에게 입을 열었다.

[그대가 이 초혼진(招魂陣)을 설치한 존재인가?]

"초혼진이라는 것이 이 영혼 소환진을 가리키는 말이라면… 그렇다."

[정말 대단한 능력이야. 이미 오래전 세상을 떠난 나를 정확하게 소환해 낼 수 있다니 말이야.]

수정 구슬의 표면에 맺힌 지옥마제가 감탄했다는 표정을 짓고 있었지만 카르메이안은 그가 할 말이 있음을 금세 깨달을 수 있었다.

"하고 싶은 말이 뭐냐?"

[저 녀석을 가르치려면 꽤나 오랜 시간이 필요하다. 때문에 내가 얼마나 지상에 머무를 수 있는지 될 수 있으면 정확하게 알고 싶다.]

지옥마제의 질문에 잠시 생각하던 카르메이안은 곧 대답을 했다.

"지금과 같은 상태라면 앞으로 3년 동안 유지될 것이다."

[3년이라……. 그 정도라면 가르칠 시간은 충분할 것 같군. 한순간에 깨달을 수 있는 것은 아니지만, 지옥이도류와 인연이 없다면 평생을

가도 그 심득을 얻을 수 없을 테니까. 제법 천연(天緣)을 타고난 듯 보이는 저 꼬마 녀석이 얼마나 심득을 얻을 수 있을지 지켜보는 것도 흥미로울 것 같군.]

수정 구슬에 보이는 것이 지옥마제의 얼굴뿐이라 마치 사람의 머리만 공중에 떠 있는 듯 보여 섬뜩하게 느껴지는 광경이었지만, 다행히도 수정 구슬 아래로는 짙은 어둠이 마법진을 가리고 있어 그런대로 봐줄 만했다. 지옥마제의 얼굴이 카렌을 향했다.

[카렌이라고 했느냐?]

"그렇습니다."

[나의 가르침을 받겠다고 한 것은 나를 스승으로 모시겠다는 뜻이다. 이의가 있느냐?]

"아닙니다. 지옥마제님을 스승님으로 모시고 가르침을 받겠습니다."

[전생에서 제자를 만나지 못해 원통해했는데 설마 이렇게 이승을 떠나고 난 후에 제자를 만나게 될 줄은 미처 몰랐구나. 역시 인연의 고리는 오묘하고도 오묘해서 시간과 공간, 그리고 생사를 뛰어넘어 이렇게 너와 이어졌구나. 하늘이 안배한 인연의 고리를 내 어찌 거부하겠는가? 좋다. 나에게 배사지례(拜師之禮)를 취하거라.]

자신의 말에도 카렌이 우물쭈물하기만 할 뿐 배사지례를 취하지 않자 지옥마제의 눈살이 가볍게 찌푸려졌다.

[지금 무엇을 하고 있는 것이냐? 나와 인연 맺기를 거부하는 것이냐?]

"그런 것이 아니라… 제가 아는 것이 없어 방금 말씀하신 배사지례라는 것이 뭔지를 몰라서… 죄송합니다."

[아니다. 내가 미처 그 점을 생각하지 못했구나. 이곳과 내가 살던 대륙과는 풍습이나 말과 글이 다르다는 것을 알면서도 너에게 미리 설명을 해주지 않아서 미안하구나. 배사지례라는 것은 네가 스승으로 모실 사람을 지금과 같이 만났을 때 스승으로 모시겠다고 양해를 구한 후 보이는 제자로서의 예의를 가리키는 말이란다. 무릎을 꿇고 두 손을 바닥에 댄 채 나에게 아홉 번 절을 하는 것이란다. 다른 말로는 구배지례(九拜之禮)라고도 한단다.]

지옥마제의 말이 끝나자 카렌은 지체없이 수정 구슬을 향해 무릎을 꿇고는 아홉 번 절을 했다.

찬찬히 그 모습을 지켜보던 지옥마제는 그런 카렌의 행동이 마음에 드는지 크게 웃음을 터뜨렸다.

[크하하하! 천애고아라 피붙이 하나 없던 이 곽주민에게도 드디어 제자가 생겼구나. 으하하하!]

카렌은 지옥마제의 웃음소리에서 진한 외로움과 환희를 분명하게 느낄 수 있었다.

[제자야, 지옥이도류의 완성형은 물론, 내가 알고 있는 모든 것을 가르쳐 주마.]

지옥마제의 말에 카렌의 눈이 휘둥그레졌다.

"지옥이도류의… 완성형도 있습니까?"

[물론이다. 지옥이도류는 구천지옥마검(九天地獄魔劍)을 모태로 해서 만들어진 무공이란다. 하지만 지옥이도류를 만들 당시는 복수에 눈이 멀었기 때문에 무공을 완성할 생각보다는 어떻게든 무공을 익혀 복수할 생각밖에는 없었단다. 참! 내 과거에 대해서는 알고 있느냐?]

"아버지께 스승님의 사연에 대해서 간단히 듣긴 했지만 자세한 내용은 모르고 있습니다."

[나중에 시간이 나면 얘기해 주마. 이승을 떠난 후 영계에서 오랫동안 지옥이도류의 잘못된 부분(?)을 계속 수정해 왔단다. 그러다 보니 지옥이도류의 한계를 깨닫게 되었고, 수정에 수정을 거듭하다 드디어 완성형이 태어나게 된 것이지.]

"지옥이도류만 하더라도 상대를 찾아볼 수 없을 정도로 강한 검술이었는데 완성형이라면 대체 얼마나 강할지 상상도 안 돼요, 스승님."

[글쎄다. 나도 머리 속으로만 정리하고 발전시킨 것이라 기존의 검술에서 얼마나 발전했는지는 모르겠구나. 하지만 안전성이나 파괴력은 확실하게 전보다 나아졌을 게다.]

"오늘은 늦었으니 이만하도록 하지. 카렌아, 오늘은 이만 돌아가 쉬도록 하거라. 그리고 내일 저녁 다시 오면 되지 않겠니?"

"예, 할아버지. 그런데 이곳에 다시 오려면 어떻게 해야 되나요?"

카렌의 말에 카르메이안은 빙그레 미소를 지었다. 불과 몇 번에 불과했지만 카렌을 대할 때 계속 미소를 지었더니 이제는 자신이 생각해도 자연스럽게 미소가 지어지는 것 같았다.

"우선 이 반지를 끼거라."

말과 함께 카르메이안이 내민 반지는 그의 레어에서 보았던 미스릴로 만든 반지였다.

"이 반지에는 게이트 링크 스펠이 인첸트되어 있단다. 다시 말해 이곳에 오고 싶다면 언제든 반지에 약간의 마나를 집어넣고 '오픈 게이트'라고 외치면 이곳과 연결된 게이트를 통해 언제든 왕래할 수 있단다. 제국 아카데미에서 10킬로미터를 벗어나지 않는다면 언제 어디에서든 이곳으로 게이트를 통해 이곳으로 올 수 있다는 말이다. 물론 반지에 인첸트되어 있는 체인 라이트닝도 사용할 수 있단다. 그리고 그렇게 열린 게이트는 반지에 넣었던 마나를 중단하면 닫히니까 잊지 말도록 하거라."

"저어~ 할아버지."

"왜 그러느냐?"

"이곳에 다른 사람을 데려와도 될까요?"

"다른 사람이라니? 누굴 말하는 거냐?"

"저와 함께 이곳에서 용병 훈련을 받고 있는 친군데 러쎌이라고 해요."

"성이 없는 것을 보니 평민인 모양이구나. 그래, 이곳에 데리고 오고 싶을 정도로 친한 친구냐?"

"예, 저어~ 네로브 누나의 말대로라면 러쎌은 저의 소울 메이트라고 했어요."

"소울 메이트? 아직도 그런 걸 믿는 사람이 있었던가? 알았다. 러쎌이라고 했니? 네가 원한다면 그 녀석을 데리고 오도록 하거라."

"할아버지, 이만 돌아가 볼게요. 오늘 정말 고마웠어요. 감사합니다. 스승님, 내일 다시 찾아뵙겠습니다."

"그렇게 하려무나."

[내일 보자꾸나.]

두 사람의 대답을 들으며 카렌은 왼손에 끼고 있던 미스릴 반지에 마나를 집어넣었다. 그리고 카르메이안이 가르쳐 준 시동어를 외쳤다.

"오픈 게이트!"

말과 동시에 자신 앞에 생긴 시커먼 구멍으로 카렌은 망설이지 않고 걸어 들어갔고, 잠시 후 그 구멍은 생겼을 때처럼 금세 사라졌다.

잠시 생각에 빠졌던 두 존재는 거의 동시에 서로를 쳐다보았다.

[물어볼 말이 있다.]

"무엇이냐?"

[내가 지금 느끼고 있는 감각이 정확하다면 그대는 절대 정상적인 인간이 아니다. 제자 녀석과 정확하게 무슨 관계인지 알 수 있겠나?]

"난 그 아이의 할아버지다."

[할아버지? 어떻게 인간이 아닌 존재가 인간의 할아버지가 될 수 있는 거지?]

"내가 누구인가 하는 것이 카렌이 강해지는 것과 연관이 있나?"

[물론이다. 그대가 내 제자와 어떤 관계인지, 또 어떤 능력을 가지고 있는지 알면 당연히 내 제자의 수련에 도움이 될 수 있지. 보다시피 내 현재 몰골이 이런지라 지식을 전달할 수는 있지만 때에 따라서는 말이 아닌 시범을 보여주어야 할 때도 있기 때문이다. 그대에게 뛰어난 능력이 있다면 제자의 무기 제작을 부탁할 수도 있고, 나를 소환하는 것 같은 마법진을 설치해 제자의 실력 향상을 도울 수도 있겠지.]

카르메이안이 생각을 해봐도 지옥마제의 말은 타당했다.

잠시 망설이던 카르메이안은 목적을 이루기 위해서 자신의 힘을 조금 사용하는 것은 아무것도 아니라는 생각에 곧 입을 열기 시작했다.

"난 골드 드래곤 카르메이안이다."

[드래곤? 골드 드래곤이라는 것이 무엇인가?]

지옥마제의 질문에 카르메이안은 차근차근 하나씩 설명을 해주기 시작했다.

제4장

축제의 시작, 소년, 소녀를 만나다

축제의 시작, 소년, 소녀를 만나다

"자! 자! 손님들, 여기 이 물건 좀 보고 가십시오! 이건 저 먼 바이샤르 제국에서 가져온 물건으로 성숙한 여자라면 절대 없어서는 안 될 필수품 중의 필수품, 바로 핸드백과 휴대용 화장품입니다."

"술을 좋아하시는 분이든 또는 좋아하지 않으시는 분들도 잠깐만 제 이야기를 들어주시기 바랍니다. 제가 지금부터 소개해 드릴 이 술은 절대 보통 술이 아닙니다. 황제 폐하께서도 맛보신 적이 없는 환상의 술, 바로 엘프들의 과일주 엠브로스입니다. 숙취가 없는 것은 물론 자연 치유력까지 높여주는 이 술은 엘프들이 오래 사는 데 절대적인 영향을 미치는 것으로 알려져 있습니다. 그런 이 엠브로스를 선더버드의 환희 축제를 맞이해 파격적인 가격 단돈 50실버에 모십니다! 자! 자! 어서 오셔서 다 팔리기 전에 빨리빨리 골라잡으십시오."

"이렇게 아름다운 꽃을 보신 적이 있습니까? 사랑하는 연인에게 선물하십시오. 이 꽃들이 여러분의 사랑을 지켜 드릴 겁니다.”

갖가지 상품을 파는 상인들의 호객 소리에 주위는 엄청나게 소란스러웠다.

축제가 벌어지는 제국 아카데미의 매직 칼리지는 각지에서 몰려든 상인들과 구경꾼, 학부모들로 발 디딜 틈도 없을 정도였다.

“이봐, 철인대회가 시작할 때가 되지 않았나?”

“얼추 시간이 된 것 같군. 가세, 올해도 작년처럼 재미있을지 모르겠군. 작년에는 제국 아카데미가 정말 아슬아슬하게 이겼는데 올해는 어떨지 모르겠군.”

“설마 작년보다야 낫지 않겠나?”

“어서 가보세.”

삼삼오오 모인 사람들은 곧 시작될 철인대회를 보기 위해 매직 칼리지로 몰려들기 시작했다. 제국 아카데미에 소속된 병사들은 몰려드는 사람들을 통제하기 위해 안간힘을 썼지만 겨우 몇백 명에 불과한 제국 아카데미 소속 병사들에게 그것은 애초부터 불가능한 일이었다.

1학년생들이 며칠 동안 고생해서 만든 경기장 주위로 사람들이 빽빽하게 모여들었다. 모여든 사람들이 웅성거리고 있을 때 경기장 한쪽에 마련된 단상 위로 한 무리의 사람들이 올라가기 시작했다. 제국 아카데미의 수뇌진이었다.

주위가 조용해지자 한 사람이 단상 앞으로 나섰다.

“선더버드의 환희 축제를 맞이해 이곳 매직 칼리지를 찾아오신 여러분을 진심으로 환영합니다!”

“와!”

“우선 이곳 제국 아카데미의 원장이신 윈스턴님의 환영사가 있겠습니다."

"와~"

짝짝짝~

사람들의 열렬한 박수를 받으며 대머리 원장 윈스턴이 단상 위에 섰다.

"먼저 저희 제국 아카데미 매직 칼리지를 찾아주신 여러분에게 진심으로 환영의 말씀을 드립니다. 매년 여러분의 사랑을 받아온 저희 제국 아카데미의 매직 칼리지 철인대회가 올해로 16회에 이르게 되었습니다. 앞으로 사흘 동안 계속될 철인대회를 즐겁게 관람하시고, 참가한 선수들에게 많은 격려와 응원의 박수를 보내주시기 바랍니다. 그리고 오늘 저희 철인대회를 축하해 주시기 위해 랄프 드 맥시밀리언 후작 각하께서 왕림해 주셨습니다. 열렬한 박수로 맥시밀리언 후작 각하를 환영해 주시기 바랍니다."

윈스턴의 말이 끝나자 단상 근처의 의자에 앉아 있던 40대 후반쯤으로 보이는 중년인이 천천히 자리에서 일어나 단상으로 올라왔다.

탄탄한 체격의 중년인은 무심한 눈으로 잠시 주위를 둘러보다 짧게 인사말을 건넸다.

"제국 아카데미의 제16회 철인대회 개최를 진심으로 축하하며, 참가하는 선수들은 정정당당하게 경기에 임해 페어플레이해 줄 것을 당부한다. 그리고 관중들은 선수들에게 아낌없는 박수를 보내도록 해라."

무감각한 음성 탓이지 관객들은 썰렁하다고 할 정도로 반응을 보이지 않았다.

그런 분위기를 누구보다 가장 먼저 깨달은 사람은 처음 윈스턴을 소개한 중년인이었다. 그는 재빨리 앞으로 나서서 큰 소리로 선수들의 입장을 소개했다.

"지금부터 철인대회에 참가할 선수들이 입장하겠습니다! 관객 여러분들께서는 열렬한 박수로 선수들을 맞이해 주시기 바랍니다!"

사회자의 소개에 관객들의 시선이 일제히 한곳으로 향했다.

관객들의 시선이 쏠린 곳은 커다란 아치 형태로 생긴 문이었는데, 지금 그곳을 통해 수십 명의 소년들이 보무도 당당히 걸어나오고 있었다.

관중들은 그들의 모습을 발견하는 순간 환호성을 지르기 시작했다. 관중들이 던진 꽃잎이 마치 눈처럼 경기장의 하늘을 뒤덮었고, 그들의 함성은 맑은 가을 하늘로 한없이 퍼져 갔다.

관중들의 열렬한 환호성을 들으며 철인대회에 참가하는 선수들은 단상 앞에 차례대로 줄지어 섰다. 그들의 모습을 확인한 사회자가 재빨리 입을 열었다.

"이번 철인대회에 참가할 선수들입니다. 이들의 당당한 모습을 보십시오. 우리 트레디날 제국의 앞날을 활짝 밝혀줄 미래의 전사들입니다!"

"와~!"

짝짝짝~

관중들이 다시 한 번 환호성을 지르자 조금 전 인사를 했던 윈스턴이 다시 단상에 섰다.

"오늘부터 3일 동안 벌어지는 철인대회의 모든 경기를 정정당당하게 치르기 바랍니다. 심판은 공정하게 선출되었으며, 철인대회를 축하해 주기 위해 오신 맥시밀리언 후작 각하께서 모든 경기를 참관하며 부정을 감시하실 겁니다. 그럼 지금부터 제16회 제국 아카데미의 철인 대회를 시작하겠습니다!"

"와~!"

짝짝짝~

윈스턴의 선언에 관중들은 일제히 환호성을 터뜨렸고, 선수들은 미리 배정받은 경기를 치르기 위해 뿔뿔이 흩어졌다.

친구들 틈에서 개회식을 바라보던 카렌은 곧 흥미를 잃고 돌아섰다. 그런 카렌을 부르는 음성이 있었다.

"카렌, 어딜 가려고?"

"차라리 검술 연습을 하는 게 더 재미있을 것 같아서 훈련장으로 가려고."

그런 카렌의 대답이 어이가 없는지 세자르는 잠시 어이없다는 표정을 지었다.

매직 칼리지에서 벌어지는 철인대회는 다른 왕국이나 제국에까지 알려질 정도로 상당히 유명한 대회였다. 그런데 정작 아카데미의 학생인 카렌은 그런 경기를 보지 않은 채 검술 연습을 하겠다니… 세자르로서는 도저히 이해가 되지 않았다.

카렌은 그 빌어먹을 검술 연습이 지겹지도 않단 말인가? 자신은 수업 시간에 휘두르는 목검 훈련만 해도 이가 갈릴 지경인데 카렌은 남들이 다 쉬는 일과 시간 이후에도 혼자 훈련용 목검을 휘두르면서 몇 시간씩이나 연습을 했다.

그런 카렌을 보면서 자신도 본받아 연습을 해야겠다는 생각에 몇 번이나 스스로의 행동을 다잡았지만, 그런 결심은 며칠 가지 않았다. 물론 열심히 훈련을 해야 한다는 것은 알지만 그렇다고 지금 이렇게 좋은 구경거리를 마다하고 카렌을 따라 훈련할 생각은 전혀 없는 세자르였다. 하지만 러셀은 그렇지 않은 모양이었다.

카렌과 러셀이 관람석을 떠나는 모습을 바라보던 세자르는 고개를 흔들고는 곧 자신의 자리로 돌아갔다.

한편 경기장을 떠나온 카렌과 러셀은 기숙사 방으로 향했다. 주위에 아무도 없는 것을 확인한 카렌은 지체없이 손에 끼고 있던 반지에 마나를 집어넣었다. 그리고는 시동어를 외쳤다.

"오픈 게이트!"

카렌과 러셀은 자신들 앞에 생겨난 게이트 안으로 망설이지 않고 걸음을 옮겼다.

주변의 경치가 눈 깜짝할 사이에 변했지만 두 소년은 신경도 쓰지 않았다.

두 소년이 들어선 곳은 돌로 이루어진 커다란 방, 거침없이 발걸음을 옮기던 두 소년은 한쪽 구석에 둥둥 떠 있는 수정 구슬을 향해 공손하게 절을 했다.

"스승님, 밤새 안녕하셨습니까?"

"노사님, 저도 왔습니다."

[어서들 오너라. 우선 운기조식할 준비를 하거라.]

지옥마제의 말에 두 소년은 즉시 그 자리에 앉아 마나를 운공할 자세를 취했다.

[그 자리가 아니다. 너희들 뒤쪽 바닥에 그려진 마법진이 보이느냐?]

"예, 스승님."

[오늘부터는 그곳에서 운기조식을 취하도록 하거라. 너희들에게 많

은 도움이 될 것이다.]

"할아버지께서 설치하신 건가요?"

[그렇단다. 마나를 모으는 마법진이라고 하더구나. 그곳에서 운공을 하면 마나 축적이 훨씬 원활하게 됨은 물론 너희들 체내에 곳곳에 숨어 있는 각종 탁기(濁氣)와 독기(毒氣)가 모두 빠져나가 무공을 익히기 좋은 신체로 바뀌게 될 것이다. 그리고 카렌, 너는 마나의 속성을 느끼며 될 수 있으면 그들을 분리시켜 축적할 수 있도록 노력하거라. 알겠느냐?]

"명심하겠습니다, 스승님."

[알았으면 즉시 운기조식을 하도록 하거라. 오늘은 가르칠 것이 많으니 단단히 마음을 먹어야 할 것이다.]

지옥마제의 말에 두 소년은 즉시 가부좌를 틀고 앉아 눈을 감은 채 호흡하는 데 모든 신경을 집중했다. 그 모습을 수정 구슬을 통해 지켜보던 지옥마제는 무표정한 얼굴이었지만 꽤나 놀라고 있었다.

제자인 카렌의 자질이 뛰어나다는 것은 충분히 알 수 있었지만 카렌이 데리고 온 러셀이란 덩치도 무술에 대해서만큼은 천성적으로 타고났다는 것을 지옥마제는 확실하게 느끼고 있었다.

누가 가르친 것인지 알 수는 없지만 그의 체질을 정확하게 파악해 외공의 무공을 가르친 모양인데 자신이 보기에도 그 효과가 조금씩 나타나고 있었다. 하지만 아쉬운 점은 러셀의 스승이 혈도나 내공의 운기 방법, 기의 활용에 대한 의학적 지식이 부족해 그에게 벌모세수를 해주지 않아 그 효과가 상당히 늦다는 점이었다. 하긴 그것은 그것 나름대로 좋은 점이 있었다.

카렌이나 러셀 모두 아직은 어린 나이. 자신의 성취만을 믿고 나태해지는 것을 방지할 수 있기 때문이었다.

만약 자신이 영체가 아니었다면 적당한 시점에 둘 모두를 벌모세수 시켜 무공을 익히기 좋은 신체로 만들어줄 수 있었을 텐데 하고 생각하니 아쉬운 마음이 드는 것도 사실이었다. 하지만 카르메이안이 방법을 알아보겠다고 했으니 그에게 맡겨두면 좋은 결과가 나올 것 같았다.

불과 5일 정도밖에 지나지 않았지만 카르메이안의 가진 경이적인 능력에 지옥마제는 몇 번이나 놀라야 했다. 사술(邪術)이라고만 생각해 왔던 자신의 생각과는 달리 마법은 그야말로 전지전능한 힘이라는 것을 알고는 새삼스럽게 카르메이안을 다시 봤다.

환술(幻術)과도 달랐고, 밀법(密法)과도 달랐다. 하지만 그 활용성이나 다양성에는 할 말을 잃을 정도였다. 카렌의 할아버지라고는 하지만 아직은 자신이 모르는 내밀한 사연이 있다는 것을 직감적으로 깨달을 수 있었다. 하지만 그에게 묻지는 않았다.

카렌에게 좋지 못한 일이 생길 수도 있고, 또 아직은 그에게 도움받을 일이 많기에 거리는 두되 그를 최대한 이용할 생각을 하고 있었다.

그런 생각을 하는 동안 두 소년은 운기조식을 마치고 일어났다.

[운기조식이 끝났으면 무기를 들고 오거라.]

지옥마제의 말에 두 소년은 즉시 벽면의 걸대에 걸려 있는 무기 가운데 자신의 무기를 골라 왔다.

[지금부터 너희는 내가 가르쳐 준 삼재검법과 단천부법을 연습하도록 하거라.]

말이 끝나자마자 그 자리에서 훈련할 준비를 하던 두 소년을 보며 지옥마제는 의미심장한 미소를 지었다.

[그리고 오늘부터 카렌은 오른쪽 구석의 마법진, 러셀은 왼쪽 구석의

마법진의 중앙에서 연습하거라. 오늘부터 훈련이 쉽지 않을 테니 단단히 마음먹는 것이 좋을 게다. 어서 가거라.]

지옥마제의 말을 떨어지자마자 두 소년은 각자 자신의 자리로 뛰어가 주변을 둘러보았지만 어제와 달라진 점은 용도를 알 수 없는 마법진이 그려져 있다는 것을 제외하고는 변한 것이 없었다.

카렌과 러쎌은 각자 지옥마제에게서 배운 삼재검법과 단천부법을 펼칠 준비를 했다. 그리고는 신중하게 각자 롱 소드와 배틀 엑스를 휘두르며 훈련을 시작했다. 그 모습을 지켜보던 지옥마제가 조용히 중얼거렸다.

"슬로우, 중력 두 배."

지옥마제의 말이 끝나자마자 롱 소드와 배틀 엑스를 휘두르는 속도가 단번에 늦어졌다. 갑작스런 상황에 두 소년은 자신도 모르게 지옥마제를 바라보았다.

[놀랄 것 없다. 너희들의 훈련을 돕기 위해 설치한 마법진이다. 물론 앞으로 계속해서 강도를 높일 테니까 하루라도 빨리 적응하는 것이 좋을 거다. 알았으면 훈련을 계속해라.]

지옥마제의 설명을 들은 두 소년은 다시 훈련을 재개했지만 생각과는 달리 너무나 느리게 움직이는 무기와 전신을 억누르는 마법진의 압력에 대항하느라 그들의 전신에서는 벌써부터 땀이 솟기 시작했다. 게다가 카렌의 경우에는 파워 밴드까지 차고 있었기에 더욱 힘들 수밖에 없었다.

그들이 훈련하는 모습을 뒤로하고 지옥마제는 카렌이 이틀 전 자신에게 보여준 지옥이도류의 구결을 떠올리고 있었다.

뭔가 자신이 만들었을 때와 비교해 달라졌다는 것을 깨달을 수 있었는데, 그렇다고 구결 자체가 바뀌었다는 것은 아니었다. 다만 누군가의 손을 거쳐 본래의 위력이 줄어들지 않는 범위 내에서 나름대로 가다듬어져 있었던 것이다. 하지만 자신이 알고 있는 문제점은 하나도 고쳐지지 않았다는 것을 알고는 아쉬운 생각이 들었다.

과거 자신은 무공의 균형이나 안정성보다는 파괴력에만 치중했기에 지옥이도류를 익힌 자가 조금이라도 마음의 안정을 잃으면 주화입마(走火入魔)나 기의 폭주로 인한 인성(人性) 마비의 가능성이 없지 않았다. 아니, 그런 위급한 상황에 빠지지 않는 것이 더 이상할 정도로 불안정했다.

물론 복수를 무사히 마친 후 무림을 떠나 은거하면서 스스로가 깨달은 지옥이도류의 문제점을 고치기 위해 꽤 오랜 시간 동안 고민을 했지만 당시의 능력으로는 단지 문제가 있다는 것을 알았을 뿐, 무엇이 문제인지, 또 어떻게 수정을 해야 하는지 전혀 알 수 없었다.

이승을 떠난 후 굉장히 오랜 시간이 지나서야 자연의 이치와 우주의 법칙들을 깨닫고서야 그 문제를 해결할 수 있었다. 그러나 전생에서 저지른 업보 때문에 무한하다고 할 수 있는 시간을 이승과 영계의 경계를 떠돌아야만 했다. 겨우 인과율의 고리에서 벗어나 영계로 가 나름대로는 잘 지내고 있다가 카르메이안의 소환을 받아 왔더니 자신의 눈앞에 웬 꼬마 녀석이 지옥이도류를 익혔다고 하지 않는가?

그 말을 듣는 순간 지옥마제는 자신과 이승과의 고리가 완전히 끊어진 것이 아니라는 것을 깨달을 수 있었고, 때문에 자신을 가르쳐 달라는 꼬마의 청을 순순히 받아들인 것이었다.

"훈련 중인가?"

[왔나?]

근처의 공간이 일그러졌다 펴지면 금발을 가진 60대 초반의 노인이 모습을 드러냈다.

[지금의 모습이 훨씬 보기가 좋군.]

청년의 모습에서 노인의 모습으로 바뀌었음을 보지도 않고 어떻게 알았는지 태연하게 내뱉는 지옥마제의 말에 카르메이안은 신기하다는 생각을 버리지 못했다. 그도 그럴 것이 평생을 오로지 마법만 연구해 온 카르메이안으로서는 마법사보다 더 민감하게 반응하는 지옥마제의 감각이 비현실적으로 느껴진 것이다. 카르메이안이 그런 생각을 하고 있을 때 지옥마제가 말했다.

[부탁할 것이 있네.]

"뭔가?"

[저 녀석들이 사용하는 무기에 중량화 마법을 걸어주게.]

"중량화 마법?"

[그렇네. 자신들이 가진 무기에 대한 감각을 키우기 위해서라네.]

"이해할 수 없군. 단순히 무기의 무게를 늘리는 것이 자신의 무기에 대한 감각을 키울 수 있단 말인가?"

[물론이네. 지금 저들이 훈련하고 있는 곳은 평소보다 몸놀림을 절반으로 제한하는 반면 느끼는 압력은 두 배로 강화시킨 상태라네. 따라서 저들은 평소보다 거의 네 배 정도 움직이기 힘든 상황이라네. 이런 상황에서 계속적으로 훈련을 하게 되면 정확한 자세를 취하기 쉽고, 또한 빨리 움직이려면 쓸데없는 몸놀림을 최대한 줄일 수밖에 없네. 결국 저들이 저 마법진 속에서 훈련을 완성하게 된다면 누구보다 빠르고, 강력한 공격을 하게 될 것이네. 내가 과거 물속에서 훈련하던 것을 응용한 것이지. 이런 상황에서 무기의 무게마저 늘어난다면 호흡까지

조절해야 하니 더욱 집중력을 키울 수 있게 되지.]

"단순히 압력과 속도, 그리고 사용하는 무기의 무게에 변화를 준 것치고는 꽤나 여러 가지 효과를 보는군."

[그뿐만이 아니지. 호흡을 잘만 활용한다면 훈련의 효과를 극대화시킬 수 있지. 단숨에 수백 번의 칼질도 가능하지. 당연히 마나의 효율적이고 효과적인 활용 역시 가능하게 되지. 단순히 체력만으로 할 수 있는 일이 아니니까.]

"러쎌이란 녀석은 마나가 적어 카렌보다 더 훨씬 힘들지 않을까?"

[글쎄, 단순히 마나가 적고 많은 것이 그렇게 유리한 상황은 되지 않을 거야. 그리고 러쎌은 카렌보다 마나가 적긴 하지만 타고난 힘이 있으니까 그렇게 힘들지만은 않을 걸세.]

지옥마제의 설명에 카르메이안은 뮤란 대륙과는 판이하게 다른 이스턴 대륙의 검술에 대해 다시 한 번 연구를 해봐야겠다는 생각을 굳혔다.

뮤란 대륙의 기사들이 몸 전체로 마나를 받아들여 소드 마스터가 되는 데 반해 이스턴 대륙의 검사들은 마나 홀이란 곳을 이용해 그곳에 집중적으로 마나를 축적한다. 또 뮤란 대륙의 기사들이 먼저 검술 훈련을 시작한 후 마나를 느껴 몸에 마나를 축적하는 반면 이스턴 대륙의 검사들은 마나를 먼저 느낀 후 검술 훈련을 시작한다.

어느 쪽이 더 낫다고는 말할 수 없지만 이스턴 대륙의 검사들 가운데 소드 마스터가 훨씬 많은 것을 보면 뮤란 대륙의 검술보다 훨씬 효율적이고 체계적인 것만은 사실이었다.

"그래도 오늘부터 축제가 시작인데 아이들이 즐기지도 못하고 저렇게 훈련하는 모습을 보니 조금은 안됐다는 생각이 드는군."

[축제? 그게 무슨 소린가?]

"오늘부터 이틀 후까지 두 녀석이 속한 매직 칼리지에서 축제가 벌어지네. 원래대로라면 다른 학생들과 함께 경기나 관람하며 쉬어야 하거든."

[애들이 축제를 한단 말인가? 후후후, 이곳은 참으로 재미있는 곳이군. 그렇다면 내일부터는 축제에 참가시키도록 하지. 뭐니 뭐니 해도 애들은 놀 때는 놀아야 하니까.]

"자네가 그런 말을 할 줄은 몰랐군."

지옥마제의 대답이 의외였는지 카르메이안은 조금 놀랐다는 표정을 지으며 그를 쳐다봤지만 지옥마제는 여전히 두 소년을 바라보고 있을 뿐이었다.

[솔직히 난 아직도 자네가 어떤 존재인지는 모르겠네. 하지만 아마도 느끼는 것은 인간과 비슷하다고 생각하네. 솔직히 말해 나는 고아로 자랐네. 해서 부모의 사랑이나 축제의 즐거움 따위는 한 번도 느껴본 적이 없었지. 이를 갈며 노력했고, 힘들게 무공을 익혔지. 내가 죽을 당시 내 능력을 타인들에게 인정받기도 했지만 비난과 저주에 가까운 원망을 더욱 많이 들어야 했네. 그런데 죽은 후 지금까지 지내오면서 가장 후회된 것이 무엇인지 아는가? 어렸을 때 느낄 수 있는 감성이나 추억이 후일 얼마만큼이나 중요한지 몰랐다는 것이지. 무엇인가에 쫓기는 삶이라는 것은 추억도, 방심도, 여유도 느낄 수 없는 것이니까. 그렇게 회의를 느끼기 시작하면 현재의 삶이나 앞으로의 삶이 결코 즐거울 수 없지 않겠나. 그런데 내가 느끼기에 자네도 나와 그리 다르지 않은 것 같거든. 아~ 물론 자네는 자네 나름대로 할 말이 있겠지. 하지만 조금은 여유를 가져 보는 것도 좋을 것 같네. 솔직히 자네의 손자

인 카렌에게 당장 훈련을 때려치우고 잠이라도 자라고 하고 싶네.]

"그런데 왜 그러지 않나?"

[아마 내가 그런 이야기를 했다면 적어도 내 눈앞에서는 내 말을 따르는 척하겠지. 하지만 마음속까지 그럴 녀석이 아니라는 것을 아니까. 솔직히 내가 보기엔 너무 어렸을 때부터 훈련을 시작한 것 같은데… 내 말이 틀리는가?]

지옥마제의 물음에 카르메이안은 아무 말도 할 수 없었다.

카렌이 지금껏 어떻게 살아왔는지 솔직히 신경도 쓰지 않았고, 얼마 전까지 카렌이란 존재가 있는지조차 모르고 살았던 카르메이안이었다.

지금껏 카렌이 훈련을 하는 데 도움을 준 것도 할아버지의 입장에서가 아닌 데미안이 어떻게 메탈리언 전투에서 지하르트를 이길 수 있었는지 그 이유가 궁금해 개입한 관찰자적인 입장이었기 때문이다.

[어렸을 때부터 훈련했을 때 일어날 수 있는 가장 흔한 경우가 바로 훈련에 대한 거부감과 왜 내가 훈련을 해야 되느냐고 생각하는 목표에 대한 회의감이 드는 것이지. 물론 목표가 확고부동하고 결심이 확실하다면 조금은 나아지겠지만 그래도 경험이 별로 없는 소년이라면 훈련을 그만두고 도망가는 것이 일반적인 모습이겠지. 하지만 카렌은 그러지 않았네. 무엇이 저렇게 어린 꼬마가 스스로 강해지지 못해 무공 연마에 모든 것을 바치게 만든 것인지 정말 의문이네.]

그런 지옥마제의 의문은 카르메이안 역시 느끼고 있었다.

그동안 카르메이안이 모은 정보에 의하면 데미안은 카렌이 이렇게 필사적으로 강해지려고 한다는 것을 모르고 있는 것 같았다.

카렌이 비밀리에 무슨 일을 하려고 하는 것 같은데 카르메이안으로선 그 일이 무엇인지 알 수가 없었다. 다만 카렌이 하려는 일에 네로브가 연관이 된 것 같았기에 우선 그 점을 카르메이안은 주시했다.

아레네스의 강림 혹은 아레네스의 음성이라고 불리는 네로브가 카렌에게 어떤 말을 전해줬고, 전달한 말이 강해지기 위해 필사의 노력을 하는 것과 연관이 있지 않을까 하는 생각이 들었다. 또한 카렌이 강해지려는 것이 단지 아버지만큼 강해지고 싶어서가 아닌 혹시 신과 연관된 일일지 모른다는 생각이 들었다. 그런 이야기를 들었기 때문에 강해지려고 저렇게 노력하는 것이라면 모든 것이 이해가 되는 일이었다.

어차피 한동안은 카렌 곁에 있을 생각이기 때문에 차근차근 알아볼 생각이었다.

두 사람이 심각한 대화를 나누는 동안에도 두 소년은 변한 훈련 환경에 적응하느라 많은 땀을 흘리고 있었다.

축제 둘째 날.

지옥마제에게 강제로 지하 훈련장에서 쫓겨난 카렌과 러쎌은 무엇을 해야 좋을지 몰라 잠시 동안 기숙사와 경기장 주위를 서성대야만 했다.

친구들은 아침 식사를 마치자마자 철인대회를 구경한다고 난리였지만 애초부터 철인대회에 별 관심이 없었던 카렌으로선 지금부터 무엇을 해야 할지 쉽사리 결정할 수 없었다. 하릴없는 사람처럼 주위를 두리번거리며 쏘다니기도 싫었고, 사람들의 틈에 휩쓸려 다니기도 싫었다.

그런 생각을 하는 동안 카렌은 자신이 그동안 축제를 즐겨본 적이 거의 없다는 것을 깨닫고는 갑자기 자신이 한심스럽다는 생각이 들었다. 갑자기 무엇을 위해 그렇게 열심히 검술을 익히려고 안간힘을 썼는지 모르겠다는 생각마저 들었다.

일단 사람들로 북적이는 아카데미를 벗어나고 싶다는 생각이 들었다. 그 자리를 벗어나려다 멀뚱하니 자신을 쳐다보고 있는 러셀을 발견하고는 걸음을 멈췄다.

"러셀, 어떻게 할래? 나랑 거리 구경을 갈래? 아니면 여기 축제를 구경할래?"

"글쎄……."

카렌의 질문에 러셀은 고개를 갸웃거리다 곧 대답했다.

"전에 들은 이야긴데 철인대회가 굉장히 볼 만하대. 그중에서도 격투기나 목검 결투는 굉장하다고 들었어. 그래서……."

미안한 표정을 지으며 어쩔 줄 몰라 하는 러셀의 태도에 카렌은 갑자기 웃음이 터지며 기분이 좋아지는 것을 느꼈다.

"괜찮아, 러셀. 나 혼자 돌아다녀도 되니까 걱정하지 마. 그럼 저녁에 만날까?"

"어디서?"

"센드럭 형네 가게에서 만나자."

"알았어. 애들도 데리고 갈까?"

"그렇게 해. 저녁에 맛있는 걸 먹자."

카렌의 말에 러셀의 얼굴이 금세 환하게 밝아졌다.

"그럼 저녁에 보자!"

러셀에게 손을 흔들어준 카렌은 아카데미 밖을 향해 힘차게 달려나갔다.

카렌의 모습이 사람들에게 가려져 보이지 않자 러셀도 경기가 벌어지고 있는 곳으로 발걸음을 옮겼다.

제국 아카데미 밖으로 달려나오던 카렌은 어느 순간 발걸음을 멈출 수밖에 없었다. 러셀에게는 아무렇지도 않은 듯 행동했지만 사실은 갈 곳이 없었다.

거리는 아침부터 축제를 즐기려는 사람들로 넘쳐 났다. 무엇이 그리 즐거운지 환하게 웃고 있는 사람들 사이에서 카렌은 마치 무인도에 버려진 것 같은 진한 소외감을 느끼지 않을 수 없었다.

사람들의 물결에 휩쓸려 이리저리 움직이던 카렌이 갑자기 발걸음을 멈췄다. 카렌의 눈에 묘한 광경이 들어왔기 때문이다.

황궁 앞 중앙 광장에 위치한 커다란 분수대.

시원하게 물을 뿜어내는 분수대는 연인들로 북적이고 있었다. 그런데 그런 주위의 분위기와는 전혀 어울리지 않는 존재가 하나 있었다.

그 존재는 분수대의 난간에서 무릎을 껴안은 채 앉아 무릎에 턱을 대고 하늘 높이 치솟는 분수를 무표정하게 쳐다보고 있었는데, 카렌이 보기에 그 모습이 주위의 풍경과는 철저하게 분리되어 세상에 오직 그 존재만이 다른 공간에 존재하는 것처럼 보였다.

주위의 사람들과 어울리지 못한 모습이 마치 자신의 모습을 보는 듯했다.

그래서일까? 카렌은 자신도 모르는 사이 그녀에게 다가가고 있었다.

그녀 곁으로 다가갈수록 주위와는 전혀 다른 기운이 느껴졌다.

아직도 따갑게 느껴질 정도인 햇살의 온기를 전혀 느낄 수 없는 차가움이 작은 체구의 전신에서 계속 흘러나오고 있었다.

평소 카렌의 성격이라면 말썽을 피하기 위해서 못 본 척했겠지만 지금 이 순간만큼은 세상 그 누구보다 그녀가 가깝게 느껴졌다.

가까이에서 본 그녀의 모습은 멀리서 보았을 때와 또 달랐다.

겨우 10대 초반쯤으로 보였는데 그녀의 얼굴은 나이와는 전혀 어울리지 않게 세상의 쓴맛 단맛을 다 본 노인처럼 무감각하기 이를 데 없었다.

삶의 흥미를 잃은 듯 보이는 소녀.

그런 표정과는 어울리지 않게 소녀의 얼굴은 너무나 아름다웠다.

분명 눈이 번쩍 뜨일 만큼 아름다운 얼굴이었지만 표정이 없기 때문인지 그녀가 아름답다는 걸 전혀 느낄 수 없었다. 카렌도 몇 번이나 그녀의 얼굴을 확인하고서야 그녀의 아름다움을 겨우 깨달을 정도였다.

카렌이 근처에 앉아 자신을 살피고 있음을 아는지 모르는지 소녀는 여전히 하늘 높이 치솟는 분수만을 쳐다보고 있었다. 초점이 잡히지 않은 눈초리를 보면 분수를 보고 있는 것은 아닌 모양 같았는데 벌써 한 시간 가까이 소녀는 미동도 하지 않은 채 같은 자세로 앉아 있었다. 그런 소녀에게 변화가 생긴 것은 누군가의 음성이 들리고부터였다.

"망할 년, 여기 있었구나!"

껄끄러운 음성과 함께 털북숭이의 사내 둘이 나타나는 순간 소녀의 몸에서는 살을 에일 것 같은 기운이 미약하게 뿜어져 나오기 시작했다. 그 기운이 얼마나 살벌하던지 근처에 있던 카렌은 순간적으로 움찔할 정도였다.

"감히 네년이 나를 물먹여? 그러고도 네년이 무사할 줄 알았냐!"

"빌어먹을 년, 우리가 오늘 아주 뜨거운 맛을 보여주마!"

금방이라도 피를 부를 것 같은 사내들의 태도에도 소녀는 무표정한 얼굴에 조금의 변화도 없었다.

"무슨 일이야?"

"망할 년, 그 건방진 말투는 여전하군."

"그러게 말이야. 네년이 뭔데 우리가 청부를 맡지 못하도록 방해를
한 거냐?"

흉악한 사내들의 태도에도 소녀는 눈 하나 깜짝하지 않았다.

"이번 청부는 너희들 실력으로는 어림도 없어. 청부를 수락하는 순
간 너희들은 죽은 목숨이야."

"어린 년이 못하는 소리가 없구나. 네년의 헛소리 때문에 벌써 몇
번이나 청부에서 밀려났는지 모른다. 오늘 네년을 죽여주마."

"아니야, 죽이는 것 가지고는 속이 풀리지 않아. 아주 이년을 망가트
려 주자고. 내가 아는 사람 중에 노예 상인이 있거든. 이년을 노리개로
팔아버리는 것이 좋겠어."

사내들의 말을 들은 것인지 아닌지 구별이 안 갈 정도로 소녀의 표
정은 변화가 없었다. 오히려 옆에서 듣고 있던 카렌이 조마조마할 정
도였다.

근처에 있던 사람들은 흉포한 사내들의 태도에 멀찍이 몸을 피해
구경을 하고 있었지만 누구 하나 이들을 말리려 나서는 사람은 없었
다.

천천히 분수대 난간에서 내려선 소녀는 여전히 표정없는 얼굴로 입
을 열었다.

"사람이 없는 곳으로 가자. 따라와."

말을 마친 소녀는 사내들이 자신을 따라올 것을 의심하지 않는 듯
거침없이 걸음을 떼었고, 돌연한 소녀의 행동에 두 사내는 기가 막힌
듯 서로의 얼굴을 쳐다보다가 황급히 소녀의 뒤를 따라갔다.

카렌은 잠시 망설이긴 했지만 곧 그들의 뒤를 쫓아갔다.

세 남녀는 사람들이 모인 곳을 피해 골목을 이리저리 돌아갔다.

잠시 후 그들이 도착한 곳은 식당의 뒤편이었는데, 그곳에는 상당한 체격을 가진 사내 하나가 빈 술통 위에 앉아 사탕수수를 질겅거리고 있었다. 옷 밖으로 드러난 우락부락한 근육이나 상처투성이인 얼굴이 꽤나 위압감이 느껴지는 인물이었다.

"드디어 왔군."

술통에서 몸을 일으키는 것을 보니 큰 키에서 전해지는 위압감도 보통이 아니었다.

요즘 부쩍 늘어난 기감(氣感)으로 느끼기에도 사내는 거의 자신과 비슷한 경지에 도달한 사람이라는 것을 카렌은 직감적으로 깨달을 수 있었다.

"조디, 오래 기다렸어? 이년이 엉뚱한 곳으로 가려고 해서 말이야."

두 명의 사내 가운데 말상을 한 사내의 말에 상처투성이 사내는 잠시 인상을 쓰다 원래의 표정을 되찾았다.

자신보다 거의 배 이상 되어 보이는 사내 셋이 둘러싸고 있음에도 불구하고 소녀의 태도는 조금도 변하지 않았다.

어찌 보면 권태로워 보이는 것이 현재의 상황을 전혀 위기로 여기지 않는 것처럼 보였다.

"날 부른 사람이 조디였어?"

"그래, 내가 불렀다."

"무슨 일이지?"

"길드의 친구들이 말이야, 너한테 꽤나 불만이 많거든. 내가 생각하기에도 아무리 길드장이 귀여워한다고 해도 나이도 어린 네가 길드에 들어오는 청부에 이러니저러니 개입하는 것이 마음에 들지 않는단 말이야. 해서 앞으로 길드 일에는 개입하지 않았으면 좋겠는데 말이야. 어때?"

"대신 죽을 걸 살려줬잖아."

"조디, 너도 들었지? 글쎄 이년이 이렇다니까."

"네년이 살려주긴 뭘 살려줬다는 거야?"

소녀의 말에 수염과 말상의 사내들은 펄쩍 뛰며 난리를 부렸다. 하지만 소녀의 태도는 조금의 변화도 없었다.

"내 말은 틀리지 않아. 너희들이 만약 저번 청부에 나섰다면 틀림없이 몬스터에게 당해 목숨을 잃었을 거야. 너희보다 실력이 훨씬 뛰어난 잭슨도 크게 다쳐서 왔잖아. 그런데 겨우 너희들 실력 따위로 멀쩡하게 복귀할 수 있다는 게 말이 된다고 생각해?"

마치 자신과는 관계없는 남의 일을 말하듯 소녀의 표정은 얄미울 정도로 무표정했다.

소녀의 말을 조디는 묵묵히 듣고 있었는데, 확실히 작년에 소녀가 길드에 와 청부 관련 일을 맡고 난 후부터 청부를 받아 나간 용병들이 사망하는 일이 급감한 점만은 사실이었다.

들어온 청부의 난이도에 맞춰 용병들을 배정했는데 항상 청부의 수준에 맞는 용병들을 배정했기에 대체로 만족들 했다. 하지만 불만이 없는 용병이 없는 것도 아니었다.

왜 용병이 되었겠는가? 될 수 있으면 많은 돈을 벌기 위해서다.

다시 말해 많은 돈을 벌기 위해서는 조금은 무리를 하더라도 위험한 일을 감수하며 맡을 수밖에 없는 일이었고, 그 점은 용병이라면 누구든 인정하고 또 각오를 해야만 하는 사항이었다. 그런데 실력이 조금 달린다는 이유 때문에 무조건 청부에서 제외된다면 그런 조치를 반길 용병은 아마 단 한 명도 없을 것이다.

털보용병과 말상용병은 그런 이유로 벌써 서너 번이나 청부에서 제외되었고, 소녀에게 불만이 많은 용병들을 모아 길드에서 실질적인 용병들의 우두머리라고 할 수 있는 조디에게 소녀를 혼내줄 것을 부탁한 것이었다.

"어떻게 할래? 내 뜻은 분명히 전했다고 생각하는데."

"그럼 내가 청부에 관한 일에서 완전히 손을 떼고 물러나라는 말이야?"

"시끄러, 이년아! 아예 길드에 나타나지 마!"

"맞아, 네년 얼굴만 봤다 하면 사흘 동안은 재수가 없으니까 길드에는 코빼기도 보이지 말란 말이야!"

거의 악을 쓰듯 소리를 치는 두 용병을 보고도 소녀는 여전히 표정 변화가 없었다. 게다가 사실이든 아니든 그녀의 말이나 태도는 사람의 감정을 묘하게 자극하는 데가 있었다.

"조디를 믿고 너무 까부는 것 아니야?"

"허~ 너도 들었지? 나보고 까분단다."

"이년이 못 먹을 걸 처먹었나, 왜 이렇게 간이 부었지?"

소녀의 태도에 두 용병은 황당함을 감추지 못했다.

"우리가 조디가 없으면 네년 하나 손보지 못할 것 같으냐?"

챙! 챙!

거의 동시에 두 용병은 허리에 차고 있던 롱 소드를 뽑아 들었다. 보통의 소녀라면 그 광경에 비명이라도 질렀겠지만 소녀는 눈 하나 깜짝하지 않았다.

그저 허리에 차고 있던 일반적인 대거보다 작은 대거를 뽑아 들었을 뿐이다.

그 광경에 조디는 조금 전 앉아 있던 빈 술통에 다시 걸터앉아 사탕수수를 씹기 시작했다. 태도로 보아 그들의 대결에 개입할 의사가 없는 듯했는데, 그런 조디의 태도가 도저히 이해가 되지 않았다.

검을 뽑아 든 용병들보다 체격적으로 절반도 되지 않는 소녀가, 게다가 롱 소드보다 상대적으로 짧은 나이프만한 대거를 뽑아 들었음에도 불구하고 사탕수수나 씹고 있는 조디를 보면 전혀 걱정되지 않는 모양이었다.

하지만 사탕수수를 씹어 단물을 뽑아먹고는 사탕수수의 찌꺼기를 반복적으로 뱉는 태평스러운 모습과는 달리 조디는 머리 속으로 열심히 머리를 굴리고 있었다.

길드장이 저 소녀를 귀여워하는 것은 사실이지만 자신이 아는 길드장은 절대 아무런 이유 없이 그런 친절을 베풀 인간이 아니었다. 게다가 저 소녀는 지난겨울 길드에 온 후 단 한 번도 청부를 받지 않았다. 그럼에도 2급 용병 대우를 해주는 것을 보면 단순히 청부에 대한 용병들의 배정 능력 말고도 또 다른 능력이 있는 것이 틀림없었다. 뭐, 그렇다고 꼭 알고 싶은 것은 아니었지만 이번 기회를 통해 알아보는 것도 좋을 것 같다는 생각에 일부러 싸움을 말리지 않은 것이다.

조금 떨어진 곳에서 그 모습을 지켜보고 있던 카렌은 자신이 소녀를 도와야 할지 아니면 이대로 상황을 지켜봐야 할지 금방 결정을 내릴 수 없었다.

카렌이 잠시 망설이는 순간 두 용병의 공격이 시작되었다.

털보의 롱 소드가 소녀의 머리를 노리는 순간 말상의 롱 소드가 소녀의 하체를 노리고 매섭게 날아들었다. 가냘파 보이는 소녀가 자신보다 훨씬 큰 두 용병의 공격을 어떻게 막을까 카렌이 염려하기도 전에 소녀는 이미 몸을 움직이고 있었다.

털보가 롱 소드를 치켜드는 순간 이미 소녀는 털보의 품 안으로 파고들었다. 동시에 소녀의 대거는 털보의 겨드랑이를 노리고 날카롭게 날아들었다.

깜짝 놀란 털보는 황급히 뒤로 물러섰고 가까스로 소녀의 대거를 피할 수 있었다. 털보가 안도의 숨을 쉬고 있을 때 소녀는 이번에는 말상의 목덜미를 노리고 힘껏—이라기보다는 정확하게—대거를 찔러 넣었다.

놀라기는 말상도 마찬가지. 그는 몸을 비틀면서 고개를 뒤로 젖혀 겨우 소녀의 공격을 피할 수 있었다.

더욱 놀라운 것은 뒤로 몸을 피했던 털보가 공격으로 미처 전환하기도 전 소녀가 다시 몸을 날려 공격을 재개했다는 점이었다. 마치 그가 공격을 준비하고 있다는 것을 알았다는 듯이 말이다.

단조로운 동작으로 사탕수수를 씹고 뱉는 동작을 반복하던 조디의 눈빛이 서늘하게 변한 것도 바로 그때였다.

털보가 다시 맥없이 뒤로 밀리는 순간 정신을 차린 말상이 소녀를 공격하기 위해 롱 소드를 치켜들었다. 하지만 이미 품 안으로 파고든 소녀의 행동 때문에 말상은 미처 쳐든 팔을 내리지도 못했다. 무표정한 얼굴로 소녀는 다시 한 번 말상의 목을 노리고 힘껏 대거를 내뻗었다.

마치 상대의 공격을 알고 있었던 것처럼 물 흐르듯 자유자재로 움직이는 소녀의 행동에 조디는 놀라움을 숨길 수 없었다. 오래전, 그러니까 아주 오래전 소녀와 같은 능력을 가지고 있는 존재의 이야기를 들어본 적이 있었다.

상대의 공격을 미리 아는 능력.

처음 본 사람이지만, 또 처음 싸우는 상대이지만 상대가 어떻게 공격해 올 것인지 미리 아는 사람이 있다고 한다. 과연 그런 존재가 세상에 있을 수 있겠는가? 하지만 눈앞의 소녀는 바로 그 모습을 자신에게 보여주고 있었다.

조디가 놀라움을 감추지 못하고 있을 때 조금 떨어진 곳에서 그 광경을 지켜보고 있던 카렌 역시 놀라기는 마찬가지였다.

카렌이 봤을 때 소녀는 말상이나 털보와 거의 엇비슷한 실력을 지니고 있었다.

때문에 일반적인 생각으로 생각할 때 2대 1이니 소녀가 두 사람을 이길 수 있는 방법은 없어야 함이 옳은 일이었다. 그러나 막상 싸움이 벌어지자 결과는 전혀 다른 양상을 보였다.

상대가 미처 공격을 하기도 전에 공격의 맥을 자르며 오히려 반격을 한다?

카렌으로서는 단 한 번도 생각해 본 적이 없었던 대처 방법이었다.

반격과 공격이 한 동작이라니⋯ 마치 데미안과 어떻게 겨루어야 하는지 그 방법을 가르쳐 주는 듯한 소녀의 동작에 카렌은 도저히 눈을 뗄 수가 없었다. 카렌은 정신없이 소녀의 공격 방법에 모든 정신을 쏟느라 숨어 있던 자신의 몸이 완전히 드러나는 것을 미처 깨닫지 못하고 있었다.

소녀를 지켜보던 조디는 갑자기 한 꼬마가 골목에서 슬그머니 나와 소녀가 싸우는 모습을 지켜보는 것을 보고는 꼬마를 주시하기 시작했다. 근처에 누가 숨어 있다는 느낌을 전혀 받지 못했는데 느닷없이 꼬마가 나타나니 그로서도 놀라지 않을 도리가 없었다.

가만히 꼬마를 살피다 보니 예상과는 달리 꼬마의 전신에서는 칼날 같은 예기가 뿜어져 나오고 있었는데, 그 기세가 마치 수십 년 동안 목숨을 건 투쟁을 해온 노련한 베테랑 용병 같은 느낌이 들었다.

이제 겨우 10여 세 정도밖에 안 된 꼬마를 보고 노련한 베테랑 용병을 연상하다니……. 자신의 그런 생각에 어이없다는 생각이 들었지만 느낌으로 전해지는 카렌의 강함은 자신의 예상을 확실히 넘어서고 있었다.

소녀에게서 눈길을 돌려 카렌을 주시했지만 점점 자신의 느낌이 맞다는 생각이 들 뿐이었다. 누군가 자신을 쳐다보고 있다는 것을 아는지 모르는지 카렌은 계속 소녀를 쳐다보고 있을 뿐이었다.

한편 두 용병은 그야말로 미치기 일보 직전이었다.

이미 20여 차례나 공격을 제지당하다 보니 자신이 미치지 않는 것이 이상하게 느껴질 정도로 분노했다. 하지만 당사자인 소녀는 여전히 무표정한 얼굴로 자신들의 공격을 사전에 원천봉쇄하고 있었다.

그래도 생긴 것과는 달리 2급 용병 대우를 받던 두 사람이었다. 잠시 눈빛을 교환하던 두 사람은 동시에 뒤로 물러났다 동시에 소녀를 공격해 갔다. 무표정했던 소녀의 얼굴에 비로소 표정이 생겼다.

당황했는지 눈이 커진 소녀의 모습을 발견하는 순간 카렌은 그대로 지면을 박차며 앞으로 달려나갔다. 하지만 자신의 손에 목검조차도 들려 있지 않다는 것을 깨달은 것도 잠시, 카렌은 그대로 몸을 날려 털보의 턱을 노리며 발을 뻗었다.

느닷없는 공격에 털보는 어쩔 수 없이 몸을 피해야 했고, 덕분에 소녀는 그리 위험하지 않게 몸을 피한 후였다. 소녀가 빠져나가는 모습에 안타까운 마음을 금할 수 없었던 말상은 떨어지는 롱 소드를 억지로 치켜올려 소녀를 공격했다.

굉장히 무리가 따르는 동작이었지만 말상은 몸을 비틀어 억지로 자세를 바로 잡았다.

바닥에 내려선 카렌은 디딘 발에 힘을 주어 다시 한 번 몸을 날려 말상이 휘두른 롱 소드의 검신을 발길로 걷어찼다. 검신에서 전해진 충격을 이기지 못한 말상이 뒤로 몇 걸음이나 뒤로 물러서는 모습을 확인한 카렌은 최대한 몸을 가볍게 하면서 소녀의 뒤쪽에 내려서는 몸을 고정시켰다.

뜻하지 않은 상대가 나타나자 말상이나 털보가 긴장했다. 하지만 상대는 꼬맹이였고, 하나는 나이프만한 대거를, 또 하나는 그나마도 빈손이었다.

비록 상대할 꼬마가 하나 더 늘기는 했지만 오히려 상황은 자신들에게 유리하다고 생각했는지 두 용병의 입가에는 회심의 미소가 떠올랐다. 그런 판단이 그른 것도 아닌 것이 상대의 공격을 막을 사람이 하나 더 늘었기 때문에 방심을 부를 수도 있었다. 또 아군의 실력을 신뢰할 수 없기 때문에 신경이 분산되어 위험을 초래할 수도 있었기 때문이다.

물론 그런 상대의 변화를 눈치채지 못할 소녀가 아니었다. 하지만 자신의 뒤에서 등을 마주 대고 서 있는 꼬마의 실력을 정확히 모르다 보니 실로 오랜만에 불안한 생각이 치밀어 올랐다. 그런 느낌을 언제나 느껴보았을까? 아이러니하게도 소녀는 그로 인해 지금 이 순간 자신이 살아 있음을 느끼고 있었다.

"어이~ 구경 값이라도 하지."

돌연한 카렌의 말에 조디는 그의 말뜻을 이해했는지 근처에 있던

70센티미터쯤 되는 나무 몽둥이를 카렌에게 던져 주었다. 날아오는 몽둥이를 받아 든 카렌은 몇 번 휘둘러 보고는 자신의 눈앞에 서 있는 털보의 자세를 확인했다.

역시 조금 전 판단했던 자신의 생각이 맞았다.

어설픈 자세나 롱 소드가 가리키는 방향을 보면 잘되어봐야 소드 익스퍼트 중급도 안 되는 실력이었다. 카렌이 몽둥이를 늘어뜨리자 그것을 빈틈이라고 생각했는지 털보가 롱 소드를 휘두르며 달려들었다.

"조심해!"

등 뒤에서 들린 소녀의 음성은 무감각한 표정과는 달리 상당히 듣기 좋았다.

지면을 박차고 앞으로 달려나간 카렌은 빙그레 미소를 짓고는 밑으로 늘어뜨렸던 몽둥이를 번개처럼 턱을 향해 휘둘렀다. 예상치 못했던 카렌의 반격에 털보는 미처 검을 거둘 수 없었다.

딱!

"으악!"

비명 소리와 함께 털보는 입으로 피를 흘리며 나가떨어졌고, 그런 털보를 보면서 카렌은 재차 몽둥이를 휘둘렀다. 아마도 예전의 카렌이라면 쓰러진 상대를 다시 공격하는 일은 절대 없었을 것이다.

퍽!

"컥!"

카렌의 몽둥이가 재차 털보의 뒷덜미를 가격하자 털보는 그대로 정신을 잃고 말았다. 그 모습을 확인하는 순간 카렌은 재빨리 고개를 돌려 소녀의 상황을 확인했다.

조금 전에 두 사람을 상대로 유리한 입장에 있었던 그녀였기에 당연히 말상 정도는 충분히 상대할 수 있을 것이라 생각했는데 그런 카렌의 예상과는 달리 소녀는 말상의 공격에 일방적으로 밀리고 있었다.

그 모습에 카렌이 막 끼어들려는 찰나 말상의 품으로 믿을 수 없을 정도로 간단하게 파고든 소녀는 그대로 대거를 휘둘러 그대로 목에 있는 경동맥을 잘라 버렸다. 믿을 수 없다는 표정을 짓는 말상, 하지만 그의 목에서는 분수처럼 선혈이 솟구치고 있었다.

한쪽 손으로 상처를 압박해 지혈을 해보았지만 그런 어설픈 조치로 그쳐질 출혈이 아니었다. 목에서부터 솟구치고 흘러내린 선혈은 말상의 상의를 완전히 적시고도 멈출 줄 몰랐다.

말상의 안색이 창백해졌다고 느끼는 순간 말상은 그대로 앞으로 꼬꾸라졌다. 단말마 같은 경련을 한 번 일으키고는 그대로 멈췄다.

믿어지지 않을 정도로 간단한 살인이었다.

소녀는 여전히 표정 하나 변하지 않은 채 말상의 상의에 대거에 묻은 선혈을 닦고 있었다. 마치 식사 후에 물을 마시듯 너무나도 태연스러운 행동에 지켜보고 있던 카렌이 오히려 움찔할 정도였다.

그런 두 소년, 소녀의 행동에도 조디는 여전히 빈 술통에 앉아 사탕수수를 씹고 있을 뿐이었다.

"제법이군. 넌 제국 아카데미 학생인가?"

"그래요."

"함부로 우리 길드의 일에 참여를 하다니……. 너무 성급한 행동이라고 생각하지 않나?"

"하지만 비겁하지는 않죠."

"비겁?"

"그래요. 이렇게 작은 소녀에게 두 명의 사내가 공격하는 것을 그저 지켜보기만 한 것이 그럼 정당한 일이란 건가요?"

자신의 얼굴을 빤히 쳐다보면서 자신이 할 말을 다 하는, 그래서 상당히 건방져 보이는 꼬마의 말에 조디는 순간적이지만 말문이 막혔다.

"알리샤, 어떻게 할 거지?"

"청부 건에서는 손을 떼도록 하지. 하지만 길드는 그만두지 않을 거야."

"녀석들이 원한 것도 네가 청부에 개입하는 것을 그만두는 것이니 그럼 내 볼일은 다 끝난 것 같군. 으싸."

술통에서 일어난 조디는 소녀, 알리샤와 카렌을 쳐다보았다.

"알리샤, 다음에 보자. 그리고 꼬마야, 앞으로 오래 살고 싶으면 남의 일에 함부로 참견하지 말아라."

"누가 꼬마라는 거예요!"

"자식, 크크크."

날카로운 카렌의 반응에 듣기 껄끄러운 웃음소리만을 남기며 조디는 그 자리를 떠나 버렸고, 카렌은 잠시 씩씩거리다가 곧 자신이 중대한 사실을 간과하고 있었음을 깨달았다.

사람이 죽었다.

몬스터하고는 다르다.

그럼에도 저 소녀는 어떻게 저렇게 표정 하나 변하지 않을 수 있단 말인가?

마치 길바닥을 기어가는 개미 한 마리를 밟아 죽인 것처럼 너무나 태연스러워 보였다.

조디야 생긴 대로 노는 인간이라서 그렇다고 치더라도 이렇게 귀엽고 예쁜 소녀가 눈 하나 깜빡하지 않고 사람을 죽일 수 있다는 사실이 카렌은 도저히 믿어지지 않았다.

"알리샤라고 했니? 난 카렌이고, 제국 아카데미의 학생이야. 만나서 반가워."

"……."

손을 내밀며 인사를 건넸지만 얼굴을 빤히 쳐다볼 뿐 아무런 대꾸도 하지 않자 카렌은 머쓱해졌다.

"여기 있으면 곤란할 수도 있으니까 우선 여기를 벗어나자."

"……."

카렌의 말에 미동도 하지 않고 있던 알리샤는 갑자기 몸을 돌려 그 자리를 떠나 버렸다.

돌연한 그녀의 행동에 카렌은 그저 멍하니 쳐다보다 정신을 차리고는 고개를 흔들었다.

"정말 알 수 없는 애야. 이크! 이러다 괜히 내가 죄를 덮어쓸라."

카렌도 재빨리 그 자리를 떠났다.

제5장
봉인, 해제되다

봉인, 해제되다

삼 일 동안 열전에 열전을 거듭했던 축제도 드디어 끝이 났다.

한껏 달아올랐던 축제 분위기가 채 식기도 전 교관들은 나태하고 느슨하게 풀어진 학생들의 정신 상태를 극한까지 몰아붙였다. 학생들은 투덜거리면서도 훈련에 열중할 수밖에 없었다.

잠깐 쉬는 시간.

학생들은 삼삼오오 모여 축제 때 자신이 겪었던 경험을 늘어놓기에 여념이 없었다.

"그래도 말이야, 크리스 선배가 세 종목에서 우승하고 피스렐 선배가 목검 결투에서 우승을 했으니 다행이지, 그렇지 않았으면 이번에 크라운 용병 길드가 우승을 차지할 뻔했어."

"그러게나 말이야. 그 자식 뭐라고 했지?"

"아메리오란 녀석 말이야?"

"맞아, 아메리오, 그렇게 비리비리한 놈이 설마 2관왕을 차지할지 누가 알았냐? 만약 피스렐 선배가 목검 결투에서 그 자식을 꺾지 못했다면 우리 아카데미가 처음으로 종합 우승을 빼앗길 뻔했어."

"누가 아니래. 그런데 격투기 종목에서 우승한 콜트란 녀석 말이야… 정말 무지막지한 놈 아니냐? 어떻게 만나는 상대마다 뼈를 부러뜨리냐?"

"혹시 눈에 보이지 않는 무기 같은 걸 가죽 글러브 속에 숨긴 것 아니야? 그렇지 않고서야 어떻게 상대방은 뼈가 부러졌는데 본인은 멀쩡하냐? 분명 우리가 모르는 뭔가가 있어."

"맞아, 맞아."

한 학생이 누군가를 마구 비난하자 다른 학생들도 이구동성으로 비난의 목소리를 높였다.

조금 떨어진 곳에서 학생들이 나누는 대화를 듣고 있던 카렌은 피식 웃음을 지었다.

그가 웃음을 지은 이유는 대화의 내용이 유치한 탓도 있었지만 상대의 강함을 순수하게 인정하지 못하는 그들의 이기적이고 배타적인 성격이 가소로웠기 때문이다.

"카렌, 넌 대회도 구경 안 하고 어딜 그렇게 쏘다녔냐?"

"축제 구경. 여태껏 축제 구경을 한 적이 별로 없어서 말이야."

"그래서 철인대회를 하나도 안 봤단 말이야? 이번 대회는 정말 재미있었단 말이야. 정말 아슬아슬하게 이겼어. 정말 손에 땀을 쥐게 만든 경기가 많았어."

세자르는 흥분했는지 발갛게 상기된 얼굴로 열심히 설명을 했고, 린네와 러셀도 마찬가지였는지 연신 고개를 끄덕였다. 그런 것을 보면 철인대회의 경기들이 꽤나 볼 만했던 모양이다. 하지만 카렌은 분수대에서 우연히 만났던 알리샤와의 일과 비교할 수 있을 리 만무하다고 생각했다.

그녀와 만난 후로 카렌은 계속 그녀가 어떻게 훈련을 했기에 상대의 방향을 미리 눈치채고 사전에 차단할 수 있었는지 궁금해했었다. 물론 아버지라면 그랜드 소드 마스터이니 그 이상도 가능했겠지만 알리샤는 결코 소드 익스퍼트 중급 이상은 아니었다.

그럼에도 불구하고 자신에게는 불가능한 일이 어떻게 알리샤는 가능할 수 있었을까? 그동안 무슨 연습을 어떻게 했기에 자신과 비슷한 나이의, 그것도 자신보다 실력도 떨어지는 어린 소녀가 그런 공격 봉쇄를 할 수 있었을까?

카렌은 지난 이틀 동안 그 문제에 대해 거듭 생각해 봤지만 어째서 그것이 가능했는지 그 이유를 알 수 없었다. 바로 그 의문의 해결이 카렌에게는 무엇보다 가장 절실했다.

그렇게 그날도 하루의 일과를 모두 끝내고 모두가 잠들기를 기다리고 있었다. 세자르와 린네가 잠이 들자 카렌과 러셀은 조용히 침대에서 내려왔다.

"오픈 게이트!"

바로 앞쪽에 생긴 게이트를 통해 지옥마제가 있는 석실로 이동한 카렌과 리셀은 평소처럼 지옥마제의 수정 구슬을 향해 정중하게 인사를 했다. 고개를 들던 카렌은 수정 구슬 곁에 카르메이안 말고도 파란색의 단발머리를 한 청년 하나가 서 있는 것을 보았다.

그리고 지나치게 아름답게 생긴 그 청년의 얼굴에서 전해지는 느낌이 그가 절대 인간이 아니라는 것이었다. 너무나 단순한 이유였지만 카렌에게는 그보다 더 큰 이유는 없었다.

"할아버지, 안녕하셨어요?"

"오냐. 그래, 너도 축제 구경은 잘했느냐?"

"예."

"너에게 소개시켜 줄 사람이 있어 함께 왔다. 인사드리거라. 블루 족의 수장인 레이시아드시다."

"안녕하세요, 카렌이라고 해요."

무표정한 얼굴로 서 있던 파란 머리 청년은 카렌의 인사에도 표정을 바꾸지 않은 채 카렌의 얼굴만 무심하게 쳐다보고 있었다.

"카르메이안님, 이 꼬맙니까?"

파란 머리 청년, 레이시아드의 말에 카르메이안은 고개를 끄덕였다.

"내 손자라네. 카렌, 반지를 좀 보여주겠니?"

"예, 여기 있어요."

카렌이 내민 반지를 받아 든 카르메이안은 곧 레이시아드에게 내밀었다. 반지를 받아 들고는 찬찬히 살피던 레이시아드의 표정이 곧 변했다. 뜻밖이란 표정이 역력했다.

"전대 블루 족의 기운이 느껴지는군요."

"역시 느낀 모양이군."

"이 정도라면 카르메이안님께서도 반지의 봉인을 해제하실 수 있었을 텐데, 저를 이렇게 부르신 이유가 뭔지 알려주시겠습니까?"

"물론 봉인을 해제하는 거야 별로 문제가 될 것은 없지만 라이오너가 어떻게 행동할지 몰라 자네에게 묻고 싶은 것도 있고 해서 도움을 받기 위해 부른 것이라네. 그리고 블루 족이니 라이오너에 대해서도 잘 알 것이고 말일세."

카르메이안의 대답에 레이시아드는 고개를 끄덕이고는 지체없이 손을 뻗었다. 그러자 바닥에 그리 크지는 않지만 정교하기 이를 데 없는 마법진이 새겨졌다.

마법진이 완성되자 레이시아드는 마법진의 중앙에 라이오너가 봉인된 반지와 미스릴 반지를 나란히 내려놓았다. 그리고는 반지의 봉인을 해제했다.

"봉인 해제(Sealing Cancellation)!"

번쩍!

레이시아드가 시동어를 외치는 순간 석실 안을 폭발적으로 환하게 밝혔던 존재가 마법진 안에서 보이지도 않을 속도로 이동하고 있었다.

예상 밖의 상황에 황급히 눈을 감았던 카렌은 금방 눈을 뜨고는 레이시아드가 설치한 마법진 안을 바라보았다. 눈부시게 환한 빛을 뿌리는 존재는 육안으로 확인하기도 힘들 정도로 빠르게 마법진 안에서 움직이고 있었다.

얼마나 빠르게 움직이는지 기다란 꼬리를 만들고 있었는데 본체는 확인하기도 힘들었다.

"저게 라이오너인가?"

"예, 예상했던 대로 어느 정도 성장한 라이오너이군요."

"저게 성장한 모습인가?"

"그렇습니다. 하급 정령보다 20배 이상의 힘을 가지고 있습니다. 그런 탓에 맹약을 맺기는 더욱 힘드는 것은 어쩔 수 없는 일이지요."

말과 함께 레이시아드가 마법진 안으로 손을 집어넣자 정신없이 돌아다니던 빛 덩어리가 레이시아드의 손을 향해 날아들었다. 동시에 엄청난 방전이 일어나며 석실을 다시 한 번 환하게 밝혔다. 하지만 레이시아드는 마치 아무것도 느끼지 못하는 것처럼 여전히 손을 펴고 있을 뿐이었다.

자신의 공격에도 꿈쩍하지 않는 상대가 이상한 듯 빛은 허공에서 멈췄고, 사람들은 빛 덩어리의 모습을 그제야 자세히 살필 수 있었다.

쉴 새 없이 방전을 일으키는 존재는 특별한 형태를 가지고 있지는 않았다. 흡사 마법사들의 5클래스 급 공격 스펠인 라이트닝 볼과 비슷한 모양이었다.

빛으로 만들어진 듯 환하게 주위를 밝히던 라이오너는 몇 차례에 걸친 자신의 공격에도 아무런 반응을 보이지 않는 레이시아드의 손에 곧 흥미를 잃었는지 다시 빠른 속도로 마법진 안을 날아다니고 있었다.

손을 거두어들인 레이시아드가 처음으로 카렌에게 말을 걸었다.

"번개의 정령인 라이오너와 정녕 맹약 맺기를 원하느냐?"

"만약 라이오너와 맹약을 맺으면 강해질 수 있나요?"

"물론이다. 웬만한 인간들이라면 하급 단계의 라이오너조차 당해낼 수 없다. 특히 비가 오는 날이면 어떤 상대든 라이오너를 당해낼 수 없다."

레이시아드의 말에 잠시 눈을 깜빡이던 카렌은 과연 자신의 아버지가 레이시아드가 말한 '어떤 상대'에 들어가는지에 대해 심각하게 생각하기 시작했다. 하지만 결론은 금세 내려졌다. 데미안은 절대 그런 부류에 들어갈 사람이 아니라고 말이다.

카렌의 표정이 금세 시무룩하게 변하자 레이시아드는 호기심이 생겼다. 그래서 독심법을 이용해 알아보니 뜻밖에도 카렌 자신의 아버지

때문이었다.

데미안 폰 싸일렉스.

레이시아드도 카르메이안에게 들어 어느 정도 사정을 알고는 있지만 도저히 이해가 안 되는 일이었다.

어떻게 드라시안 따위가 그렇게 강해질 수 있는지 도저히 이해도 안 되고 또 믿을 수도 없지만, 그가 강하다는 것은 레이시아드도 잘 알고 있었다.

메탈리언 전투에 참가해 지하르트의 부하들과 싸우면서 그들이 가진 힘이 어떤지 똑똑히 보았기에 마족과 마족의 지배자인 지하르트를 물리친 데미안의 강함이 그로서는 그저 황당한 뿐이었다.

그런데 레이시아드로선 그렇게 강한 아버지를 두었다면 카렌 역시 금세 강해질 수 있을 텐데, 왜 좀 더 빨리 강해지지 못해 저렇게 조바심을 내는 것인지 이해할 수가 없었다.

"하지만 라이오너와 맹약을 맺으려면 라이오너가 발산하는 라이트닝 포스를 견뎌내야만 한다."

"라이트닝 포스가 뭔가요?"

"쉽게 말해 라이오너가 내뿜는 전격계 공격의 힘을 말한다. 지금 라이오너가 가진 최대 파워는 현재 근위기사단의 기사들 가운데 소드 익스퍼트 최상급인 기사와 동급의 힘을 가지고 있다고 할 수 있는데, 그 공격을 막아내야만 라이오너와 맹약을 맺을 수 있다고 할 수 있다."

레이시아드의 말에 카렌의 얼굴에는 믿을 수 없다는 표정이 가득했다.

라이오너가 겨우 중급 정령 단계임에도 불구하고 소드 익스퍼트 최상급을 가진 기사와 동급인 힘을 낸다니……. 그러면 라이오너가 만약 정령왕으로 성장한다면 얼마나 강한 힘을 낼 수 있단 말인가?

그런 카렌의 놀라움을 눈치챈 듯 레이시아드가 입을 열었다.

"라이오너가 상급 정령인 라이덴의 단계만 된다 하더라도 소드 마스터와 비슷한 힘을 낼 수 있다. 하지만 라이오너가 상급 정령인 라이덴의 단계를 넘어서 정령왕인 라크렘이 되었을 때 낼 수 있는 힘이나 파괴력이 얼마나 될지 아는 존재는 아무도 없다. 라이오너가 라크렘으로 진화된 적이 지금까지 단 한 번도 없었기 때문이다."

실망했던 카렌의 눈빛이 다시 반짝이기 시작했다.

"그러니까 라이오너가 계속 성장해 라이덴을 거쳐 라크렘이란 존재가 된다면 엄청난 힘과 파괴력을 가진 존재가 될 수도 있다는 말씀인가요?"

"아마도 그럴 것이라고 생각한다."

레이시아드의 대답에 카렌은 더 이상 생각할 필요도 없다는 듯 대답했다.

"라이오너와 맹약을 맺고 싶어요."

"내가 조금 전 한 이야기를 벌써 잊었나? 네가 만약 라이트닝 포스를 이겨내지 못한다면 너는 그저 숯덩이가 될 뿐이다. 참고로 말하자면 과거 라이오너가 자연계에 존재할 때도 라이오너와 맹약을 맺은 존재는 드래곤, 그중에서도 극히 일부의 블루 드래곤밖에 없다는 사실을 명심해야만 할 것이다."

레이시아드의 말에 카렌은 잠시 곤란하다는 표정을 짓지 않을 수 없었다.

그도 그럴 것이 카렌은 지금껏 전격계 공격을 단 한 번도 본 적도,

그리고 겪어본 적이 없었기에 전격계 정령인 라이오너가 가진 힘이나 파괴력을 짐작하기 힘들었기 때문이다.

"그렇다면 레이시아드님 말씀은 제가 라이오너와 맹약을 맺을 수 없다는 말인가요?"

"단순히 맹약을 맺을 수 없을 정도가 아니라 맹약을 맺는 순간 넌 새까맣게 탄 숯덩이가 되어버린다는 말이다. 목숨이 아깝다면 라이오너와 맹약을 맺는 것은 심각하게 고려해야만 할 것이다."

레이시아드의 말에 고민하던 카렌은 어렵게 입을 열었다.

"강해질 수만 있다면… 라이오너와 맹약을 맺고 싶어요."

"그렇다면 마법진 안으로 손을 집어넣어라. 그리고 맹약의 선언을 외쳐라. 라이오너가 너를 거부하지 않는다면 라이오너와 맹약을 맺을 수 있을 것이다. 단, 맹약의 선언을 외치는 동안 계속되는 라이오너의 공격을 견뎌낼 수만 있다면 말이다.".

"그럼 라이오너가 어떤 공격을 하더라도 계속 맹약 선언을 외쳐야 한단 말입니까?"

"그렇다. 맹약 선언이 끝나기 전까지 절대 마법진에서 손을 빼면 안 된다. 그렇지만 라이오너의 공격을 막아낸다고 하더라도 맹약을 맺을 수 있다고 장담할 수는 없다. 맹약을 맺을지 맺지 않을지는 전적으로 라이오너가 선택할 문제니까."

무표정한 얼굴로 카렌을 지켜보던 레이시아드는 카렌이 절대 라이오너와 맹약을 맺을 리 없다고 생각했다. 인간치고, 아니, 살아 있는 생명체치고 생명이 위험하다는데 스스로의 생명을 위협하는 행동을 할 리 없다는 것이 그의 판단이었다. 하지만 곁에 서 있던 카르메이안의 생각은 전혀 달랐다.

메탈리언 전투 당시에도 데미안과 그 일행들은 맡은 임무나 자신들의 동료들을 위해서 기꺼이 자신의 목숨을 바치는 모습을 똑똑히 보았다.

비록 모두 목숨을 잃은 후 지상에 강림한 아레네스에 의해 모두 부활의 기적을 경험했지만 데미안이나 그의 동료들은 자신들이 부활의 기적을 경험할 것이란 사실을 전혀 몰랐었다. 그럼에도 불구하고 데미안을 위해 기꺼이 자신들의 목숨을 희생했다.

이건 순전히 자신의 생각이고, 또 판단이지만 인간만큼 자신의 생명을 살뜰하게 살피는 존재도 없지만, 또 인간들만큼 자신이 바라는 조건만 충족된다면 쉽게 목숨을 버리는 존재도 없었다. 때문에 그런 인간들 가운데 가장 책임감이 강했던 데미안의 자식인 카렌이 그렇게 쉽게 라이오너와 맹약 맺기를 포기하지는 않을 거라 생각했다.

"하겠어요."

"그렇다면 맹약의 선언을 가르쳐 주마."

카렌의 말에 레이시아드는 고개를 끄덕이긴 했지만 속으로는 혹시 카렌이 미친 것이 아닌가 하는 생각을 하였다.

레이시아드에게 맹약의 선언를 메시지 마법으로 전해 들은 카렌이 막 마법진을 향해 걸음을 옮기려는 순간, 그때까지 계속 지켜보고만 있던 지옥마제가 카렌에게 전음으로 말을 건넸다.

[제자야, 잠깐만 이리 와보거라.]

"부르셨습니까, 스승님."

[지금부터 내가 하는 말을 잘 듣고 대답은 고갯짓으로만 하도록 하거라. 먼저 네 몸속의 마나를 두 가지의 기운, 그러니까 양기나 음기로 나누어 느껴본 적이 있느냐?]

절레절레.

고개를 흔드는 카렌의 모습을 보고 지옥마제는 다시 질문을 했다.

[그렇다면 뜨겁고, 차갑고, 가볍고, 무겁고, 단단한 기운을 느껴본 적은 있느냐?]

머리를 갸우뚱하는 카렌의 모습에 지옥마제는 얼른 다시 전음을 날렸다.

[그럼 그 가운데 일부를 느낀 것이냐?]

끄덕끄덕.

[잘 생각하고 대답을 하거라. 뜨거운 기운이거나 차가운 기운이었느냐?]

절레절레.

[그렇다면 가볍거나 무거운 기운이냐?]

갸우뚱. 끄덕끄덕.

[그럼 가벼운 기운이냐?]

절레절레.

[무거운 기운인가 보구나.]

끄덕끄덕.

[그렇다면 토이거나 금의 기운인데…… 제자야, 잠깐만 기다리거라. 네가 무사할 수 있는 방법이 있을 것도 같으니까 말이다.]

카렌은 지옥마제의 말을 듣고 무작정 기다릴 수밖에 없었다.

그런 반면 조금 떨어진 곳에서 고개를 흔들었다가 끄덕였다가를 반복하는 카렌을 모습을 지켜보고 있던 레이시아드는 어이가 없었다.

자신이 살펴본 결과로는 카렌이 어린 나이라고는 믿을 수 없을 정도로 강했지만 그렇다고 라이오너와 맹약을 맺는 것은 불가능한 일이었다. 카렌이 라이오너의 공격을 막을 가능성도 전무하지만 아직 의식을 가지고 있지 못하는 존재인 라이오너가 카렌의 생명을 염려해 맹약을 맺을 확률은 전혀 없었기 때문이다.

그럼에도 불구하고 지옥마제나 카렌의 태도를 보면 라이오너와 맹약을 맺으려고 하는 모양 같은데 솔직히 자신이 나서지 않는 이상 절대 라이오너와의 맹약 맺기는 불가능했다. 그의 마음 한구석에는 부모에게서 전승된 지식으로만 알고 있던 라이오너를 자신이 차지하고 싶다는 생각이 은근히 있었기 때문이다.

사실 카르메이안이 없었다면 이 자리에 있는 모든 존재들을 벌써 말살시켜 버리고 라이오너가 봉인된 반지를 차지했을 것이다.

조금 전 라이오너가 자신의 손을 향해 라이트닝 볼트를 날렸을 때 레이시아드가 느낀 충격은 상당했다. 공격의 형태는 5클래스의 라이트닝 볼과 흡사했지만 충격이나 파괴력은 충분히 6클래스 급이 되고도 남았다. 그러니 라이트닝 브레스를 사용하는 블루 드래곤인 레이시아드가 어찌 탐욕이 생기지 않겠는가?

"맹약의 선언이 끝날 때까지만 마법진 안에서 손을 빼지만 않으면 됩니까?"

"손을 빼지 않고 맹약의 선언이 끝났을 때 라이오너가 너와 맹약 맺기를 원한다면 너의 손으로 스며들 것이다. 하지만 맹약의 선언을 외치는 동안 큰 충격을 받을지언정 죽는 일은 없겠지만 라이오너가 너를 맹약자라고 인정하지 않는 순간엔 네 생명이 무사하다고 장담할 수는 없다."

레이시아드는 그 말을 마지막으로 입을 다물었고, 그의 말을 들은 카렌은 잠시 뭔가를 생각하는 듯하더니 순식간에 마법진으로 다가가 조금의 망설임도 없이 그대로 손을 뻗었다.

자신의 행동을 제약하는 마법진 때문에 잔뜩 약이 올라 있던 라이오너는 다시 자신만의 공간에 다시 뭔가가 침입하자 눈 깜짝할 사이에 라이트닝 포스를 작렬시켰다.

짜짜짜~ 짝~

날카로운 소리와 함께 순식간에 하얗게 물들어가는 카렌의 손.

순간 카렌은 금방이라도 심장이 멎을 것 같은 격렬한 충격을 받았지만 조금 전 지옥마제가 가르쳐 준 대로 엄지발가락에 힘을 주어 그대로 신발을 꿰뚫고는 지면에 박아 넣었다. 그러면서 지옥심공의 마나 이동 순서에 따라 마나를 움직임과 동시에 가장 무거운 기운을 느끼기에 모든 신경을 집중했다.

카렌의 손을 하얗게 물들였던 빛은 순식간에 그의 몸 전체로 퍼졌다.

마법진 안의 라이오너는 쉴 새 없이 카렌의 손을 향해 라이트닝 포스를 날렸고, 카렌의 작은 몸은 라이트닝 포스가 작렬할 때마다 계속 경련을 일으키고 있었다.

지옥마제와 러셀은 이를 악문 카렌의 모습을 안타까운 마음으로 지켜보고 있었다. 하지만 카렌은 희미해지는 정신을 부여잡고 지옥심공을 운공하기에 여념이 없었다. 정말… 다시는 경험하고 싶지 않은 지독한 고통이었고, 몸서리쳐지는 충격이었다.

"선더버드의… 아들이여! 고대부터… 이어져 온… 인연에 따라… 그대와 맹약… 맺기를 원한다. 그대는… 맹약자의… 부름에 응하라!"

눈을 뜨기도 힘든 빛에 싸인 카렌에게서 맹약의 소환 선언이 흘러나왔다.

실제로는 상당히 짧은 시간이었지만 영원처럼 길게만 느껴졌던 시간이 마침내 지나고 카렌의 전신을 밝히던 빛이 다시 카렌의 오른손으로 되돌아갔다.

카렌은 갑자기 고통이 사라진 것을 깨달았고, 그제야 겨우 정신을 차릴 수 있었다.

환하게 빛나는 자신의 오른손을 신기한 듯 바라보던 카렌은 서둘러 레이시아드를 찾았다.

"맹약에 성공한 건가요?"

"그렇다."

무표정을 가장한 레이시아드의 대답을 듣고서야 카렌은 마법진 안에서 자신의 손만이 빛나고 있는 것을 확인할 수 있었다.

"라이오너가 상급 단계인 라이덴이 되기 전까지는 의사 소통이 불가능하다. 너의 말을 따를 수도 있지만 거부할 수도 있다는 사실을 잊지 마라. 그 사실을 잊는 순간 넌 라이오너에 의해 목숨을 잃을 수도 있으니 명심하는 것이 좋을 거다. 그리고 네가 사용할 무기가 어떤 것이냐?"

"저 아이의 무기는 이것이네."

말과 함께 카르메이안이 내민 것은 전체적으로 무척이나 길고 네모난 모양을 한 쇳덩어리였다. 게다가 칼날도 한쪽밖에 없었다.

"아니, 그건?"

"알아보겠는가?"

"제 기억이 맞다면 앙블렌저린으로 만든 것 아닙니까?"

"후후후, 자네도 알아보는군. 맞네, 앙블렌저린으로 만든 도라네."

"도… 라고요?"

"그렇다네. 이렇게 한쪽에만 칼날이 붙은 무기를 도라고 부른다는구면. 나도 이번 기회에 처음 알았다네."

카르메이안에게서 도를 받아 든 레이시아드의 눈에는 희미하지만 탐욕의 기색이 어렸다 금세 사라졌다. 순수한 무기의 강함만 따진다면 이 앙블렌저린으로 만든 병기를 따라올 것이 없다는 사실을 그도 잘 알고 있었지만 그렇다고 카르메이안 앞에서 탐욕을 부릴 만큼 멍청하지는 않았다.

"이제 마법진에서 손을 빼서 이 병기를 잡아라."

카렌이 마법진에서 손을 빼 도를 잡는 순간 카렌의 손에서 머물던 라이오너가 순식간에 도로 스며들었고, 잠시 빛을 내다가는 곧 사라졌다.

"현재 그 무기에 라이오너가 머물러 있지만 언제든 네가 소환하면 네 앞에 모습을 드러낼 것이다. 다만 라이오너를 제대로 다룰 자신이 없다면 사람들 앞에서 소환하는 것은 그만두는 것이 좋을 것이다. 불러내는 순간 대형 참사가 일어날 테니까. 라이오너는 블루 족에서도 제대로 다룰 줄 아는 이가 없다는 사실만 명심해라."

말끝마다 겁주는 듯한 레이시아드의 말에도 카렌은 신경 쓰지 않은 채 오로지 조금 전 도 안으로 사라진 라이오너를 강하게 만들 생각을 할 뿐이었다.

"어떻게 하면 라이오너가 강해질 수 있을까요?"

"네기 성룡만큼 강해질 수 있다면 라이오너 역시 성장을 할 것이다."

"성룡만큼 강해져라……."

나직이 혼잣말을 하는 카렌을 잠시 바라보던 레이시아드는 라이오너가 스며든 앙블렌저린으로 만든 도를 비록 잠시 동안이지만 탐욕스런 시선으로 바라보다 곧 시선을 거두었다. 그리고는 카르메이안에게 인사를 했다.

"카르메이안님, 저는 이만 돌아가 보겠습니다."

"수고했네. 나중에 술이라도 한잔하도록 하지."

"그럼 저는 이만… 워프!"

순간 레이시아드의 모습은 석실 안에서 감쪽같이 사라졌다. 하지만 석실 안에서 레이시아드가 사라지는 것에 신경 쓰는 존재는 아무도 없었다.

카르메이안은 밋밋한 도신 부분을 쓰다듬으며 하염없이 도의 이곳 저곳을 살피기에 여념이 없는 카렌의 모습을 보며 빙그레 미소를 지었다.

"그 도의 이름은 헬 블레이드란다."

"헬 블레이드…….."

"네 사부가 꼭 그렇게 불러야 한다고 하더구나. 나중에 네 누나에게 받을 검에는 샤이닝 블레이드라고 이미 이름을 붙여놨더구나."

"헬 블레이드와 샤이닝 블레이드… 정말 마음에 들어요, 스승님."

[후후후, 내가 원래 작명 실력이 일가견이 있지 않느냐? 제자야, 잠시 내 앞에 서보거라.]

지옥마제의 말에 카렌이 일어섰는데 단정하던 머리털이 일제히 곤두서 있는 모습이 참으로 볼 만했다.

[후후후, 예상대로 라이오너란 녀석이 네 몸을 돌아다니며 깨끗하게 청소를 했구나.]

"예? 청소라니 그게 무슨 말씀이신지?"

[네 혈관 속에 자리잡고 있던 온갖 불순물이 조금 전 라이오너의 공

격에 모두 타버렸단 말이다. 전화위복이라 하지 않을 수 없구나. 하여간 오늘부터 무공을 익히기 더 좋은 신체가 되었다는 것만 알아두거라. 이제 되었으니 어서 러쎌과 함께 훈련을 시작하거라.]

"예, 스승님."

[카렌은 몸속으로 받아들인 마나를 다섯 가지 성질로 나누어 모으는 것에 집중하고, 러쎌은 받아들인 마나가 피부와 피부 바로 밑을 흐른다고 생각하며 운공을 하도록 하거라. 그리고 오늘부터는 무기의 무게도 늘릴 것이니 절대 집중을 흐트러뜨리지 마라.]

"명심하겠습니다, 스승님."

"노사님의 지시대로 하겠습니다."

공손하게 대답을 한 두 소년은 각자 자신의 자리로 가서 운공에 들어갔다.

카렌은 운공을 하면서 마나를 받아들여 몸속의 마나와 합치며 그들의 독특한 기운에 따라 분류하기에 여념이 없었다. 마나 홀이란 상상 속의 장소에 다섯 개의 방을 가상의 층으로 나눈 다음 지금 느껴지는 마나의 가볍고 무거운 정도에 따라 나누기 시작했다.

처음 한 뭉텅이로 뭉쳐 꼼짝도 하지 않았던 마나가 시간이 지날수록 조금씩 움직이기 시작했지만 그 양은 그야말로 미미하다고 할 수 있을 정도에 불과했다. 하지만 카렌은 그것만으로도 충분히 감격하고 있었다.

뭐든 처음이 어렵지 그 단계만 지나고 나면 나머지는 시간이 해결해 준다는 것을 지금껏 경험을 통해 알고 있었기 때문이다.

카렌이 마나의 분류에 열중하고 있는 동안 러쎌은 그동안 모아두었던 마나를 피부 쪽으로 돌리기 위해 안간힘을 쓰고 있었다. 겨우 눈곱

만큼 모은 마나지만 마음먹은 대로 움직인다는 것이 어찌 쉬운 일이겠는가? 하지만 기사들이 러셀의 상태를 알았다면 하나같이 놀라 기절을 했을 것이다.

그도 그럴 것이 러셀이 불과 며칠 동안 모은 마나가 기사들로서는 최소 몇 달 동안 안간힘을 쓰며 긁어모아야 모을 수 있는 마나의 양과 맞먹었기 때문이다. 더구나 마나를 마음대로 움직이지 못하는 기사들과는 달리 러셀은 비록 원활하지는 않지만 자신이 원하는 곳으로 마나를 보낼 수 있었다.

최소 소드 익스퍼트 최상급이 아니라면 꿈도 꾸지 못할 일을 운공을 배운 지 불과 며칠 만에 해낸 러셀이었다. 하지만 정작 러셀은 원활하게 움직이지 않는 마나를 움직이기에 여념이 없었다.

그런 변화를 마나의 생물이라 일컬어지는 카르메이안이 느끼지 못할 리 없었다.

도저히 이해가 되지 않았다. 어떻게 무술을 배운 지 얼마 되지 않은 러셀이 벌써 마나의 통제가 가능하단 말인가? 적어도 소드 익스퍼트 최상급의 실력이 되기 전에는 마나의 통제가 불가능하다는 것이 지금까지의 상식이었다.

그런 카르메이안의 내심을 눈치챘을까? 지옥마제가 설명을 해주었다.

[눈사람을 생각하게.]

"눈사람?"

[그래, 눈사람. 눈사람을 만들 때 어떻게 만드는가? 최초 작은 눈 뭉치를 뭉쳐 눈밭에서 이리저리 굴리다 보면 최종적으로는 커다란 눈 뭉치를 만들 수 있지 않은가? 다시 말해 최소한으로 몸으로 받아들인 마

나를 계속 움직이고 회전시켜 나만의 마나를 만들면 나중에 받아들인 마나를 계속해서 이미 받아들였던 마나의 겉 표면에 둘러쌀 수 있게 되지. 그렇게 되면 몸속에 존재하는 마나의 양이 늘어날 것임은 말하지 않아도 알 수 있는 일. 단전, 그러니까 여기 말로는 마나 홀이라 부르는 곳에 받아들인 마나가 한계점이 도달했을 때 육체의 재구성이 일어나게 되지. 그렇게 되면 마나 홀은 더욱 확장이 되고, 이전과는 다른 경지에 접어들게 되지.]

"그러니까 그게 소드 마스터란 말인가?"

[이곳으로 보면 그렇지. 하지만 이스턴 대륙에서는 작은 마나로도 훨씬 빠르게 소드 마스터가 될 수 있지. 그렇게 따지고 보면 이곳의 검술은 너무나 조잡하고도 단순해. 이렇게 많은 마나를 제대로 활용하지 못하다니… 한심한 일이야.]

뮤란 대륙의 모든 검사들을 싸잡아 한심하다는 지옥마제의 말에 곁에서 듣고 있던 카르메이안은 은근히 기분이 나빠졌다.

[뮤란 대륙의 이 풍부한 마나가 아니라면 아마 소드 마스터는 한 명도 태어나지 못했을 테지. 무엇보다도 체계도 잡혀 있지 않은 데다 소드 마스터가 될 수 있는 방법을 기록해 두지도 않았어. 자네는 왜 그랬을 것이라 생각하나? 보나마나 자신들 가문만의 독특한 검술로 남겨두려는 속셈 때문이겠지. 선택받은 몇몇만을 위해 그런 행동을 했을 테지만 결과적으로 뮤란 대륙의 검술은 계속 제자리걸음을 할 수밖에 없게 되지 않겠나. 그리고 앞으로도 그럴 것이고 말이야. 자네는 그렇게 생각하지 않나?]

카르메이안은 인간들의 일을 왜 자신에게 묻는 것인지 은근히 짜증이 나기 시작했다.

“인간의 일은 인간에게 묻도록 하게, 난 인간이 아니니까.”

[흐흐흐, 인간이 아니다? 맞아, 자네는 인간이 아니니까 인간의 특성에 대해서는 잘 모르겠지. 하지만 말이야, 만약에 이스턴 대륙의 무인들이 이곳의 무인들과 싸울 기회가 생긴다면 아마 이곳의 무인들은 단몇 초도 견디지 못하고 모조리 무릎을 꿇게 될 거야.]

“함부로 단정 짓지는 말게. 이곳에도 강한 인간들은 얼마든지 있으니까 말이야.”

[강한 인간? 흐흐흐, 가소롭군. 대체 어느 정도가 되어야 강한 인간이란 말인가? 겨우 검강(劍罡) 따위나 쓰는 인간들을 소드 마스터라 부르며 마치 검술의 끝을 본 것처럼 모든 수련을 집어치우는 그런 한심한 인간들을 말하는 것인가? 혹시 어검술(御劍術)이라고 아는가? 다른 말로는 이기어검(以氣御劍)이라 부르는 단계인데 자신이 가진 마나만으로 검을 날려 상대를 공격하는 경지이지. 그뿐만이 아니네. 마나로 만든 검을 내 뜻대로 공격하는 심검(心劍)의 경지도 있지. 검술을 단순하게 검을 휘두르는 것뿐이라고 생각하는 이곳의 무인들은 절대 강하지 않아.]

“검을 마음먹은 대로 움직일 수 있다고? 그게 현실적으로 가능하단 말인가?”

[한계를 정해 버리면 더 이상의 발전은 없지. 무공이 극에 이르면 이곳에서의 하급신 정도의 힘과 능력을 가질 수 있다는 사실은 전혀 모르는 모양이군.]

“인간 따위가 감히 신의 힘을 가지고 있을 수 있다고? 지금 그걸 나보고 믿으란 말인가?”

[쯧쯧쯧, 방금 내가 한계를 정하지 말라고 했는데 그새 잊어버린 모

양이군. 자네가 나에게 알려준 이곳의 이야기 중에 신의 힘을 흉내 낸 것이 마법이라고 하지 않았나? 이스턴 대륙에서는 무공이 그 역할을 대신하지. 하지만 단순히 흉내를 내는 것 정도가 아니라 종내에는 인간으로서의 한계를 벗어나기 위해 무공을 익힌다는 것을 알아두게.]

지옥마제의 말을 카르메이안은 도저히 믿을 수 없었다. 하지만 그의 말을 증명하는 가장 대표적인 인간이 바로 데미안 아닌가? 지옥마제가 남긴 비급(秘笈)을 혼자 익혀 뮤란 대륙 최초의 소드 그렌저가 되었으니 반박할 말이 없었다.

위대한 자라고 불리는 그렌저보다 더욱 강한 존재가 있다니……. 카르메이안은 좀처럼 인정하기 힘들었다. 게다가 인간이 신이 될 수 있다고?

말도 안 되는 소리였다.

만약 신이 될 수 있는 존재가 있다면 지상 최강의 생명체인 드래곤밖에 없었다. 하찮은 인간 따위가 신이 되다니… 정말 말도 안 되는 소리였다.

[내 제자를 지켜보게. 어떤 존재로 성장하는지 말이야.]

"지켜보지."

그때부터 두 존재는 묵묵히 운공을 하고 있는 두 소년을 바라보았다.

*　　　*　　　*

"어이, 거기! 빨리 움직이지 못해? 이렇게 넓은 연병장을 언제 다 치우려고 그렇게 농땡이를 부리는 거야?"

조교의 신경질적인 지시에 따라 학생들은 연병장 곳곳으로 흩어져 밤새 내린 눈을 치우기에 여념이 없었다. 예년에 비해 일찍 내리기 시작한 눈은 거의 매일 연병장에 쌓여 학생들은 아침마다 구보 대신 눈을 치워야만 했다.

눈 치우기 작업에는 연병장이 넓은 관계로 2학년도 참가해야만 했다.

연병장 중앙을 경계로 1학년과 2학년으로 나뉘어 있었는데 둘 사이에 묘한 분위기가 흐르고 있었다. 하지만 눈이 대부분 치워진 것을 확인한 조교가 교관실로 들어가 버리자 묘한 분위기는 당장 팽팽한 긴장감으로 바뀌었다.

특히 오벨리언과 그 일당들과 대치하고 있는 무리가 있었는데, 그 수나 체격적 면에서 오벨리언 일당을 압도하고 있었다.

"신입생 자식들이 건방지게 감히 선배들한테 덤벼? 죽고 싶냐?"

"햇병아리 주제에 어디서 대가리를 빳빳이 들고 설치는 거야?"

"이 자식들, 이거 안 되겠는데?"

"이빨을 몽땅 뽑아 평생 수프만 먹게 해줘?"

험악하기 이를 데 없는 2학년 학생들의 말에도 오벨리언이나 그의 친구들은 조금도 겁먹은 표정이 아니었다.

"젠장, 조용히 살려니까 별 거지깡깽이 같은 놈들이 다 기어오르네."

"그러게나 말이야. 죽고 싶어서 환장했냐?"

"같잖은 자식들이 쪽수가 좀 많다고 기가 산 모양인데, 오늘 확 사고를 치고 개 값을 물어?"

팽팽하게 맞선 소년들.

그들의 이런 상황까지 오게 된 것은 아주 사소한 일 때문이었다.

조금 전 2학년 학생들이 연병장의 눈을 치우고 있을 때 누군가가 2학년의 등과 부딪쳤다. 그렇지 않아도 눈을 치우느라 짜증이 나 있던 2학년 학생은 신경질적으로 팔을 휘둘렀다.

휙! 퍽!

"꺄악!"

비명 소리와 함께 작은 그림자 하나가 눈밭에 맥없이 나동그라졌다.

"뭐야?"

갑자기 들린 비명 소리에 근처에 있던 학생들이 일제히 몰려들었다.

쓰러진 여학생의 친구들로 보이는 학생들이 쓰러진 여학생을 일으켜 세웠다. 마치 그들을 보호하듯 가로막고 선 다음 1학년 남학생들은 여학생을 쓰러뜨린 2학년 남학생과 대치하며 사과를 요구하다가 지금과 같은 상황을 맞이한 것이다.

웅성거리는 것을 발견한 동급생들이 하나둘 몰려들기 시작해 곧 그들 주위를 완전히 둘러쌌다. 일촉즉발의 팽팽한 분위기가 이어지고 있었다.

휙!

퍽!

어디선가에서 날아온 눈덩이 하나가 금방이라도 2학년생에게 손을 쓰려던 오벨리언의 옆구리를 맞혔다. 갑작스러운 상황에 고개를 돌려 눈이 날아온 곳을 바라본 학생은 오벨리언뿐만이 아니었다.

"이봐, 오벨리언. 뭐 하고 있어? 같이 눈싸움하자."

카렌과 그 친구들이었다. 그들은 편을 갈라 눈싸움을 하고 있었던 모양인데 처음 그 모습을 발견한 학생들은 너무나 황당해 아무런 말도 할 수 없었다.

처음 오벨리언도 그런 카렌의 행동이 전혀 이해가 가지 않아 짜증이 불끈 치솟았지만 곧 한 가지 사실이 뇌리를 스치고 지나갔다. 제국 아카데미에서 싸움을 하면 이유 불문하고 무조건 감점 40점이라는 것. 만약 이전부터 누적되어 온 감점이 10점을 넘었다면 발견 즉시 퇴학이라는 사실이 그제야 기억이 난 것이었다.

"야, 카렌, 감히 나한테 덤볐어? 얘들아! 저놈들을 공격해!"

오벨리언의 말에 눈치 빠른 학생들 몇이 재빨리 동조했다.

"쪼끄만 놈들이 겁도 없이……."

"버릇을 고쳐 주자!"

서너 명의 학생들이 눈을 뭉쳐 던지자 눈싸움에 참가하는 학생들의 수가 갑자기 늘어났다. 눈 뭉치가 날아다니기 시작하자 선의(?)의 피해자도 속출하기 시작했다.

퍽!

"어떤 자식이야?"

"못 피하는 놈이 멍청하지 누굴 원망해."

"그러게 말이야."

"저 자식들이……."

눈덩이를 맞은 것만 해도 분통이 터질 일인데 건방진 1학년들에게 멍청하다는 말까지 듣게 되니 도저히 참을 도리가 없었다.

"도저히 못 참아!"

서둘러 눈을 뭉친 2학년생은 조금 전 눈덩이가 날아온 방향을 쳐다봤지만 누가 던졌는지 알 도리가 없었다. 그대로 화를 참을 수는 없고, 누군지는 모르겠고……. 결론은 하나밖에 없었다.

"아무나 맞아라. 에잇!"

2학년생이 힘껏 던진 눈덩이는 근처에 있던 1학년생의 등에 작렬했다.

"2학년이 공격한다! 2학년을 공격해라!"

누군가의 고함 소리와 함께 눈싸움의 양상이 확연하게 달라졌다.

1학년 대 2학년의 눈싸움.

비록 한 학년 차이라고는 하지만 1학년생들보다 먼저 용병 훈련을 받은 탓인지 대부분 체격적인 조건이 월등했다. 처음 팽팽하던 양쪽의 기세는 곧 기울어 1학년생은 2학년생들의 공격을 피해 하나둘씩 뒤로 물러서기 시작했다.

카렌과 함께 열심히 눈덩이를 던지던 오벨리언은 1학년생들이 조금씩 뒤로 밀리자 분한 표정을 지었다. 당연히 그의 말에는 신경질이 섞여 있었다.

"제기랄, 제기랄……."

"오른쪽을 먼저 공격하자."

"뭐?"

"오른쪽이 약해 보이니까 오른쪽을 먼저 공격하자고."

카렌의 말에 오른쪽을 쳐다보니 대체적으로 체격이 작은 학생들이 많아 보였다.

"좋아. 오른쪽을 공격해라! 오른쪽이다!"

정신없이 공격을 하던 1학년생들은 오벨리언의 외침에 무의식적으로 눈덩이를 오른쪽으로 던지기 시작했다. 1학년생들의 공격이 한쪽으로 집중되자 2학년들은 어쩔 수 없이 공격을 피해 도망가야만 했다.

"몸이 약한 애들은 뒤로 가서 눈덩이를 만들고, 체력에 자신있는 녀석들은 앞으로 나와서 공격해라!"

오벨리언의 외침에 체력이 약한 학생들과 여학생들은 뒤로 빠졌고, 체력에 자신있는 학생들이 앞으로 나서서 전해 받은 눈덩이를 쉴 새 없이 던져 댔다. 또 근처에 있던 학생들은 제설 도구를 이용해 허술한 방패를 만들어 눈덩이를 던지는 학생들을 보호했다.

시간이 지날수록 전력적으로 앞서던 2학년생들이 일방적으로 몰리기 시작했다.

전투의 기세라는 것이 그렇듯이 이기는 쪽은 더욱 기가 살고 지는 쪽은 시간이 지나면 지날수록 기가 죽어버린다. 이번 눈싸움 역시 마찬가지였다.

2만 명에 가까운 학생들이 벌인 대규모 눈싸움은 결국 1학년생의 승리로 끝났다.

1학년들은 의기양양한 표정으로 식당으로 향했고, 2학년들은 한 학년 밑의 후배들에게 패했다는 생각에 어깨가 축 늘어뜨리며 걷는 모습이 흡사 패잔병처럼 보였다.

"고맙다."

"응?"

느닷없는 말에 카렌은 고개를 갸우뚱거렸다.

"뭐가?"

"네가 말려줘서 싸움을 하지 않을 수 있었다. 만약 네가 말리지 않았다면 그 건방진 2학년 자식을 날려 버렸을 거고, 그렇게 됐다면 곧바로 퇴학당할 수밖에 없게 되었겠지. 하지만 난 반드시 이곳을 졸업해야 하는 이유가 있거든. 비록 너를 좋아하지는 않지만 그렇다고 도움

받은 것을 알면서도 인정하지 않을 정도로 속 좁은 놈도 아니다. 고맙다. 언제가 될지는 모르겠지만 이번 일에 대한 보답은 꼭 하도록 하지."

오벨리언은 그 말을 남기고 카렌의 곁을 떠났다.

그러고 보니 유령 사건 이후로 오벨리언이 조금은 변한 것 같기도 했다.

예전에 어울렸던 친구들과도 잘 어울리지 않는 것 같았고, 혼자서 행동하는 시간도 늘어난 것이나 훈련하는 시간이 늘어난 것을 보면 전과 비교해 달라지긴 달라진 것 같았다.

"저 자식이 웬일이냐? 너한테 인사를 다하고 말이야."

"글쎄? 나랑 친하게 지내고 싶은 모양이지 뭐."

"저 자식이? 에이, 그럴 리가……."

카렌의 말에 세자르가 의구심 가득한 얼굴로 멀어져 가는 오벨리언의 뒷모습을 쳐다봤다.

"그건 그렇고, 물어볼 말이 있는데 말이야……."

"뭔데?"

"요즘 너하고 러셀하고 밤마다 어딜 나돌아 다니는 거야?"

"응? 그걸 어떻게 알았지?"

세자르의 말에 카렌과 곁에 있던 러셀은 깜짝 놀랐다.

"며칠 전 새벽에 화장실에 가기 위해 일어났다가 너희 둘이 없어진 것을 알았지. 그날 이후부터 밤마다 지켜봤더니 나와 린네가 잠들자마자 너희 둘이 방을 빠져나가더라고. 그것도 거의 매일 밤마다 말이야. 어딜 가는지 알려줄 수 없어?"

"린네도 알아?"

“아직은······.”

“비밀을 지켜줄 수 있어?”

“우린 친구잖아. 당연히 지켜줄게.”

자신의 가슴을 탕탕 치며 자신만만해하는 세자르의 표정을 보고는 카렌은 조금 무거운 표정으로 고개를 끄덕였다.

“비밀을 지켜주겠다고 하니 말해 줄게. 내가 예전에 누군가에게 나의 당당한 모습을 보여주겠다고 한 말 생각나?”

“그, 그래.”

“그걸 위해서 밤마다 훈련하고 있어. 러쎌도 강해지기 위해서 노력하고 있고 말이야.”

카렌의 대답에 세자르는 갑자기 실망한 표정을 지었다.

“지금 날 놀리는 거냐?”

“그게 무슨 소리야?”

“어디서 훈련을 하는데?”

“응?”

“어디서 훈련을 하느냔 말이야. 내가 너희들을 미행하지 않은 줄 알아? 너희들은 매일 밤 남몰래 옥상으로 향했고, 거기에서 감쪽같이 사라졌다가 날이 밝기 전에 돌아오잖아. 어디로 사라지는 거냔 말이야.”

왜 거짓말을 하냐는 듯 따지는 투로 말하는 세자르의 말에 카렌은 순간적으로 난감함을 느끼고는 세자르에게 뭐라고 설명을 해야 좋을지 몰랐다. 그런 카렌의 표정을 살핀 세자르는 곧 조금은 힘이 빠진 얼굴로 입을 열었다.

“대답하기 곤란하면 말 안 해도 돼. 난 그래도 너희들을 친구라고 생각했는데······ 너희들은 그렇게 생각하지 않는 모양이구나. 할 수 없지.”

“아니, 그게 아니고…….”

“괜찮다니까. 그리고 다른 사람에게는 비밀을 지킬 테니까 그건 걱정하지 마.”

말을 마친 세자르는 조금은 화가 난 듯 몸을 돌려서는 식당으로 향했다.

그 모습을 지켜보던 러쎌이 조금은 걱정스러운 표정으로 카렌을 쳐다봤다.

“카렌, 어떻게 하지? 세자르나 다른 아이들에게 말을 하지 않은 것은 미안한 일이지만 그렇다고 우리 훈련장을 함부로 가르쳐 줄 수는 없는 일이잖아.”

“러쎌, 이 문제는 내가 알아서 처리할 테니까 걱정하지 마.”

대답하는 카렌의 표정도 그리 밝지는 않았다.

저녁 식사가 끝난 후 1학년생들은 대부분 일찍부터 잠자리에 들었다.

눈보라가 몰아치는 날씨 탓에 연병장에서 훈련하는 학생들도 없었고, 특별한 소일거리가 없었던 학생들은 대부분 잠을 청했다. 그렇기는 카렌의 방도 마찬가지였다.

하루 종일 고된 훈련에 시달렸던 린네는 자리에 눕자마자 깊은 잠 속에 빠져들었다. 린네가 잠들고 어느 정도 시간이 지났을 때 카렌이 잠자리에서 일어났다.

“시간이 됐어. 일어나.”

카렌의 말에 러쎌과 세자르가 기다렸다는 듯이 잠자리에서 일어났다.

“가자.”

“옥상으로 갈 거야?”

“아니, 잠깐만 기다려.”

카렌은 린네가 잠든 것을 다시 한 번 확인하고서야 게이트 링에 마나를 보냈다.

“오픈 게이트.”

카렌이 시동어를 외치자 시커먼 공간이 모습을 드러냈다. 카렌이 망설임없이 공간을 향해 걸음을 옮겼고, 뒤를 이어 러쎌도 공간 안으로 사라졌다.

잠시 그 모습을 조금은 불안한 눈으로 지켜보던 세자르는 곧 눈을 질끈 감고는 공간을 향해 달려갔다. 정신없이 달리던 세자르는 뭔가와 부딪쳐 중심을 잃고 쓰러질 뻔했다.

“어?”

“조심해.”

누군가가 자신의 팔을 잡아주었기에 겨우 쓰러지는 것을 면한 수 있었다. 상대를 확인하고 보니 러쎌이었다.

“고, 고마워.”

인사를 하면서 주위를 둘러보던 세자르는 기묘한 주변의 모습에 정신없이 쳐다보고 있었다. 그러는 사이 카렌과 러쎌은 지옥마제에게 인사를 했다.

“스승님, 저희 왔습니다.”

“노사님, 밤새 안녕하셨습니까?”

[어서들 오거라. 제자야, 네가 말한 아이가 저 아이냐?]

“예, 스승님.”

[저 아이는 나에게 맡기고 너희들은 먼저 운공부터 하도록 하거라.]

"알겠습니다, 스승님."

카렌과 러쎌이 자신의 자리로 가서 가부좌를 트는 모습을 보고 지옥마제는 주위를 둘러보기에 여념이 없는 세자르를 불렀다.

[이리 오너라.]

사방이 100여 미터는 족히 되어 보이는 석실의 모습에 놀라고 있던 세자르는 누군가의 음산한 부름에 자신도 모르게 고개를 돌려 상대를 확인하고는 깜짝 놀랐다.

검은 안개 같은 것이 피어오르는 마법진 위에 떠 있는 수정 구슬만 해도 으스스하기 이를 데 없는 분위기였는데 수정 구슬에 떠올라 있는 허연 형체는 더 더욱 소름끼치게 만들었다.

분명 머리로는 달아나야겠다고 생각을 했지만 음산한 음성을 듣는 순간 몸은 이미 수정 구슬을 향해 발걸음을 옮기고 있었다.

수정 구슬 속에 있던 지옥마제의 눈빛이 푸른색을 띠기 시작하자 세자르의 심령(心靈)은 점점 제압되기 시작해 곧 정신을 잃고 말았다. 멍한 표정으로 서 있는 세자르에게 지옥마제는 우선 그가 무슨 의도로 카렌의 행동을 관찰한 것인지부터 물었는데 알고 보니 그저 단순히 소년의 호기심에 불과하다는 것을 알고는 마음을 놓을 수 있었다.

이미 심령이 제압되었기에 그대로 카렌에 대한 기억을 지우려고 하던 지옥마제는 곧 생각을 바꾼 듯 운공을 마치고 일어나는 카렌을 불렀다.

[제자야, 잠시 이리 와보거라. 러쎌은 정해진 훈련부터 시작해라.]

지옥마제의 부름에 카렌은 어리둥절한 표정으로 다가왔다가 멍한 표정으로 서 있는 세자르를 발견하고는 흠칫 놀라지 않을 수 없었다.

"스승님, 세자르가 왜 이러고 있는 거죠?"

[섭령대법(攝靈大法)이라는 술법에 걸렸기 때문이란다. 쉽게 말해서 인간의 정신을 제압하는 술법이지.]

"그럼 정신계 마법과 같은 거군요."

[호~ 네 말은 이곳에도 이런 술법이 있단 말이냐?]

"이곳에서는 술법이라고 하지 않고 정신계 마법이라고 하는데 상대방의 기억을 조작하거나 자신이 원하는 정보를 알아내기 위해 상대의 정신을 제압하기 위해 사용합니다."

[후후후, 방법만 다를 뿐이지 쓰는 목적은 똑같구나. 내가 너를 부른 이유는 너에게 섭령대법을 가르쳐 주기 위해서란다.]

지옥마제의 말에 카렌은 그저 눈만 껌뻑일 뿐이었다.

[처음에는 너에게 검술만 가르칠 생각이었다. 너를 가르칠 시간은 겨우 3년에 불과한데 더욱 진화된 지옥이도류를 제대로 전수할 시간이 부족하다고 느꼈기 때문이란다. 하지만 지옥이도류는 단순히 검과 도를 휘두른다고 실력이 늘어나는 것이 아니라는 것을 누구보다 잘 아는 사람이 바로 이 스승 아니냐. 해서 짬짬이 너에게 필요할 것으로 생각되는 것을 가르칠 생각을 했단다.]

지옥마제의 말을 들으며 카렌은 세자르를 연신 살피고 있었지만 세자르는 여전히 멍한 표정으로 서 있을 뿐이었다.

[상대의 정신을 제압하는 방법은 소리와 빛, 냄새와 동작 등등 여러 가지가 있단다. 하지만 무엇보다 중요한 것은 상대를 반드시 제압하고 말겠다는 강한 정신력이란다. 나머지는 그저 구결을 외우고 필요한 기술만 습득하면 끝이란다. 구결을 알려주마.]

말을 마친 지옥마제는 카렌에게 섭령대법이라고 설명한 섭령마공의 구결을 자세하게 설명해 주었다.

구결을 들으면서 그 방법이라는 것이 마나의 공명을 이용하는 것임을 알고는 카렌은 호기심을 나타냈다. 상대방을 바라볼 때 눈에 마나의 공명을 이용해 상대의 마나와 동조하면서 강한 정신력으로 상대의 정신을 순식간에 제압하는 것이 요결이었다.

눈빛의 변화는 물론 상대의 호흡이나 눈빛을 통해 상대의 마나까지 통제가 가능하다는 것인데 쉽게 믿기는 힘든 사실들이었다.

[기본적인 원리를 깨달은 듯하니 네가 직접 저 녀석의 기억을 조작해 보도록 하거라.]

"예, 사부님."

대답을 한 카렌은 멍한 표정을 하고 있는 세자르를 쳐다보면서 마나를 눈 쪽으로 끌어올렸다.

"세자르, 나를 봐."

하지만 카렌의 말에도 세자르는 고개도 돌리지 않았다.

[제자야, 섭령대법을 쓸 때는 반드시 상대의 정신을 제압할 수 있다는 확신이 있어야 한단다. 네 스스로 확신을 하지 못하면서 누구의 정신을 제압할 수 있다는 말이냐? 그리고 눈을 직접 마주 대하고 있지 않은 상태에서는 음성을 이용하는 것이 좋을 게다.]

지옥마제의 조언에 카렌은 다시 한 번 정신을 차리고 마나를 끌어올렸다.

"세자르, 나를 봐라."

카렌의 음성이 낮아졌다고 느끼는 순간 세자르는 천천히 고개를 돌렸다. 몽롱한 시선을 하고 있던 세자르의 눈은 카렌의 눈과 마주치는 순간 더욱 흐릿하게 변했다.

"너는 오늘 나와 러쎌을 따라왔다가 지독하게 심한 훈련을 했다."

"…심한 훈련을 했다."

"훈련이 너무나 심했기 때문에 내일 아침 일어났을 때 지독한 근육통에 시달리게 된다."

"내일 아침… 지독한 근육통……."

"그렇기 때문에 다시는 나와 러쎌과 함께 훈련하기가 싫어진다."

"…같이 훈련하기가 싫다."

"이제 나를 따라와라. 오픈 케이트!"

카렌의 시동어에 시커먼 공간이 입을 벌렸다.

"스승님, 잠시 다녀오겠습니다."

[그렇게 하거라.]

세자르와 함께 사라지는 카렌의 뒷모습을 바라보던 지옥마제는 입가에 저절로 미소가 지어지는 것을 느꼈다.

비록 이렇게 소환 마법진에 의해 소환당해 카렌과 사제지연(師弟之緣)을 맺게 되었지만 지금은 카렌을 가르치는 일에 지극한 만족감을 느끼는 지옥마제였다. 카렌은 그야말로 가르치는 재미가 쏠쏠한 녀석이었다.

지금까지 자신이 알고 있던 모든 것과는 판이하게 다른 학문과 무술일 텐데도 불구하고 한마디의 불만도 없이 자신의 지시를 묵묵히 따르는 모습이 지옥마제가 보기엔 너무도 기특하게만 여겨졌다.

무식하게 검만 휘두르는 뮤란 대륙의 검술과는 달리 매 순간, 또 매 상황마다 비록 작은 깨달음이긴 하지만 끊임없이 생각을 하고 좀 더 높은 경지를 추구해야만 하는 이스턴 대륙의 검술을 묵묵히 수행하는 모습이 어찌 기특해 보이지 않았겠는가?

또 무조건 마나를 받아들이는 이곳과는 달리 받아들인 마나를 오행의 기운으로 분류하라는 자신의 지시에 카렌은 묵묵히 따르고 있었다. 일전에 라이오너와 맹약을 맺을 때 토(土)와 금(金)의 기운을 이용해 라이오너의 전격(電擊) 공격을 막아낸 적이 있었다. 때문에 오행의 기운을 본격적으로 구분하게 된 것인지도 몰랐다.

하지만 무엇보다 지옥마제를 기껍게 만든 것은 카렌의 뛰어난 오성이었다.

머리로는 다 이해하고 깨달았다고는 해도 실제 움직이거나 행동하기에는 무리가 따르는 것이 사실이었다. 게다가 지금 지옥마제처럼 육신이 없는 경우에는 시범을 보일 수 없기에 가르침을 잘 이해하는 것이 무엇보다 중요했다.

그런 지옥마제의 염려를 일시에 종식시킨 것이 바로 카렌이었다. 아무리 복잡한 동작이라도 알려주면 알려주는 대로 정확하게 행동해 절대 두 번 말할 필요가 없었다.

무도를 걷는 자에게 재능있는 제자를 가르치는 것보다 더 가슴 떨리는 일이 없다는 것은 지옥마제 역시 마찬가지였다. 게다가 자신이 창안한 지옥마공을 절전시키기지 않고 이어준 카렌이 지옥마제로서는 너무나 고마울 수밖에 없었다.

지옥마제가 요즘 중점을 두고 있는 것은 카렌이 오행의 기운을 느끼고, 그 기운을 따로 구분해 단전에 축적하는 것이었다. 하지만 그것은 카렌이 음양의 기운을 느끼고, 운용할 수 있게 만드는 전(前) 단계에 불과할 뿐이었다.

음양이기(陰陽二氣)에 지옥마제가 집착하는 이유는 그것이 그가 만들고 진화시킨 지옥이도류의 완성형인 연환상충폭뇌기(連環相沖爆雷

氣)에 반드시 필요하기 때문이었다. 연환상충폭뇌기는 기존 지옥이도류의 확장형인 지옥재림(地獄再臨)의 불완전성을 제거시킨 것으로 이승을 떠난 후 오랜 세월 동안 영계(靈界)에서 지옥이도류에 대해 고심하고 또 고심했기에 탄생이 가능한 일이었다.

어떻게 보면 집착이라고 할 수도 있는 일이지만 이승을 떠나는 순간 모든 인연과 끊어지고 잊혀지는 것이 원래 영계의 법칙임에도 불구하고 지옥마제는 이승의 기억을 고스란히 가지고 있을 수 있었다. 다음 환생을 기다리는 동안 불완전한 지옥이도류의 구결을 고쳤던 것이 자그마치 4천 년이 넘게 지났던 것이다.

어찌 보면 황당한 일이었지만 지옥마제는 지나간 세월보다는 하나의 완전한 무공을 자신의 손으로 탄생시켰다는 사실에 만족할 뿐이었다.

태초의 기운인 혼돈(混沌)에 가장 가까운 힘, 인간의 능력으로 가질 수 있는 최후의 힘이 바로 음양이기의 충돌 때 발생하는 연환상충폭뇌기라고 지옥마제는 생각했다.

문제는 인간의 신체로서는 음기와 양기를 동시에 지닐 수 없다는 점이었는데, 오랜 세월 동안 음양과 오행의 관계를 연구하다 오행의 기운을 음양으로 바꾸는 방법을 창안하게 된 것이었다. 게다가 부수적으로 음기와 양기를 독단적으로 사용할 때 지옥이도류가 상이한 형태의 검술로 바뀌게 된다는 것까지 알아낼 수 있었다.

한 가지 안타까운 것은 영체(靈體) 상태이기 때문에 그 위력을 확인할 수 없다는 것이었는데 이제 그 역할을 대신할 수 있는 제자가 생기지 않았는가. 그러니 카렌이 귀엽고 사랑스럽지 않을 리 만무했다.

지옥마제가 그런 생각을 하고 있을 때 공간이 벌어지더니 카렌이 걸어 들어왔다.

[무사히 데려다 주었느냐?]

"예."

[그래, 혹시 운공을 할 때 오행의 기운은 느껴지더냐?]

"사부님께서 말씀하시는 오행의 기운이라는 것이 정확하게 어떤 기운인지는 모르지만 마나 홀에 모인 다섯 가지 기운으로 구분되어 느껴지기는 합니다."

[그래? 제법 빠른 성취로구나. 하지만 자만하지 말고 더욱 열심히 노력해 더욱 뚜렷하게 느낄 수 있도록 해야 한다.]

"확실하게 느끼기만 하면 됩니까, 사부님?"

[아니다. 다섯 가지의 기운이 확실하게 느껴진다면 그 하나하나의 기운을 따로따로 느낄 수 있도록 해야 하고, 그것이 가능하면 그 기운들을 다시 두 개의 큰 기운으로 만들어야 한단다. 음양이기라는 힘인데 그 힘을 얻어야만 연환상충폭뢰기를 익혀 진정한 지옥이도류의 정수를 익힐 수 있단다.]

지옥마제의 설명에 카렌은 한숨부터 나왔다.

물론 지옥이도류의 정수를 얻는 것이 쉬울 것이라고 생각해 본 적은 없었지만 그래도 이렇게까지 힘들 것이라고는 생각하지 않았었다.

말이 쉬워 마나를 다섯 가지의 성질로 나누는 것이지 그렇게 마나를 구분하려면 정신력이 보통 소모되는 것이 아니었다. 운공을 끝냈을 때 상쾌함이나 활력을 얻을 수 있었던 것과는 달리 요즘은 운공을 끝내면 지독한 두통과 함께 녹초가 되기 일쑤였다.

한 가지 위안이 되는 점은 데미안이 익혔던 지옥이도류보다 훨씬 진화한 형태의 지옥이도류를 익힐 수 있다는 점이었다. 지옥마제의 말에 따르면 본래의 지옥이도류와는 비교도 할 수 없을 정도의 파괴력을 가진 것이 진화한 지옥이도류라고 했다. 과연 지옥마제의 호언장담대로 그런 위력이 있을지는 모르겠지만 지금으로서는 그저 열심히 지옥이도류를 익히는 데 노력을 할 뿐이었다.

[제자야, 걱정하지 마라. 네가 만약 음양이기를 가지게 되고 그 음양이기를 이용한 연환상충폭뢰기를 완성시킨다면 지상에서 감히 네 상대는 없을 것이다.]

"사부님께서 말씀하신 그 음양이기를 꼭 얻도록 하겠습니다."

[그래, 그래. 네 재능에 노력까지 더한다면 틀림없이 음양이기를 얻을 수 있을 것이다. 그리고 이것은 내 생각이지만 네가 만약 음양이기를 얻는다면 얼마 전에 보았던 번개의 정령을 그리 어렵지 않게 부릴 수 있을 것 같구나.]

"예?"

지옥마제의 말에 카렌의 얼굴에는 의구심이 가득해졌다.

[이해가 잘 안 되는 모양이구나. 네가 얻어야만 하는 음양이기의 힘이 서로 부딪쳤을 때 발생하는 있는 힘이 바로 뇌전지기(雷電之氣), 즉 번개의 힘이기 때문이란다. 거역할 수 없는 최강의 파괴력인 뇌전지기를 막아낼 수 있는 존재는 아무도 없단다. 그렇게 때문에 번개의 정령 역시 쉽게 다를 수 있다고 말한 것이란다.]

그제야 이해가 되는지 카렌은 고개를 끄덕였다.

"잘 알겠습니다, 사부님."

[그래, 이름은 정했느냐?]

"번개의 정령이기 때문에 뇌령(雷靈)이라고 부를까 생각하고 있습니다."

[뇌령이라… 하하하하.]

갑작스런 지옥마제의 웃음에 카렌은 조금 당황했다.

그 모습을 본 지옥마제가 미소를 띤 얼굴로 설명을 해주었다.

[내가 웃은 이유는 이 사부 역시 그 이름을 생각하고 있었기 때문이란다. 이렇게 마음이 통하는 것을 보니 네가 연환상충폭뢰기를 얻게 될 것 같구나. 하하하. 틀림없이 그렇게 될 것이다. 암~ 누구의 제잔데. 하하하하!]

무엇이 그렇게 즐거운지 지옥마제는 연신 웃음을 터뜨렸다.

그런 지옥마제의 모습을 보니 카렌은 왠지 조급하기만 했던 마음이 조금은 느긋해지는 것이 느껴졌다. 그리고 지옥마제가 말한 폭뢰기라는 힘을 틀림없이 얻을 수 있을 것 같은 느낌도 들었다. 그런 카렌의 심경이 느껴졌는지 지옥마제는 부드러운 음성으로 말을 꺼냈다.

[제자야, 네가 원하는 것을 갖기 위해서는 꾸준히 노력하되 절대 조급해하지 않는 것이 무엇보다 중요하단다. 최종적으로는 형(形)에서 벗어나야 하겠지만 일단은 형을 완성하는 것이 우선이란다. 이전의 지옥이도류가 인간의 무공이라면 진화된 지옥이도류는 그야말로 인간의 차원을 벗어난 신의 무공이다. 만약 네게 천연(天緣)이 따른다면 대륙 최초로 신과 같은 초월적인 존재가 될 수 있을 것이다.]

단정적으로 말하는 지옥마제의 어마어마한 말에 카렌은 그저 멍한 표정을 지을 뿐이었다. 단순히 인간 중에서 가장 강한 존재가 되는 정도가 아닌 신과 같은 초월적인 존재가 될 수 있다니……. 그 말을 어떻게 믿을 수 있겠는가?

[하하하. 제자야, 이 사부의 말이 믿어지지 않느냐? 믿어라. 무인이란 그야말로 불가능에 도전하는 가장 어리석고도 이해하기 힘든 존재

들이니까. 그러나 스스로 한계를 정하지 않고 노력과 도전을 아끼지 않기에 다른 어떤 존재보다 강해질 수 있는 것이란다. 제자야, 너는 그 점을 한시도 잊어서는 안 된다. 알겠느냐?

　"명심하겠습니다, 사부님."

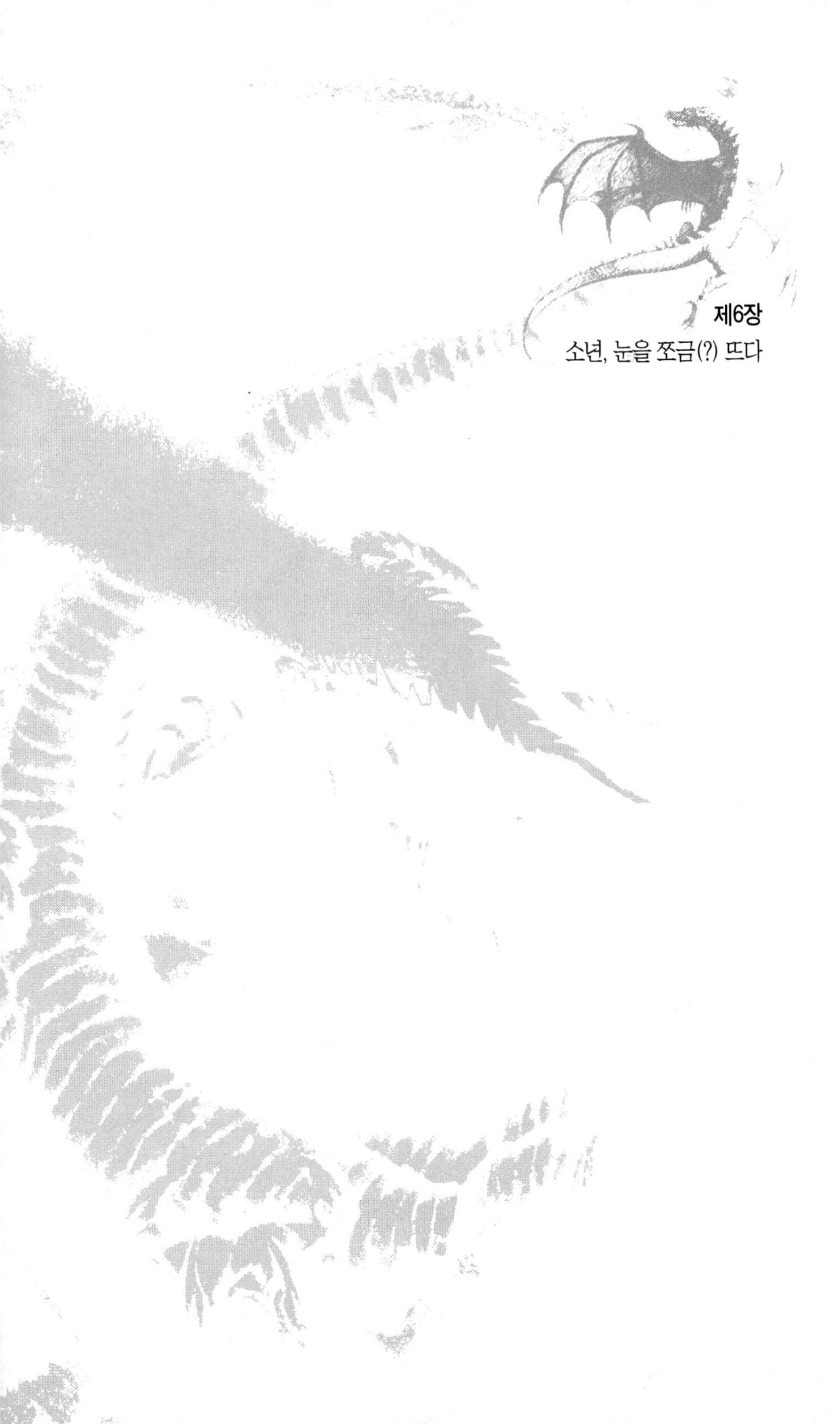

제6장
소년, 눈을 쪼금(?) 뜨다

웅성웅성~

삼삼오오 모여 있던 학생들은 하나같이 인상을 쓰며 연병장에서 저희들끼리 쑥덕거리고 있었다. 이유는 간단했다. 앞을 제대로 볼 수 없을 정도로 폭설과 눈보라가 몰아침에도 불구하고 훈련을 계속하겠다는 교관들의 말 때문이었다. 게다가 학생들을 더욱 열받게 한 것은 학생들이 연병장에서 떨고 있는데도 교관들은 교관실에서 나오지 않는다는 것이었다.

"어휴, 추워라. 이러다 동사하는 것 아니야?"

"미쳤지, 미쳤어. 이런 날 무슨 훈련을 한다는 거야?"

"추워 죽겠네. 딱딱딱!"

불만을 토해내는 학생들의 입에서는 허연 입김이 쏟아졌고, 추위를 견디지 못한 일부 학생들은 연신 이를 부딪치며 어쩔 줄 몰라 했다. 그런 학생들과 조금 떨어진 곳에 모여 있던 학생들 가운데 하나가 이를 부드득 갈며 어딘가를 노려봤다.

약 18, 9세쯤으로 보이는 소년이었는데 또래의 소년들과 비교해 키가 월등하게 차이가 날 정도로 큰 소년이었다. 분함이 가득 서린 소년의 눈길이 머무는 곳엔 눈보라쯤은 아무것도 아니라는 듯 가벼운 동작으로 목검을 휘두르고 있는 작은 소년이 있었다. 바로 카렌이었다.

"젠장, 또 저 자식이야?"

"에라, 이 자식아, 덩치가 아깝다, 아까워."

"내 덩치가 너만큼만 컸다면 저 자식은 벌써 묵사발을 내버렸다, 이 자식아."

일제히 불만의 말을 쏟아내는 소년들의 질책이 쏟아지고 있는 상대는 그들 친구 가운데 가장 덩치가 커다란 소년이었다. 그런 친구들의 반응에 소년은 너무나 억울했다.

자신이 특별하게 무엇인가 잘못한 것이 있는 것도 아니고, 자신이 어떤 괘씸한 녀석 하나를 박살 내려고 할 때마다 묘하게 근처를 지나는 교관이나 조교들 때문에 번번이 기회를 놓쳤을 뿐인데 왜 자신이 이렇게 친구들에게 매도를 당해야 하는 것인지 도무지 이해를 할 수 없었다.

덩치 큰 소년의 눈빛이 스산해지는 것을 본 한 소년이 먼저 분위기를 다독였다.

"로커가 일부러 잘못을 저지른 것도 아닌데 너희들 너무 심한 것 아니야?"

소년, 카약스의 말에 덩치 큰 로커의 얼굴에는 감격스러워하는 기색이 역력했다.

'휴우~ 이제는 이런 허깨비 같은 녀석까지 다독거려야 하다니……. 정말 미치겠군. 병신 같은 놈, 그깟 꼬맹이 하나 처리를 못해서 빌빌거리기는……. 쥐새끼 같은 놈, 어디 두고 보자. 겨울 방학이 얼마 남지 않았으니 그전에 네 녀석의 싸가지없는 버르장머리를 확실하게 뜯어고쳐 주마.'

카약스가 이를 가는 동안에도 카렌은 지극히 느린 속도로 목검과 목도를 움직이고 있었다. 얼마 전부터 양손을 동시에 사용하는 방법을 다시 익히고 있었는데, 그것은 지옥마제의 특별한 지시 때문이었다.

지옥마제가 양손 훈련을 시작하라고 지시했을 때 카렌은 그에게 아직 왼손 사용이 그리 원활치 않음을 고백했다. 하지만 그럼에도 불구하고 지옥마제의 반응은 시큰둥했다.

태어났을 때부터 사용하던 손과 몇 년 사이에 급격하게 개발한 손이 같을 리가 있겠느냐고 말하면서 계속해서 목검과 목도를 동시에 휘두르는 훈련을 계속하도록 지시를 내렸다.

투로를 밟아가며 제법 빠른 속도로 목검과 목도를 휘두르던 카렌은 목검과 목도가 허공을 가를 때마다 사정없이 사방으로 흩날리는 눈송이를 무심히 바라보다가 문득 눈송이를 베고 싶다는 생각이 들었다.

장난 삼아 시작한 일은 곧 장난이 아니게 되었다.

현재 카렌이 사용하는 목검이나 목도는 교육생들의 부상 방지와 근력 강화를 위해 상당히 둔탁한 외형을 가지고 있었다. 거의 타원형에 가까운 단면을 가지고 있는 그런 둔탁한 목검으로 쉴 새 없이 흔들리면서 지면으로 떨어지는 눈송이를 벤다는 것은 생각처럼 간단한 일이 아니었다.

먼저 강풍 때문에 떨어지는 속도가 너무 빨랐고, 게다가 가벼운 무게 때문인지 불규칙한 움직임을 보였기에 눈송이를 베기는커녕 제대로 식별하는 것조차 쉽지 않았다. 문제는 그것뿐이 아니었다.

설사 목표물을 설정해 목검을 휘둘렀다고 해도 둔탁한 목검에서 발생한 풍압 때문에 눈송이는 얄미울 정도로 살짝살짝 목검을 비켜 지면으로 떨어졌다. 수십 번도 넘게 목검을 휘둘렀지만 마치 카렌을 비웃기라도 하듯 목검과 부딪친 눈송이는 하나도 없었다.

가볍게 생각했던 마음을 버린 지 오래였지만 눈송이를 베는 것은 쉬운 일이 아니었다. 쏟아지는 눈보라 속에서 고심에 고심을 거듭해 카렌이 내린 결론은 내려치거나 휘두를 때의 목검의 속도였다.

목검이 바람을 가르며 목표로 한 눈송이까지 최대의 속도를 내지 못하면 눈송이는 목검에서 발생한 풍압 때문에 눈송이는 베기도 전에 밀려나고 만다. 눈송이를 베는 것은 그 다음의 일이었다. 눈송이와 부딪치지도 못하면서 어떻게 벨 수 있단 말인가?

더구나 목검보다 두 배 정도는 더 무겁고 두꺼운 목도로는 아예 시도조차 해보지 못했다.

우선은 목검으로 성공하는 것이 먼저였다. 그러는 사이 불어오던 바람이 갑자기 줄어들어 눈송이는 거의 직선으로 내렸다.

재빨리 목검을 치켜든 채 기회를 기다리던 카렌의 눈에 하늘하늘 흔들리며 내려오는 눈송이 하나가 들어왔다. 호흡을 멈춘 채 눈송이가 복부 위치까지 오기만을 기다린 카렌의 입에서 기합성이 터졌다.

"찻!"

목검이 눈부시게 빠른 속도로 내려오다가 눈송이와의 거리가 제로가 되는 순간 그대로 멈췄다.

팟!

물론 눈송이가 부서졌다고 이런 소리가 들릴 리 만무했지만 카렌에게는 마치 그 소리를 들은 것 같았다.

그러는 사이 다시 눈보라가 몰아치기 시작했다. 다시 자세를 잡은 카렌은 목표로 삼은 눈송이를 향해 빠른 속도로 목검을 휘둘렀지만 바람에 실린 눈송이는 생각보다 빨리 지면으로 떨어졌고, 카렌의 목검은 몇 번이나 헛되이 허공을 갈랐을 뿐이었다.

다시 몇 번이나 목검을 휘둘러 보았지만 눈송이와 부딪친 것은 처음뿐이었다.

"저 자식, 지금 뭐 하는 짓이지?"

"그러게. 미친 거 아니야?"

"지랄하고 있네."

신랄한 아이들의 야유가 쏟아지자 기회를 기다리고 있던 로커가 재빨리 목검을 힘껏 움켜잡았다.

"아직 교관과 조교가 나오지 않았잖아. 지금이 저 자식을 박살 낼 절호의 기회야. 그러니까 너희들은 여기서 구경이나 하고 있어."

친구들이 미처 만류할 사이도 없이 로커는 카렌을 향해 성큼성큼 걸음을 옮겼다.

"저 자식 뭐야? 설마 이렇게 아이들이 많은 곳에서 저 꼬마를 공격하겠다는 거야?"

"미친놈, 하여간 아무 생각이 없는 놈이라니까."

"혹시 저 자식, 대가리까지 근육으로 꽉 들어찬 것 아니야?"

친구들은 멀어져 가는 로커를 향해 한결같이 경멸에 가득 찬 말들을 쏟아내고 있었다.

정신없이 목검을 휘두르고 있는 카렌에게로 간 로커는 자신이 왔음을 전혀 모르는 듯 보이는 카렌의 모습에 생각할 것도 없이 목검을 치켜들었다. 그리고는 조금의 망설임도 없이 목검을 내려쳤다.

정신없이 눈송이 맞히기에 여념이 없던 카렌은 무언가가 머리를 향해 빠른 속도로 다가오는 것을 느끼고는 반사적으로 목검을 휘둘렀는데, 그 동작에도 눈송이 맞히기가 녹아 있었다.

따딱!

목검을 휘둘러 누군가의 공격을 막은 동작은 한 번뿐이었지만 들리는 소리는 둘이었다.

쿵!

뭔가가 쓰러지는 소리에 고개를 돌려 확인하고 보니 이마에 주먹만 한 혹을 달고 쓰러져 있는 사람은 로커였다. 그리고 근처에 반으로 부러진 목검이 있는 것을 보면 아마도 공격한 사람이 로커인 것이 분명했다.

최초의 소리는 카렌이 반사적으로 반격했을 때 목검끼리 부딪쳤을 때 난 소리였고, 두 번째 소리는 부러진 목검이 로커의 이마를 가격했을 때 난 소리였다.

그렇지 않아도 별로 보기 예쁜 얼굴이 아니었는데, 거기다 혹까지 더하고 나니 절로 고개가 흔들어질 정도로 보기 흉했다.

하지만 멀리 떨어져서 카렌이 골탕 먹는 모습만 기다렸던 아이들의 얼굴은 한결같이 황당하다는 표정뿐이었다.

조금 전 눈보라가 강하게 몰아쳤을 때 로커의 모습을 잠깐 놓쳤었다. 잠깐이라고 해봐야 숨 한 번 내쉴 정도? 그 짧은 시간 동안에 무슨 일이 벌어졌는지 카렌은 여전히 목검을 휘두르고 있었고, 멍청한 로커는 바닥에 쓰러져 있던 것이다.

아마도 기습을 하려다 오히려 카렌의 기습을 받아 쓰러진 모양이었다. 하여간 한심하기 이를 데 없었다.

"이봐, 카약스. 이대로는 안 되겠는데……. 네 생각은 어때?"

"어쩌긴 뭘 어째? 당연히 혼을 내줘야지. 나만 보면 설설 길 정도로 만들어줄 거야."

"그깟 꼬마 녀석을 혼내주는 거야 어려울 건 없는 일인데 말이야, 한 가지 이해가 안 되는 부분이 있거든."

"뭐가?"

"그 꼬마 말이야, 왜 그렇게 미워하는 거지? 제법 귀엽게 생긴 녀석인데 말이야."

보통 키에 체격이 당당한 소년의 말에 근처에 있던 소년들이 서둘러 그를 말렸다. 하지만 그보다 먼저 카약스는 독기 서린 눈초리로 소년을 죽일 듯 노려보았다.

"넌 그 꼬마 자식이 교관들한테 알랑방귀 뀌는 것을 못 봤단 말이야?"

"알랑방귀?"

"그래. 특히 용병학과의 학과장인 조단님한테 알랑거리는 꼴을 생각하면 지금도 분통이 터진단 말이야."

"조단 학과장님한테?"

"그렇다니까. 왜, 내 말을 못 믿겠어? 얼마 전에도 저녁에 몰래 학과장님을 만나는 걸 내가 분명히 봤다니까."

카약스의 말에 아이들의 눈에도 일제히 시기와 분노의 빛이 역력하게 떠올랐다.

"저녁에는 몰래 학과장님을 만나 이런 저런 도움을 받았으면서 낮에는 아무 일 없다는 듯 아이들하고 장난이나 치며 시시덕거렸단 말이지. 도저히 용서할 수 없는 자식이잖아. 카약스가 설사 용서한다고 해도 이젠 내가 용서하지 못하겠다!"

"정말 재수없는 자식이야."

"야, 카약스. 오늘 저녁 식사 후에 기숙사 뒤로 불러내는 것이 어때?"

"기숙사 뒤? 아~ 그 공터! 그러고 보니 거긴 사람들도 잘 안 오는 곳이잖아."

"잘됐다. 거기로 불러내서 혼구멍을 내주자."

중구난방으로 떠드는 아이들을 보면서 카약스는 속으로 회심의 미소를 지었다.

'흥! 단순한 녀석들, 조금 약을 올렸더니 이제는 지들끼리 알아서 다 하는군.'

"닉, 저녁 식사 후에 네가 꼬마를 데리고 그곳으로 와. 내가 말했다가는 함정인 줄 알고 오지도 않을 테니까."

"알았어. 내가 데리고 갈 테니까 걱정하지 마."

닉이라 불린 주근깨 소년이 고개를 끄덕이는 것을 보고 근처에 있던 소년들은 주먹을 어루만지며 저녁의 있을 상황을 제멋대로 상상하기 시작했다.

저녁 식사를 마치고 카렌이 잠시 혼자 방에서 쉬고 있을 때 본 적이 없는 주근깨 소년이 찾아왔다. 그리고는 마치 카렌이 누군지 모른다는 듯이 방 안을 둘러보며 질문을 던졌다.

"네가 카렌이냐?"

"난데… 넌 누구지?"

"나? 난 닉이야. 누가 널 찾아."

"누가 날 찾는다는 거지?"

"나도 몰라. 기숙사 뒤에서 기다린다고 했으니까 빨리 가봐. 말을 전했으니까 난 간다."

카렌이 미처 대답할 사이도 없이 닉이란 소년은 사라져 버렸다.

"누가 날 찾는다는 거지? 게다가 이렇게 추운 날 기숙사 뒤에서 말이야."

나직이 중얼거리던 카렌은 왠지 찜찜한 기분이 드는 것을 감출 수 없었다.

"하여튼 가보면 알겠지."

카렌은 침대 옆에 세워두었던 목검과 목도를 몇 번이나 쳐다보다가 그대로 기숙사를 빠져나왔다.

닉이란 소년이 말한 기숙사 뒤 공터에 가려면 1학년 기숙사 건물과 2학년 기숙사 건물 사이에 난 한 사람이 겨우 지날 수 있는 좁은 통로를 지나야만 했다.

밖에는 여전히 눈보라가 기승을 부리고 있었다.

마음을 다잡은 키렌은 천천히 통로를 걸어 공터로 향했다. 통로 끝을 약 10여 미터쯤 남겨놓았을 때 여러 사람이 모여 있는 기운을 느낄 수 있었다.

몇 달 동안 지옥마제가 가르쳐 준 방법대로 마나를 분류, 축적하다 보니 주변의 기운을 훨씬 민감하게 느낄 수 있었을 뿐 아니라 시각이나 청각, 후각도 이전에 비해 몇 배나 예민하고 정확해졌다.

비록 세찬 눈보라가 몰아치고 있었지만 인기척에서 전해지는 기운이 흉험한 것을 보면 결코 선의로 자신을 기다리고 있는 것이 아님을 깨달을 수 있었다. 그리고 그 가운데에는 꽤나 익숙한 기운도 섞여 있었고, 그 기운의 주인이 누구인지도 잘 알고 있었다.

이전 같았으면 펄쩍 뛰며 어떻게든 골탕을 먹이려고 갖은 잔머리를 썼겠지만 무공이 한층 완숙해진 지금으로서는 지옥이도류를 익히는 것을 제외하고는 거의 흥미를 잃고 있었다. 언제까지 저들과 투덕거릴 여유가 카렌에게는 없었다.

'오늘 한 번으로 끝낸다.'

천천히 주먹을 움켜쥐고는 다시 걸음을 옮기기 시작했다.

카렌이 막 통로를 벗어났을 때 양쪽 벽면에 숨어 있던 소년들이 거의 동시에 카렌의 복부를 향해 힘껏 주먹을 휘둘렀다.

몰랐으면 모르고 당했으되 알고 있는 이상 그들의 공격에 당할 카렌이 아니었다.

휙!

가볍게 몸을 숙여 두 소년의 공격을 너무나도 간단히 피한 카렌은 소년들이 모여 있는 곳을 피해 몸을 날렸다. 마치 짜고 하는 무술 시범을 보듯 너무나 자연스러운 카렌의 대응에 눈밭으로 꼬꾸라질 카렌의 모습을 기대했던 소년들은 어안이 벙벙한 얼굴로 멍하니 카렌을 볼 뿐이었다.

"역시 너희들이었구나. 무슨 일로 날 부른 거지?"

너무도 태연한 카렌의 말에 제일 먼저 정신을 차린 소년은 카약스였다.

"으드득! 역시 재수없는 자식이야. 뭐 해? 어서 입구를 막아!"

카약스의 말에 세 명의 소년이 재빨리 입구를 막아섰다. 그 모습을 보고도 카렌이 아무런 반응을 보이지 않자 카약스는 바싹 약이 오르는지 다시 한 번 이를 갈았다.

"왜 불렀냐고? 당연히 네 녀석을 두들겨 패주려고 불렀다. 내 발을 잡고 울면서 제발 부하로 받아달라고 애원을 하게 만들어줄 테니까 잔뜩 기대해라."

"부하? 나보고 네 녀석의 부하가 되라고? 너 따위에게 그럴 만한 능력이 있을까?"

카약스의 말에 카렌도 기분이 슬슬 나빠지기 시작했다. 흐트러지려는 마음을 추스르며 카렌이 팔짱을 끼자 카약스를 비롯한 아이들 역시 불쾌한 기분이 느끼지 않을 수 없었다.

마치 '마음대로 해봐라' 라는 듯이 팔짱을 끼고 있는 모습이 자신들 정도는 눈에 차지도 않는 것처럼 보였기 때문이다.

"젠장, 말이 무슨 필요 있다고 주절대는 거야? 학과장에게 아첨이나 떠는 저런 놈은 일단 두들겨 놔야 한다니까."

"맞아. 어디 한군데가 부러져야 정신을 차리지."

한 소년이 벽에 세워두었던 목검을 집어 들자 다른 소년들도 제각기 목검을 움켜쥐고는 카렌을 포위하기 시작했다.

여전히 팔짱을 끼고 있던 카렌은 소년들이 뭔가 자신에 대해 오해를 하고 있다는 것을 깨달았지만 굳이 변명하고 싶지는 않았다.

카렌이 설명을 한다고 하더라도 오해가 풀릴 리도 없었지만 설사 오해가 없었다고 하더라도 언젠가 이런 일이 발생할 것임을 알고 있었기 때문이다.

입구를 막고 있는 소년들은 셋, 그리고 포위를 하고 있는 소년들은 모두 열둘. 그러나 어느 누구도 자신을 위협할 만한 실력을 가진 소년은 없었다. 하지만 상대들은 목검을 가지고 있어 절대 방심할 수도 없는 상황이었다. 물론 마나를 개방하면 이들을 물리치는 것은 일도 아니었지만 일단은 본래의 힘만으로 한 번 부딪쳐 보자는 생각이 들었다.

"그렇게 몰려 있는 모습을 보니까 꼭 개 떼들 같군."

"빌어먹을 놈, 받아라!"

카렌의 말에 열이 오른 소년 하나가 목검을 휘두르며 달려들었지만 카렌은 자세를 낮추고는 달려드는 소년의 무릎을 그대로 걷어찼다. 두 다리가 허공에 붕 뜬 채 쓰러지는 소년의 모습을 확인할 사이도 없이 옆으로 비켜서서는 뒤에서 날아온 목검을 잡아당겨 자신을 공격하는 다른 소년들의 목검을 막아냈다.

따따따딱!

공격이 가로막히자 소년들이 잠시 멈칫하는 순간 카렌은 그들의 복부를 향해 빠르게 주먹을 날렸다.

퍽퍽퍽!

비록 작고 아담한 주먹이었지만 그 주먹이 가진 파괴력은 상상을 초월했다.

"큭!"

거의 동시에 세 명의 소년이 배를 움켜쥐며 쓰러졌고, 그때까지 목검을 잡혀 있던 카렌은 소년을 잡아당겼다가 전면에서 목검을 휘두르며 달려드는 소년들을 향해 거칠게 밀어 던졌다.

중심을 잡기 위해 팔을 이리저리 휘두르며 날아가던 소년은 다른 소년들과 부딪치고는 그대로 미끄러져 넘어졌다.

꽈당!

몇 명의 소년들이 바닥에 쓰러지자 다른 소년들은 찔끔하며 일제히 뒤로 물러섰다.

그 모습에 카약스는 이를 악물며 치미는 분노를 억누르며 지시를 내렸다.

"뭐 하고 있어? 지금 저 자식은 조단님에게서 배운 것을 사용하고 있단 말이야! 하지만 빈손이니까 무조건 목검을 휘두르면 우리가 이길 수 있어. 빨리 공격해!"

카약스의 말에 소년들은 다시 포위망을 좁혀왔지만 카렌의 움직임은 믿을 수 없을 정도로 자연스러웠고 또한 빨랐다. 눈에는 보이지만 따라잡을 수는 없는 기묘한 움직임에 소년들은 그저 갈팡질팡할 뿐이었다.

다행히도 기숙사 건물이 바람막이 구실을 해 눈보라가 휘몰아치지는 않았지만 계속해서 내린 눈이 녹은 물이 얼어 빙판을 이루고 있었기 때문에 바닥은 미끄럽기 그지없었다. 그럼에도 불구하고 카렌은 마치 평지를 밟듯 너무나 쉽게 이동하고 있었다.

소년들의 공격을 막아내던 카렌은 지옥마제가 얼마 전 알려준 인체의 혈도가 생각났다.

인체의 혈도뿐만이 아니라 진(陣)이라든지 카렌으로서는 너무나 생소한 이스턴 대륙의 사상(思想)과 의술까지 배웠다. 물론 가장 우선이 되는 것은 지옥이도류의 무한한 연습과 마나의 분류, 축적이었지만 다른 것들도 기본적인 개념은 알아두라는 지옥마제의 지시를 어길 수 없어 현재는 무조건 외우고 있는 상황이었다.

섭령마공을 접하면서 마법이 아님에도 불구하고 마나를 이용하면 마법과 같은 힘을 나타낼 수 있다는 점이 무엇보다 카렌의 호기심을 끌었다.

특히 혈도란 것이 신기했는데, 특정한 위치에 있는 혈도에 일정한 힘을 가하면 마치 홀드 마법이나 수면 마법과 같은 효과를 낼 수 있다는 점이 너무나 신기하기만 했다. 특히 검이나 각종 무기가 아닌 단지 인간의 손가락만으로도 사람의 목숨을 빼앗을 수 있다는 말은 좀처럼 믿기 힘들었다.

생각을 정리한 카렌은 먼저 가장 가까운 곳에 있던 소년에게 그야말로 미끄러지듯 다가갔다. 카렌이 갑자기 자신에게 다가오자 소년은 움찔하면서 들고 있던 목검을 마구 휘둘렀지만 카렌의 행동을 막기는 너무나 무기력했다.

휘두르는 목검 사이로 파고든 카렌은 재빨리 소년의 척추 부위에 있는 몇 개의 혈도와 쇄골 부위에 있는 혈도를 힘차게 오른손 검지로 찔렀다. 그러자 소년은 마치 홀드 마법에 걸린 것처럼 그 자리에서 꼼짝도 하지 못했다.

왜 몸을 움직일 수 없는지 영문을 몰라 당황한 얼굴이었는데 시간이 지나도 여전히 몸을 움직일 수 없자 소년의 얼굴은 밀려오는 공포로 엉망으로 변했다.

"몸이 안 움직여! 흑흑흑! 나 좀 살려줘! 엉엉엉!"

소년의 울부짖음에 근처에 있던 소년들은 하나같이 당황한 모습이었지만 그들에게 굳어버린 소년을 구할 능력은 애초부터 없었다. 조각상처럼 굳어버린 소년의 전신을 마구 만지며 소년이 움직이기에 안간힘을 썼지만 굳어버린 소년은 그저 울고불고하기만 할 뿐 조금도 움직이지 못했다.

그러는 사이 다시 두 명의 소년이 카렌의 제물이 되었다.

그제야 소년들은 서서히 카렌에게 공포감을 느끼기 시작했다. 그런 생각은 곧 행동으로 나타났는데 자신도 모르게 일제히 뒤로 물러선 것이었다.

그 모습에 카약스는 속이 시커멓게 탔지만 그에게도 굳어버린 소년을 구할 방법이 있을 리 만무했다. 약이 오른 것도 사실이지만 혹시 자신도 모르는 힘이 카렌에게 있는 것이 아닌가 하는 생각이 들자 두려움이 밀려왔다. 동시에 그의 뇌리를 스치고 지나가는 사악한 꾀가 있었다.

"저 자식이 가지고 있는 반지가 마법 반지야! 저것만 빼앗으면 저 자식은 아무것도 아니니까 한꺼번에 공격해 저 반지를 빼앗자!"

카약스의 말에 소년들의 얼굴에는 누가 먼저라고 할 것도 없이 탐욕스러운 빛이 갑자기 떠올랐다. 말도 안 되는 말을 하는 카약스나 그 말도 안 되는 말을 한 푼의 의심도 없이 믿는 소년들의 어이없는 행동에 카렌은 처음 어이가 없었지만 그런 생각은 곧 분노로 바뀌었다.

방금 전까지만 해도 두려움을 견디지 못해 도망만 다니다가 마법 반지라는 말 한마디에 눈빛을 번뜩이는 꼴을 보니 정말 정나미가 떨어지지 않을 수 없었다. 게다가 만약 자신에게 스스로를 지킬 힘이 없었다면 이들에게 어떤 꼴을 당할지는 너무나 뻔한 일이었다.

정말 인간이라는 것이 싫어지는 순간이었다.

이대로 이 자리에서 벗어나는 것은 일도 아니었지만 자신이 피한다고 그것으로 끝날 일이 아니라는 것을 잘 알고 있기에 이번 한 번으로 모든 것을 끝낼 생각을 했다. 그러려면 독하게 손을 쓰는 수밖에 없었다.

커다란 덩치를 가진 소년 하나가 목검을 마구 휘두르며 달려들었는데 그동안 무엇을 배웠는지 난잡했고 또한 체계가 전혀 잡혀 있지 않는, 그야말로 마구잡이 휘두르기였다. 상대도 되지 않는 녀석들과 이렇게 드잡이를 벌이고 있는 이런 상황이 카렌도 전혀 마음에 들지 않지만 어쩔 수 없었다.

목검을 잡고 있는 손의 손등에 있는 혈도를 가볍게 가격하자 소년은 손목을 움켜잡음과 동시에 비명을 지르며 정신없이 뒤로 물러섰다. 그 비명 소리가 얼마나 처절했는지 공격을 하려던 소년들 모두가 움찔했을 정도였다.

카렌의 표정에 사악한 미소가 떠올랐다.

"왜, 내가 무섭니? 나 같은 꼬마가 무서워? 그렇게 무서우면 그 자리에 무릎을 꿇고 빌어. 그러면 내가 용서해 줄 수도 있겠지만 계속 공격을 한다면 뼈저리게 후회하도록 만들어주겠어."

"이 빌어먹을 꼬맹이가……!"

분노를 참지 못한 카약스가 목검을 휘두르며 달려들었다. 마치 자신이 소년들의 리더임을 증명이라도 하듯 나선 카약스의 목검은 카렌의 목덜미를 향해 빠른 궤적을 그리며 날아들었다. 하지만 불행하게도 상대는 카렌이었다.

상체의 움직임만으로 카약스의 공격을 피한 카렌은 카약스의 오른쪽 겨드랑이를 제법 강하게 공격했다.

'퍽' 하는 소리와 함께 카약스는 뇌리를 온통 뒤흔드는 진저리치는 고통에 비명조차 지를 수 없었다. 하지만 카약스의 공격이 다른 소년들에게 용기를 주었는지 소년들은 비명 같은 고함을 지르며 일제히 카렌을 향해 달려들었다.

심호흡으로 흥분을 가라앉힌 카렌은 즉시 자세를 낮추고는 크게 발을 휘둘렀다.

퍼퍼퍼~ 퍽!

거의 동시에 발목에 강한 타격을 받은 소년들은 발목을 움켜잡으며 눈밭을 뒹굴었고, 막 고통을 참으며 상체를 일으키던 카약스에게 다시 다가간 카렌은 카약스의 복부 오른쪽에 강한 타격을 다시 한 번 주었다.

퍽!

이 고통을 뭐라 표현해야 좋단 말인가?

전신이 쩌릿쩌릿하더니 온몸의 힘이 일순간에 쭉 빠졌다. 숨조차 제대로 쉬지 못하는 카약스의 모습을 슬쩍 쳐다본 카렌은 아직까지도 목검을 잡고 있는 아이들에게 지체없이 달려들었다.

절반 이상의 아이들이 쓰러진 지금 카렌의 발길을 막은 존재는 아무도 없었다.

계속 쏟아지는 눈 때문에 입구를 지키고 있던 세 소년은 상황이 어떻게 진행되고 있는지조차 전혀 파악할 수 없었다. 그러다 누군가가 눈보라를 뚫고 엄청나게 빠른 속도로 다가오자 잔뜩 긴장한 채 목검을 치켜들었다.

다가오는 존재와의 거리가 1미터쯤 되었을 때 소년들은 일제히 목검을 휘둘렀지만 목검에 걸리는 것은 아무것도 없었다.

눈부시게 빠른 속도로 달려오던 존재는 소년들이 공격을 하기도 전 지면을 박차며 마치 창공을 가르는 한 마리 독수리처럼 그대로 하늘로 날아올랐다.

소년들이 그 모습을 멍하니 쳐다보고 있을 때 소년들의 뒤편에 내려선 존재는 눈부시게 빠른 속도로 소년들의 등을 가격했다. 엄청난 타격을 예상했던 소년들은 뜻밖에 손가락으로 쿡쿡 찌르는 듯한 느낌에 의아심을 감출 수 없었다. 하지만 그 결과는 곧 드러났다.

온몸이 마치 동결(凍結) 마법에 걸린 것처럼 털끝만큼도 움직일 수 없었던 것이다.

"뭐, 뭐야? 이거?"

"몸이 안 움직여!"

"왜 이러는 거지?"

울상을 짓고 있는 아이들을 쳐다보며 카렌은 사악한 웃음을 지으며 겁을 주었다.

"호호호, 내가 풀어주지 않는 한 너희들은 그 자리에서 이대로 얼어 죽을 수밖에 없을 거다. 온몸이 꽁꽁 얼어 가면서 이제까지 내가 왜 이런 멍청한 짓을 했을까를 생각하며 천천히 죽어가라."

카렌의 말을 들은 세 소년의 얼굴에는 진한 공포가 어렸다.

"제, 제발 우리를 풀어줘. 다시는 너한테 덤비지 않을게."

"그, 그래, 우리가 잘못했어. 그러니까……."

"네 부하가 될게. 그러니 제발 우리를 용서해 줘."

냉정하게 돌아서가던 카렌의 발걸음이 멈춰졌다. 하지만 몸을 돌리지는 않았다.

"내가 너희들 목검에 엉망이 되도록 얻어맞았어도 나한테 사과를 했을까? 약하면 쫓아가서 밟아버리고 강하면 꼬리를 흔들며 아부를 하고……. 너희는 그런 놈들이야. 그러니까 그 자리에서 얼어 죽는 것이 세상에는 더 도움이 될지도 모르지."

싸늘한 음성으로 그 말만을 남기고 카렌은 그 자리를 떠났고, 얼어 죽으란 카렌의 말에 심하게 충격을 받은 아이들은 공포에 질려 그저 눈물만 흘릴 뿐이었다.

한편 바닥에 쓰러져 있던 소년들은 카렌이 갑자기 그 자리를 떠나 버리자 이러다 자신들이 이대로 얼어 죽는 것이 아닌가 하는 생각에 초조하고 불안한 생각을 버릴 수가 없었다. 점점 자신의 몸 위로 쌓여 가는 눈을 보면서도 꼼짝할 수 없었기 때문에 소년들의 표정은 하나같이 공포에 질려 있었다.

"누구 움직일 수 있는 사람 없어?"

"그, 그래. 움직일 수 있는 자식은 빨리 나한테 와봐!"

"아니야, 나한테 먼저 와. 난 왼손이 움직이지 않는단 말이야."

"난 몸 전체가 안 움직여. 그러니까 나한테 먼저 오란 말이야."

쓰러진 소년들이나 서 있는 소년이나 하나같이 공포에 질려 눈물을 흘리고 있었다.

열두 명의 소년들 가운데 몸을 움직일 수 있는 소년은 오직 카약스뿐이었다. 하지만 그도 정상은 아니었다. 카렌에게 맞은 것은 단 세 대뿐이었지만 맞은 부위에서 느껴지는 고통은 진저리가 쳐질 정도로 지독하게 고통스러웠다. 더구나 숨 쉬기조차 힘들어 연신 숨을 헐떡거려야 했고, 힘이 빠져나간 다리는 사정없이 부들부들 떨렸다.

이를 악물고 몸을 일으킨 키약스는 먼저 근처에 서 있던 친구에게로 발걸음을 옮겼다.

목검을 치켜든 자세에서 굳어버린 친구는 간절한 표정으로 카약스에게 부탁했다.

"카약스, 제발 나 좀 어떻게 줘! 몸이 안 움직인단 말이야!"

소년의 외침에 몸 이곳저곳을 만져 보기도 하고 문질러 보기도 했지만 변한 것은 아무것도 없었다. 소년의 어깨에는 눈이 수북이 쌓였는데 몸을 움직이지 못하니 눈을 털 수도 없었다. 눈보라가 소년의 체온을 계속 빼앗은 탓인지 소년의 얼굴은 이미 새파랗게 변한 지 오래였다.

마음을 잔뜩 졸인 채 소년의 굳은 몸을 풀어주려고 안간힘을 쓰던 카약스는 도저히 자신의 능력으로는 어쩔 수 없다는 것을 인정해야만 했다. 안타까움과 허탈함을 느끼며 카약스가 뒤로 물러섰을 때 경멸이 가득 담긴 음성이 등 뒤에서 들렸다.

"왜, 좀 더 노력해 보시지. 혹시 움직일 수 있을지도 모르는데 말이야."

"이 악마 같은 자식!"

"악마? 왜, 너희한테 이 마법 반지를 빼앗기지 않아서? 아니면 너희한테 얻어맞지 않아서 내가 악마라는 거냐?"

카렌의 한껏 비웃음이 담긴 표정에 카약스는 이가 부서져라 악물었다.

"이 일은 너로 인해 발생한 일이니 저것들이 만약 얼어 죽는다면 모두 네 책임이겠지? 어디 수고해 봐라, 나는 이만 들어갈 테니까."

말을 마친 카렌은 아이들의 비명을 들었지만 조금의 망설임도 없이 몸을 돌려서는 그 자리를 떠나 버렸다.

멀어져 가는 카렌을 부르려고 몇 번이나 손을 뻗었던 카약스는 결국 한마디 말도 하지 못한 채 그저 주먹만 불끈 쥘 뿐이었다.

"개자식, 두고 보자!"

이를 부드득 간 카약스는 우선 쓰러진 아이들은 비교적 눈보라가 덜 몰아치는 벽 쪽으로 옮기기 시작했다. 몇몇 아이들은 추위를 참을 수 없는지 부들부들 떨고 있었다. 아이들을 모두 벽 쪽으로 옮긴 카약스는 가쁜 숨을 몰아쉬어야만 했다.

"헉헉헉! 내가 가서 교관님들에게 도움을 청할 테니까 모두 조금만 더 기다려. 알겠지?"

"빠, 빠, 빨리 와. 추, 추워, 주, 죽겠어."

"빨리 갔다 올게."

힘없이 대답을 한 카약스는 진저리치는 고통이 전해지는 육신을 이끌고 비틀거리는 걸음으로 그 자리를 떠났다.

그렇게 카약스가 그 자리를 떠난 지 10분 정도가 지났을 때 서 있던, 아니, 서 있어야만 했던 소년 가운데 한 명이 그 자리에 털썩 주저앉았다.

마치 그것이 신호라도 된 듯 일어서 있던 소년들 모두가 힘없이 그 자리에 주저앉았다. 그 모습을 본 쓰러져 있던 소년들이 혹시나 하는 마음으로 팔을 움직여 봤다. 그런데 지금까지 꼼짝도 하지 않던 팔이 움직이는 것이 아닌가?

"모, 몸이 움직인다?"

"뭐? 그러고 보니 나도 움직여!"

누군가의 말에 손발을 움직여 보던 소년들은 그제야 몸이 정상으로 돌아왔다는 것을 깨닫고는 잔뜩 굳어진 손발을 열심히 움직이며 얼어 있는 몸을 녹이기에 여념이 없었다. 여유가 생겨서일까? 소년들은 그제야 다른 소년들을 챙기기 시작했다.

"모두 있는 거지?"

"대충 그런 것 같은데?"

주위를 두리번거리던 소년들은 자신들이 알고 있던 얼굴들이 모두 있는 것을 확인하고는 비로소 안도의 한숨을 쉴 수 있었다.

"빨리 일어나 기숙사 안으로 들어가자. 이러다 정말 얼어 죽겠다."

"그래, 빨리 들어가자."

엉거주춤하게 일어선 소년들은 그제야 동료애가 생겼는지 아직까지 일어나지 못한 소년들을 부축하며 걸음을 옮겼다. 조금 전까지 소년들이 누워 있던 흔적은 쉴 새 없이 쏟아져 내린 눈으로 금세 사라졌다.

그리고 다시 얼마간의 시간이 지났다.

"헉헉헉! 여깁니다. 여기……?!"

"어디 있다는 말이냐?"

말문이 막힌 카약스에게 질문을 던진 사람은 바로 아카힐이었다.

아카힐 정도의 실력을 가진 사람이 어찌 눈이 살짝 덮였다고는 하지만 사람이 누워 있었던 흔적을 발견하지 못했을 리 있겠는가? 하지만 일부러 모른 척하고 질문을 한 것이다.

"네가 말한 카렌이란 녀석하고 쓰러져 꼼짝도 못한다고 한 네 친구 녀석들은 대체 어디에 있냔 말이다."

싸늘하게 들리는 아카힐의 말에 카약스는 아무런 말도 할 수 없었다.

정말 미칠 것 같았다. 자신의 전신에서 지금까지 느껴지는 고통이 아니었다면 정말 귀신에게 홀렸다고 할 정도로 주변은 깨끗했다.

"그리고 네가 한 말을 종합해 보면 카렌을 너를 비롯한 네 친구들이 집단으로 괴롭혔다는 말이냐? 그런 거냐?"

"그, 그게 아니라……."

우물쭈물하는 카약스를 보며 아카힐은 조금 전 카약스가 말한 내용을 떠올리고 있었다.

카렌이 손가락으로 자신과 친구들을 몇 번 쿡쿡 찌르고 난 후부터 친구들이 꼼짝도 못했다고 했다. 그렇다면 카렌의 경지가 또 올라간 것일까? 한동안 만나지 못한 사이에 카렌에게 어떤 변화가 생긴 것은 아닐까 하는 생각이 들었다.

"이번만큼은 피해자도 가해자도 보이지 않으니까 그냥 지나가겠다. 하지만 다시 한 번 이런 일이 발생한다면 관련된 녀석들 모두 퇴학시키겠다. 알겠느냐?"

"명심하겠습니다."

잔뜩 풀이 죽은 카약스의 대답을 들은 아카힐은 금세 그 자리를 떠났고, 남아 있던 카약스는 이를 부드득 갈며 카렌을 떠올렸다.

"개자식, 두고 보자!"

주위를 보던 카약스는 통증이 이는 가슴을 부여잡고 발걸음을 옮겼다.

"지난 몇 달 동안 훈련과 교육에 열중해 준 것을 진심으로 치하하는 바이다. 그 공로를 인정해 지금부터 40일간 방학에 들어간다. 새해를 고향에서 맞고 싶은 학생들은 고향에 다녀오도록 해라. 이동 마법진을 이용할 학생들은 행정관에게 신고를 하면 이용료를 절반으로 할인받을 수 있는 쿠폰을 발급받을 수 있다. 그리고 방학 중에도 제국 아카데미는 이용할 수 있으니 반납하고 싶은 사람은 방학을 반납해도 좋다. 이상, 해산!"

"와~"

"드디어 방학이다!"

"해방이다!"

눈보라가 몰아치는 상황에서 거행된 방학식이었지만 궂은 날씨 따위는 학생들에게 아무런 문제도 되지 않았다.

일제히 환호성을 터뜨리는 학생들의 함성에 눈보라마저 놀란 듯 눈보라가 잦아들었다. 그런 학생들 가운데에는 싸늘하게 표정을 굳히고 있는 카약스도 있었다.

"카약스, 어떻게 할 거야?"

"어쩌긴 뭘 어째? 오늘 박살을 내야지."

"정말 네 고향 형이란 사람이 정말 도와줄까?"

카약스의 말에 의구심을 드러내는 소년은 로커였다. 아직도 완전히 낫지 않았는지 이마는 꺼멓게 멍이 들어 있었다. 카약스는 자신의 말을 의심하는 듯한 로커의 태도에 당장 얼굴을 일그러뜨렸다.

"뭐야? 너도 다른 놈들처럼 내 말을 못 믿는 거야?"

"아니야, 내가 그럴 리가 있겠어? 다만 그 꼬마 자식이 보통 놈이 아니잖아. 다른 애들도 모두 지독한 감기에 걸려 도와줄 수도 없고 말이야. 그래서 말이야 혹시나 하는 생각 때문에 그저 물어본 것뿐이야, 정말이야."

"그런 걱정은 하지도 마. 내 고향 형이 누구인 줄 알아? 바로 바운티 헌터란 말이야."

"바운티 헌터?"

"그래, 실력이 없는 인간은 단 하루도 살아남을 수 없다는 곳이 바로 바운티 헌터들의 세계란 말이야. 그 형은 그 바운티 헌터들 가운데에서도 '살모사'라는 별명을 가지고 있을 만큼 뛰어난 실력을 가진 사람이야. 벌써 형한테 부탁을 했으니까 그 빌어먹을 꼬마 녀석을 약속한 장소로 데리고 가면 그것으로 끝이야. 하지만 내가 나서면 그 자식이 눈치를 챌 테니 네가 그 꼬마 녀석을 데리고 약속 장소로 와라. 그럼 그걸로 그 재수없는 꼬마 놈은 이제 끝이야. 으드득!"

힘차게 이를 가는 카약스의 모습을 로커는 두려운 듯 움찔거렸다.

체격만 보면 카약스보다 훨씬 큰 로커가 카약스에게 쩔쩔매는 모습이 이해가 되지 않았지만, 사실 학기 초에 두 소년은 몇 번을 싸웠었다. 하지만 로커는 결코 카약스의 상대가 되지 못했다. 악바리 같은 카약스의 성정에 겁이 나 로커는 카약스가 노려보기만 해도 고개를 숙일 정도로 이미 주눅이 들 대로 든 상태였다.

"알았어. 내가 약속한 장소로 데리고 갈게. 사실 나도 그 자식한테 불만이 많거든."

주먹을 불끈 움켜쥔 로커는 다짐이라도 하듯 굳은 표정을 지었다.

"너희들은 어떻게 할 거야?"

"나랑 린네는 이번에 고향에 갔다 올 건데…… 카렌, 너는 어떻게 할 거야?"

"나? 난 여기에 있을 건데?"

"뭐? 넌 지긋지긋하지도 않냐? 뭐가 좋다고 방학 기간 동안에도 아카데미에 있겠다는 거야? 정말 갈 데가 없어? 그럼 우리 고향에 가자. 경치가 정말 끝내주거든. 여름에도 좋지만 겨울에는 정말 아름다워. 겨울마다 구경하러 온 사람들까지 있을 정도라니까."

린네는 신이 나는지 설명에 열을 올렸지만 카렌은 그저 난처한 표정을 지을 뿐이었다.

"카렌이 곤란한가 보다. 그만 해라."

"그렇다면 할 수 없지. 러쎌은 어떻게 할래?"

"나? 나도 아카데미에 있을 거야. 아버지가 남쪽으로 일 때문에 가셨거든. 봄이나 되어야 돌아오실 거야."

"그래? 그럼 둘은 아카데미에 남아 있을 거고, 니오브는 어떻게 할 거야?"

"나? 난 어머니하고 함께 새해를 보낼 거야. 사실 그동안 엄마가 많이 보고 싶었어."

니오브의 눈에는 그리움 때문인지 연한 습막(濕膜)이 어려 있었다.

"너희들은 언제 떠날 거야?"

"아까 조단 학과장님이 이동 마법진을 할인받을 수 있는 쿠폰을 행정관에게 신청하라고 했잖아. 쿠폰을 받는 즉시 출발할 거야."

"그럼 행정관한테 빨리 가봐."

"그럼 갔다 올게."

세자르와 린네, 네로브가 손을 흔들며 행정관이 있는 곳으로 달려가는 모습을 카렌은 잠시 동안이지만 부러운 눈으로 쳐다봤다.

"야, 카렌!"

고개를 돌리고 보니 며칠 전 자신에게 목검을 휘둘렀던 로커라는 덩치였다.

"무슨 일이야?"

"따라와."

자신이 할 말만 하고는 그대로 돌아서서 가는 모습에 카렌은 기가 막혔다. 그렇지 않아도 기분이 싱숭생숭해서 별로 유쾌하지 못한 상황에서 신경 거슬리는 말마저 들으니 갑자기 불쾌한 생각이 들었다.

"러쎌, 너 먼저 방에 들어가. 만약 내가 돌아오기 전에 아이들이 오면 잘 다녀오라고 인사를 대신 전해줘."

"카렌, 나도 따라갈까?"

"아니야, 그럴 필요 없어. 될 수 있는 대로 금방 돌아올 테니까 걱정하지 말고 방에서 쉬고 있어."

"알았어. 무슨 일인지 모르지만 예감이 좋지 못하니까 카렌 너도 조심해."

"알았어. 그럼 다녀올게."

러쎌에게 손을 한 번 흔들어준 카렌은 멀어져 가는 로커를 향해 달려갔다.

"카렌이 알아서 하겠지."

잠시 걱정스러운 얼굴을 하던 러쎌은 곧 방으로 향했는데 학과장인 아카힐이 자신을 부르는 것을 발견하고는 한걸음에 달려갔다.

"부르셨습니까, 학과장님."

"네가 카렌과 한 방을 쓰고 있는 학생인가?"

"네, 학과장님."

"러쎌, 지금 카렌은 어디에 있나?"

"카렌이요? 잠시 볼일을 보러 갔습니다."

"그래?"

잠시 곤란한 표정을 짓던 아카힐은 들고 있던 화려한 편지 봉투 하나를 리쎌에게 내밀었다. 엉겁결에 봉투를 받아 든 러쎌은 이게 뭐냐는 듯한 얼굴로 아카힐을 쳐다보았다.

"초대장이다. 문장으로 보면 황궁에서 보낸 것 같은데 무슨 일인지 모르겠구나. 절대 뜯어보지 말고 카렌에게 직접 전하도록 해라."

"알겠습니다, 학과장님."

"그리고… 카렌은 방학 기간 동안 고향에 다녀온다고 하더냐?"

"아닙니다. 아카데미에서 부족한 훈련을 한다고 했습니다."

"그래? 잘됐군. 알았네. 그만 가보도록 해라."

아카힐에게 꾸벅 인사를 하고 물러 나온 러쎌은 들고 있던 봉투를 살폈다.

눈부시게 하얀 봉투의 겉면에는 금박으로 황실의 문장인 선더버드의 문양이 입혀져 있었고, 화려하면서도 정갈한 글씨체로 '카렌에게'라는 글자가 쓰여 있었다.

"카렌… 에게? 이상한 편지네. 왜 보낸 사람의 이름이 없지? 그래도 카렌은 좋겠다. 황궁에 알고 있는 사람이 다 있고. 헤헤헤, 그전 같았으면 카렌의 이름을 읽지도 못했을 텐데……. 나도 빨리 강해져서 앞으로 카렌이 하는 일에 도움이 되면 좋을 텐데. 사부님이나 노사님도 내가 소질이 있다고 하셨으니까 앞으로는 강해질 수 있겠지. 카렌보다 더 열심히 훈련해야지."

러쎌의 얼굴에는 환한 웃음이 걸려 있었다.

"어디로 가는 거야?"

"잔말 말고 따라오기나 해. 오늘 네놈의 건방진 버릇을 확실하게 고쳐 줄 테니까."

로커의 안하무인 격인 말에 카렌은 기가 막혔다.

실력이나 있으면서 저런 말을 하면 기특하기라도 하련만 이건 기지도 못하는 녀석이 말 타고 달려가는 사람보고 늦다고 말하는 것처럼 한심스러운 일이었다. 하는 짓을 보면 누군가를 끌어들인 것 같은데, 그게 누군지는 모르겠지만 걱정이 되지는 않았다.

그런 생각보다는 대체 어떻게 해야 아이들이 자신을 그냥 둘지 그것에 대해 골똘히 생각했다. 그러는 사이 로커의 발걸음이 멈춘 것을 보면 아마도 목적지에 드디어 도착을 한 모양이었다.

"흐흐흐, 잘 왔다."

상념에서 깨어난 카렌의 눈에 들어온 것은 야비한 웃음을 짓고 있는 카약스와 조금은 놀랐다는 표정을 짓고 있는 한 사내였다. 사탕수수를 질경질경 씹고 있는 사내는 일전에도 만난 적이 있는 조디란 사내였다.

그를 보자마자 당시 만났던 알리샤의 얼굴이 갑자기 생각났다.

"저 꼬마가 네가 말한 녀석이냐?"

"맞아요, 형. 저 꼬마가 바로 제가 말한 그 빌어먹을 놈이에요."

"네가 당했다는 말에 누군가 했더니 일전에 보았을 때 제법 몽둥이를 휘두른다고 생각했던 바로 그 꼬마구나. 저 꼬마 정도라면 네 실력으로는 당하기 힘들지."

"조디 형, 저 자식을 알아요?"

"한 번 만난 적이 있지."

"저 자식 왼손에 끼고 있는 반지 보이시죠? 저게 제가 말한 바로 그 마법 반지예요."

"그게 사실이라면 그냥 둘 수 없지. 퉤!"

씹고 있던 사탕수수를 뱉은 조디는 한걸음 앞으로 나섰다.

"어지간하면 꼬마들 일에 끼지 않으려고 했는데 이번은 어쩔 수 없구나. 꼬마야, 애한테서 빼앗은 반지를 어서 돌려주거라. 그럼 없었던 일로 할 테니까."

조디의 말에 카렌은 영문을 모르겠다는 표정을 지었다.

"그게 무슨 소리죠? 이 반지가 왜 카약스의 것이라는 거죠?"

"꽤 뻔뻔한 녀석이구나. 내가 다 알고 있는데 거짓말을 할 생각을 하다니……. 그 홀드 마법이 인첸트되어 있는 반지는 원래 카약스의 집안에서 내려오는 반지라며? 그것을 네가 카약스에게서 빼앗아놓고 시치미를 뗄 생각이냐?"

조디의 말을 들은 카렌은 그제야 이 상황의 전모를 짐작할 수 있었다.

아마도 카약스는 자신이 아이들의 몸을 움직이지 못하게 만든 것을 반지가 가진 마법의 힘 때문이라고 생각을 한 모양이었다.

억울한 마음에 평소에 알고 있던 형에게 자신이 가지고 있던 마법 반지를 꼬마한테 빼앗겼다, 그러니 형이 대신 돌려받게 해주면 고맙겠다, 뭐, 대충 이런 스토리 같았다.

"이 반지는 할아버지가 내게 준 것이고, 그리고… 설사 카약스의 말이 맞다고 하더라도 왜 아이들 싸움에 형이 끼어들려는 거죠?"

"흐흐흐, 꼬마야. 이야기를 들어보니 네 녀석도 용병이 되려 한다고? 그러면 똑똑히 들어라. 용병으로서 절대 하지 말아야 할 행동이 몇 가지가 있다. 비방은 하되 절대 거짓말을 해서는 안 된다. 그리고 동료 용병의 물건을 훔쳐서도 안 된다. 뿐만 아니라 위험에 빠진 동료를 두고 도망을 쳐서도 안 된다. 물론 이런 것 이외에도 반드시 지켜야 할 행동이 더 있긴 하지만 그것은 네가 나중에 용병이 된다면 선배들에게서 자세히 들을 수 있을 것이다. 알겠니, 꼬마야?"

"일전에 전 꼬마가 아니라고 말을 한 것 같은데……. 기억력이 정말 형편없군요."

"까부는구나."

"형, 형도 들었죠? 글쎄 저 자식이 저렇게 껍대가리를 상실했다니까요."

조디 곁에 찰싹 달라붙어 그의 화를 부추기는 카약스의 행동에 카렌은 진짜 실망을 감추지 못했다. 비록 자신을 귀찮게 만들기는 했지만 그래도 10여 명의 친구들을 끌고 다니기에 리더십은 있다고 생각했던 카약스였다. 그런데 오늘 행동하는 것을 보면 골목에서 노는 꼬마들과 다를 것이 없었다.

"카약스, 너한테 진짜 실망했다. 나를 괴롭히기는 했지만 그래도 사실은 제법 괜찮은 녀석일지 모른다고 생각했는데……. 그게 뭐냐? 부끄럽지도 않냐?"

카렌의 말에 카약스의 얼굴이 빨갛게 변했다. 하지만 그것이 부끄러움 때문인지, 아니면 분노 때문인지는 알 수 없지만.

상황이 자신이 생각했던 것과는 달리 이상하게 돌아간다는 것을 직감적으로 깨달은 조디의 얼굴이 딱딱하게 굳어졌다. 하지만 무슨 이유에선지 카렌에게 질문을 던졌다.

"꼬마야, 남에게 충고를 하려면 그만한 힘을 가져야 한다는 사실을 아느냐? 그리고 정의를 지키려면 스스로를 보호할 힘이 있어야 한다는 말을 들어본 적이 있는지 모르겠구나. 하지만 과연 너에게 그럴 만한 힘이 있을까?"

"스스로를 지킬 힘이 있어야만 옳은 소리를 할 수 있고 정의를 지킬 수 있다는 건가요? 그렇다면 힘이 없는 사람은 옳은 말을 할 수도 없단 말인가요?"

"호호호, 듣기 좋은 소리만 하는구나. 세상이 그렇게 옳바르게만 돌아가는 것 같으냐? 귀족들이 사치와 방탕한 생활을 즐기고 있을 때 그들이 다스리는 영지의 영지민들의 생활은 어떠냐? 그런 현실이 부당하다고 외치기만 하면 귀족들이 자신들의 생활을 청산하기라도 한단 말이냐? 신의 손이요, 발이라는 프리스트들은 모두 청렴결백한 생활을 하더냐? 그들의 신전 앞에서 병든 사람들이 치료비가 없어 죽어갈 때 누가 그들을 거들떠보기나 하더냐? 분노하고 목이 찢어져라 고함을 치며 정의를 지키려 해도 스스로에게 자신을 지킬 힘이 없다면 무엇으로 자신을 보호한단 말이냐? 그게 네가 앵무새처럼 쫑알거린 정의냐?"

비웃음이 담긴 조디의 말에 카렌은 일순간 말문이 막혔다.

사실 자신은 트레슈나 제국에서도 몇 안 되는 고위 귀족 가문의 후계자가 아닌가? 언제 조디가 말한 것과 같은 상황을 겪어봤으며, 또 그런 일이 있으리란 생각을 해보았겠는가?

그저 책에서 배운 것을, 또 상식적인 말을 한 것뿐인데 이런 골치 아픈 문제에 부딪칠 줄은 몰랐다.

그런 카렌을 모습을 바라보던 조디는 쓴웃음을 짓지 않을 수 없었다.

순간적으로 욱하는 성미 때문에 평소 생각해 왔던 자신의 불만을 내뱉었지만 그런 불만이 카렌과는 아무런 상관도 없는 일이라는 것을 그가 왜 모르겠는가?

바운티 헌터 생활을 하면서 조디를 가장 당혹하게 만든 것은 현상금이 걸리는 사람들 가운데 물론 흉악범이나 살인범들도 있었지만 평생을 착하게만 살다 실수로, 때로는 우발적으로 사건을 일으킨 사람들도 적지 않다는 사실이었다. 물론 그런 사람은 잡지 않으면 되지 않느냐고 말할 수도 있겠지만 현행 구조 자체가 그럴 수 없다는 것이 문제였다.

죄질이 좋지 않거나, 오랫동안 잡히지 않거나, 귀족을 건드린 사람들은 일순위로 현상 수배가 되는데, 이 현상 수배는 황제의 이름으로 집행이 되는 것이기에 거부할 도리가 없었다. 만약 거부를 한다면 그 즉시 바운티 헌터 증명서와 용병패를 반납해야 하는데, 타고난 재주가 없어 특별한 직업을 가지지 못해 용병이 된 사람들에게는 사형 선고나 마찬가지였다.

조디는 단 한 번도 자신을 정의의 사도라고 생각해 본 적은 없었다. 하지만 억울한 사람을 잡은 적은 없다고 생각해 왔다. 대신 흉악범은 어떻게든 추적을 해서 반드시 잡아들였기에 '살모사'라는 별로 아름답지 않은 별명까지 붙었지만 조디는 오히려 그 별명을 훈장처럼 생각해 왔었다.

나름대로 자부심을 가지고 바운티 헌터 생활을 해왔는데 몽상가 같은 카렌의 입바른 소리를 듣자 갑자기 가슴에서 뜨거운 것이 치밀어 올라 자신도 모르게 그런 말을 한 것이다.

"그래도… 그래도 되도록이면 그런 사람들이 생기지 않도록 나는 노력할 거예요. 정직하게 사는 사람이 억울한 일을 당하지 않도록 노력하고 또 노력할 거예요."

"완전히 몽상가구나, 너는. 그렇다면 너에게 그런 힘이 있는지 알아 볼까? 받아라."

날아오는 물건을 받아보니 어디서나 흔히 볼 수 있는 롱 소드였다. 하지만 군데군데 흠이 나 있기는 했지만 이빨 하나 빠진 곳이 없는 것이 꽤나 손질이 잘된 롱 소드였다.

조디를 보니 그는 쇼트 소드를 뽑아 들고 있었다.

챙!

날카로운 쇳소리와 함께 새파랗게 날이 선 쇼트 소드가 모습을 드러냈다.

"겁이 난다면 뽑지 않아도……."

챙!

카렌의 자존심을 자극하려고 말을 하던 조디는 롱 소드를 단숨에 뽑아 드는 카렌을 보고는 입을 다물었다.

물론 그만한 나이 또래에서 롱 소드 한 번 뽑아보지 않은 소년이 어디 있겠는가마는 카렌은 그 수준을 훨씬 벗어나 있었다. 게다가 검을 들고 서 있는 자세를 보라.

익숙한 모습은 아니었지만 정면으로 세운 롱 소드가 몸의 중심에 위치한 급소를 정확하게 보호하고 있었다. 또한 상대의 공격을 언제든 반격할 수 있도록 자세를 낮추고 있었는데, 그런 자세보다 조디를 더욱 기막히게 만든 것은 롱 소드를 든 카렌의 표정 때문이었다.

목검이나 휘두르던 아이들이 실제 무기를 잡게 되면 누구든 긴장을 하거나 흥분하지 않을 수 없다. 더구나 롱 소드에서 전해지는 익숙하지 않은 묵직한 무게 때문에 저절로 인상을 쓰게 된다. 그런데 느긋하기 이를 데 없는 저 꼬마의 표정은 대체 뭐란 말인가?

설마 자신이 공격을 하지 않을 것이라 생각했기 때문에 저런 표정을 지은 것이라면 적당히 혼을 내주지 않을 수 없었다. 물론 그것은 조디의 호의(?)였다.

"좋은 자세다. 간다!"

조디의 말에 카약스나 로커의 얼굴에는 회심의 미소가 떠올랐다.

카렌이 당장 롱 소드를 버리고 울음을 터뜨릴 것이라 믿어 의심치 않았기 때문이다. 하지만 상황은 둘의 예상과는 전혀 다르게 돌아갔다.

내려치는 조디의 쇼트 소드를 막으며 상대적으로 작은 카렌은 휘청하는 듯 보였다. 하지만 사실은 부딪치는 탄력을 이용해 빠르게 회전을 한 카렌은 조디의 옆구리를 공격했다.

생각 밖으로 기민한 카렌의 몸놀림에 깜짝 놀란 조디는 황급히 롱 소드로 막으며 힘으로 카렌을 제압하려는 듯 밀어붙이기 시작했다. 하지만 카렌은 그 자리에서 꼼짝도 하지 않았다.

오히려 자세가 높은 탓에 뒤로 밀릴 뻔한 조디는 재빨리 상체에 힘을 주고는 버티기 시작했다. 설마 이런 꼬마가 자신을 밀어붙이려 할 줄은 몰랐기에 조디의 놀라움은 클 수밖에 없었다.

조디가 재차 힘을 주려고 했을 때 카렌이 재빨리 뒤로 물러서는 바람에 조디는 다시 한 번 중심을 잃을 뻔했다.

롱 소드를 똑바로 세운 카렌은 발로는 댄싱 스텝을 밟으며 팔로는 지옥이도류의 기수식인 블러드 스네이크를 펼쳤다.

지면에 바싹 붙은 채 눈을 의심할 정도로 빠르게 다가서는 롱 소드의 모습을 발견한 조디는 카렌을 경시하던 생각을 지워 버리고 자신의 상대가 되기에 충분하다는 것을 인정하지 않을 수 없었다.

채채채~ 챙~

눈에 보이지도 않을 정도로 빠르게 상대를 향해서 휘둘러진 두 자루의 검은 불똥마저 튕기며 마치 살아 있는 생명체처럼 상대의 빈틈을 노리며 날아들었다. 잠시만 방심해도 치명상을 입는다는 사실을 분명하게 알면서도 조디는 갑자기 유쾌한 기분이 들었다.

아무리 생각을 해봐도 카렌은 이미 훌륭한 한 사람의 용병이었다. 그것도 꽤나 수준 높은 용병 말이다.

자신의 작은 키를 충분히 인식하고 있었고, 상대의 공격을 맞부딪치거나, 흘리거나, 회피하는 동작을 취할 때도 몸의 중심은 전혀 흔들리지 않고 있었다. 물론 자신이 마나를 사용한다면 단숨에 승패가 갈리겠지만 왠지 그런 짓을 하기는 싫었다.

이제 10대 초, 중반밖에 안 된 녀석이 어떻게 벌써 이런 실력을 가질 수 있는 것인지 조디는 이해가 되지 않았다.

재능이 있다는 자신도 벌써 10여 년 동안이나 검술을 익히고서야 지금의 실력을 가진 것인데 카렌은 벌써 그 경지에 도달해 있는 것이 아닌가? 만약 카렌이 지금 자신의 나이 정도에 이르면 어떤 경지에 도달할지 궁금해 참을 수 없을 정도였다.

챙~

큰 소리와 함께 카렌이 뒤로 한 걸음 물러서자 조디는 곧 쇼트 소드를 거두어들였다.

"됐다. 이만하자."

별로 보기 아름답지는 않았지만 입꼬리가 비틀어진 것이 상대가 웃고 있다는 것을 깨달은 카렌은 즉시 롱 소드를 내리고는 롱 소드의 손잡이를 조디에게 내밀었다.

"잘 썼습니다. 상당히 정성 들여 손질한 검이군요. 오랜만에 좋은 검을 봤습니다."

"뭐라고? 하하하. 정말 못 당하겠구나. 첫 번째 청부를 해결하고 받은 현상금으로 산 롱 소드란다. 아주 좋은 검은 아니지만 지금까지 나와 함께한 검이지."

카렌에게서 롱 소드를 받아 든 조디는 웃음을 터뜨리면서 고개를 절레절레 흔들었다.

"이름이 뭐라고 했지?"

"카렌이에요."

"카렌이라……. 상당히 귀여운 이름이구나. 하지만 네 실력만큼은 내가 인정하마. 부단히 노력한다면 소드 마스터가 되는 것도 가능할 것 같구나."

"고맙습니다."

"하하하, 너에 대한 오해는 다 풀었다. 카약스!"

"예?"

갑작스런 조디의 부름에 카약스는 깜짝 놀라며 조디를 쳐다봤는데 그의 얼굴이 딱딱하게 굳어 있는 것을 발견하고는 뭔가 심상치 않음이 느껴졌다.

"앞으로 날 아는 척하지 마라. 그리고 한마디를 덧붙인다면……. 너에게 실망했다."

조디가 고개를 돌렸을 때는 굳었던 안색이 어느새 풀어져 있었다.

"카렌, 만나서 반가웠다. 만약 부탁할 것이나 나를 보고 싶으면 동반자 용병 길드로 찾아오너라. 항상 그곳에 있지는 않지만 그곳에 오면 내가 어디 있는지 자세히 가르쳐 줄 거다."

"예, 나중에 한 번 찾아갈게요."

"그럼 방학 잘 보내거라. 다음에 보자."

조디는 그 말만을 남기고 떠나 버렸고, 무슨 말을 하려던 카렌은 잔뜩 상심해 있는 카약스의 모습을 보고는 고개를 돌려 그 자리를 떠나 버렸다.

처음 봤을 때와는 달리 조디란 사내는 꽤 괜찮은 남자라는 생각이 들었다. 그리고 그가 어떤 부당한 일을 겪었는지 궁금해지면서 왠지 쓸쓸한 생각이 들었다. 자신이 오로지 강해지고 싶다는 생각을 하고 있을 때 생활고에 시달리는 영지민들이 그렇게 많을 거라고는 생각도 못했다. 자신은 그저 아버지에 필적할 실력을 가지려고 고된 훈련을 한 탓에 영지민들이 어떻게 사는지 미처 신경 쓰지 못했다고 하는 것은 그저 비겁한 변명밖에 안 된다는 생각이 들었다.

그런 탓에 카렌의 얼굴은 자신도 모르는 사이 굳어져 있었다.

기숙사로 돌아오자 러셀이 반갑게 맞이해 주었다.

"이제 돌아온 거야?"

"아이들은?"

"모두 집에 갔어. 널 만나지 못해 아쉬워하면서 말이야."

"그랬구나."

"참! 너한테 편지가 왔어."

"편지?"

"여기."

러셀이 내민 편지를 받아 든 카렌은 슬쩍 봉투에 새겨진 문장을 보고는 거침없이 봉투를 열어 내용을 확인했다. 곧 편지를 접어 품에 보관했는데 그때까지 궁금한 듯 바라보고 있는 러셀의 눈길을 발견하고는 아무것도 아니라는 표정을 지었다.

"별거 아니야. 황궁에 사는 내 사촌 형이 얼마 후 생일이라고 식사나 같이 하자고 보내온 편지야. 참! 그날 너도 같이 갈래?"

"황궁엘?"

"왜 그렇게 놀라? 황궁도 사람 사는 곳이잖아?"

"그래도 황제 폐하께서 계신 곳인데 나 같은 평민이 갈 수 있겠어? 게다가 귀족들도 많을 거고 말이야. 왠지 그런 곳은 신경 쓰이고 부담스러워."

잔뜩 주눅이 든 듯 보이는 러쎌의 모습은 카렌에게는 정말 뜻밖의 모습이었다.

"부담스러울 게 뭐 있어? 귀족도 사람이고 황제도 사람이잖아."

"뭐? 황제 폐하나 귀족들이 사람이라고?"

카렌의 말에 이번엔 러쎌의 얼굴이 황당하다는 표정으로 변했다.

다른 감정은 단 한 푼도 섞이지 않는 순수한 러쎌의 황당해하는 모습을 발견한 카렌은 몹시 당혹스러움을 느끼지 않을 수 없었다.

"당연하지. 그럼 뭐라고 생각했어?"

"천사 같은 존재 아니야?"

러쎌의 대답에 카렌은 어이가 없었다.

러쎌이 굉장히 순박한 성정의 소유자라는 것은 이미 알았지만 그렇다고 설마 황제나 귀족을 인간 취급(?)도 안 할 줄은 상상도 못했다.

"러쎌, 황제 폐하나 귀족들도 우리와 같은 사람이야. 그러니까 신분에 따른 예의는 지켜야 하겠지만 그들을 두려워하거나 부담스러워할 필요는 없어."

"하지만 아버지와 함께 여행했을 때 만난 사람들은 모두 그 영지를 다스리는 영주를 신처럼 받들고 또 무서워하던데?"

"하지만 그렇지 않은 귀족이나 영주도 있잖아."

"그럴지도 모르지만…… 난 아직 그런 영주를 만난 적이 없어. 또 있다고 하더라도 역시 어렵고 힘들어서 만나고 싶지 않아."

러쎌의 저항이 의외로 강하자 카렌으로서도 어쩔 수 없었다.

"가기 싫으면 가지 않아도 괜찮아. 혼자 갔다 올게. 어차피 훈련 때문에 오래 있을 수도 없거든."

"미안해. 다른 자리라면 참석을 하겠는데 거기는……."

"미안해하지 마. 또 미안해할 일도 아니고. 그럼 훈련하러 갈까?"
"그래."
카렌의 말에 러셀의 얼굴이 금세 환해졌다.
그런 러셀의 모습에 카렌도 기분이 좋았지만 세상을 알기엔 자신이 아직 어리고 모르는 것이 너무 많다는 것을 새삼 깨달았다.
무엇보다 오늘은 여러 가지를 새롭게 깨닫고 배우는 날인 것 같았다.

제7장
소년, 대결을 벌이다

소년, 대결을 벌이다

흐느적흐느적.

마치 물속의 해파리가 춤을 추는 것처럼 흐느적거리며 움직이고 있는 사람은 다름 아닌 러셀이었다.

현재 그가 있는 곳은 카르메이안이 설치한 마법진 안이었다.

현재 마법진은 슬로우 마법이 중복으로 발동된 상태였고, 압력은 네 배로 증가된 상태였다. 더구나 지금 그가 들고 있는 배틀 엑스는 원래 무게의 네 배였기에 제아무리 신력을 타고난 러셀이라 하더라도 지금과 같은 해파리의 모습을 보이지 않을 두리가 없었다.

그가 걸친 흘린 땀은 훈련복을 흠뻑 적시다 못해 마법진 바닥을 흥건히 적시고 있었다.

지금 러셀은 생각대로 움직이지 않는 자신의 몸에 배신감을 넘어선 분노를 느끼고 있는 중이었다. 물론 마법진 때문에 행동이 느려졌다는 것을 모르는 것은 아니지만 그래도 이건 느려도 너무 느렸다. 만약 눈앞에 세 살짜리 꼬마가 있다고 해도 웃으면서 자신의 공격을 피할 수 있을 만큼 몸놀림은 한심하다고 할 정도로 느렸다.

우락부락한 근육이 폭발할 정도로 부풀어 올라 힘을 쏟아내고 있건만 러셀의 움직임은 조금도 빨라지지 않았다.

[러셀, 육체의 근육이 낼 수 있는 힘이나 속도는 어느 정도 한계가 있단다. 그것을 벗어나려면 네 몸속에 있는 마나를 이용해야만 한다는 것을 잊지 마라. 지금 네가 하고 있는 행동은 수련이 아니라 단순히 네 몸을 혹사시키는 어리석은 행동일 뿐이다.]

지옥마제의 말에 러셀은 잠시 실망하기는 했지만 곧 그가 말하는 것이 무엇인지를 생각하고는 다시 수련을 시작했다. 마나 홀의 마나를 전신으로 이동시킨다는 생각과 호흡에 신경을 쓰면서 주먹을 휘두르고 발을 옮기기 시작했다.

얼마나 시간이 지났을까?

호흡에 심취한 탓인지, 아니면 수련에 집중한 탓인지 러셀은 순간적으로 정신이 멍해지는 것을 느꼈다. 그리고 그 순간 러셀은 마법진의 영향에서 완전히 벗어났다.

팡! 팡! 팡!

움켜쥔 주먹을 내뻗을 때마다, 발길질을 힘차게 할 때마다 압축된 공기가 터져 나갔다.

비록 정신이 몽롱하기는 했지만 자신의 손발에 의해 주위의 공기가 압축되었다가 폭발하고 있다는 것을 분명히 느낄 수 있었다.

희열이 느껴졌다.

마법진에서 전해지는 압력이나 슬로우 마법의 효과는 여전함에도 불구하고 몸은 평소와 다름없이, 아니, 그보다 훨씬 빠르게 움직이고 있었다.

사부인 데미안이 전해준 지식이 지옥마제가 알고 있는 지식을 넘어 설 수는 없는 일.

카렌과 함께 지옥마제에게 훈련을 받기 시작한 이후 러셀은 지옥마 제에게 상당히 많은 지식을 전해 받을 수 있었고, 격투기인 패황권(覇皇 拳)과 데미안이 전해준 쌍부진천공(雙斧震天功)을 더욱 발전시킨 부마 공(斧魔功)을 전수받을 수 있었다.

처음 패황권을 배울 때는 이런 동작을 배워 과연 무기를 든 적과 싸 울 수 있을까 하는 의심이 들었던 것도 사실이었지만, 지금은 그런 생 각을 전혀 하지 않는다.

주먹을 뻗을 때마다 공기가 터져 나가는 소리를 자신도 들을 수 있 었기 때문이다.

그 상태에서 마나까지 운용하면 주먹의 속도가 더욱 빨라지는 것은 물론 주먹 주위에 희미하지만 푸르스름한 아지랑이 같은 것이 감싸고 있는 것을 똑똑히 볼 수 있었다. 그럴 때의 주먹의 파괴력이나 악력은 상상을 초월했다.

얼마 전 수련을 하다가 실수로 그의 주먹이 연공실의 석벽을 쳤는데, 너무나도 간단하게 석벽의 벽면을 파고드는 것을 발견하고는 깜짝 놀 랐었다. 그제야 패황권의 진정한 위력을 알게 된 러셀은 더욱 열심히 패황권을 익히지 않을 수 없었다.

부마공은 패황권을 절반 이상 익혔을 때부터 익히라고 했기에 아직 은 패황권을 집중적으로 익히고 있었지만, 주먹과 발에서 파공성(破空 聲)이 나기 시작했으니 이제 부마공을 익힐 시간도 얼마 남지 않았다.

아직은 무의식적으로 몸을 움직여야 파공성을 낼 수 있지만 마나에 대한 이해가 조금만 더 깊어진다면 마음먹은 대로 파공성을 낼 수 있게 될 것이다. 그렇게 되면 카렌과의 격차도 조금은 줄어들게 될 것이라 생각하니 유쾌한 기분이 들었다.

[그만 하거라.]

"예, 노사님."

조용히 주먹을 거두어들인 러쎌은 여전히 명상에 빠져 있는 카렌에게 다가갔다.

공기의 흐름이 변한 것을 느꼈기 때문일까?

가부좌를 틀고 앉아 있던 카렌은 조용히 눈을 떴다. 두 소년이 자신 앞으로 오자 지옥마제는 푸근한 미소를 지으며 고개를 끄덕였다.

[오늘도 수고 많았다. 너희들을 만난 지 얼마 되지는 않았지만 나날이 발전해 가는 너희들을 보니 내 마음이 흐뭇하구나. 오늘은 이만 푹 쉬도록 하고 기초 체력 훈련을 계속하도록 하거라.]

"명심하겠습니다, 사부님."

카렌이 말을 마치자 두 소년은 클리닝 마법이 새겨진 마법진 위로 올라갔다.

"클리닝!"

카렌이 시동어를 외치자 두 소년의 땀에 절었던 몸과 옷이 순식간에 깨끗하게 변했다.

"저희는 이만 돌아가겠습니다."

[잘 가거라.]

"오픈 게이트!"

게이트를 통해 기숙사의 옥상으로 이동한 카렌과 러쎌은 이제야 떠오르기 시작한 아침 햇살을 받으며 자신들의 방으로 돌아가 쉬려고 했다. 그런 두 소년은 수북하게 눈이 쌓인 연병장을 누군가가 열심히 달리고 있는 모습을 발견했고, 동시에 의아한 생각이 들었다.

태양이 지평선 너머에서 겨우 고갯짓을 하고 있는 이렇게 이른 시간에 누가 훈련을 하고 있는 것인지 궁금하지 않을 리 만무했다.

"어? 저 선배는 크리스 선배잖아?"

"아는 선배야?"

"아니, 그런 것은 아니고 얼마 전에 아카데미에서 축제가 있었잖아, 그때 저 선배가 경기하는 모습을 봤거든."

"그래?"

러쎌의 말에 카렌은 달리고 있는 크리스라는 소년, 아니, 청년을 살펴보았다.

햇살에 검게 탄 얼굴을 발견한 탓인지 카렌은 도저히 그를 소년이라고 볼 수 없었다. 그러다 곧 이상한 점을 발견했다.

"몸이 불편한가? 왜 저렇게 달리는 자세가 불안정하지?"

"아~ 그거? 축제 때 경기를 하다가 다쳤어. 뭐라더라……. 맞아! 콜트란 녀석하고 격투기 경기에서 싸웠는데 그때 옆구리를 크게 다쳤어. 갈비뼈 두 개가 부러지고, 또 두 개는 금이 갔다고 하던가? 아직도 부상이 다 낫지 않은 모양이야."

"양호실에 있는 이시스님이나 볼튼님에게 치료를 받으면 되잖아?"

"너도 알겠지만 마법이나 신성력으로 치료를 하면 당장은 움직일 수 있지만 그 부분이 다른 곳에 비해 약해진다고 하잖아. 그래서 치료를 받지 않겠다고 고집을 부린 모양이야."

"그래도 얼마 있지 않으면 새핸데 아직도 낫지 않았다면 문제가 있는 거 아니야? 지금은 겨울이라 상처가 잘 낫지도 않을 텐데 말이야.”

“알아서 하겠지 뭐.”

“난 연병장에서 잠깐 훈련하다 들어갈 테니까 먼저 들어가 쉬어.”

카렌의 말에 러쎌은 기가 막히다는 얼굴을 한 채 대답을 할 생각도 못했다.

그도 그럴 것이 조금 전까지 연공실에서 약 여덟 시간 동안 훈련을 했고, 또 그전에는 연병장에서 일곱 시간 동안 집중적으로 훈련을 했다. 거기에 아침 훈련 시간까지 합치면 그야말로 잠자는 시간과 식사 시간을 제외하면 모든 시간을 훈련으로 보내고 있다고 해도 과언이 아닐 정도인데 또 훈련을 하겠단다.

이러니 러쎌이 기막혀하는 것도 어쩌면 당연한 것이었다.

“갔다 올게.”

“그, 그래.”

말더듬증이 이미 다 나은 줄 알았는데 다시 재발한 모양이었다.

기숙사 현관으로 나온 카렌은 눈이 비교적 적게 쌓인 곳으로 가서 눈을 치우기 시작했다. 얼마간의 공간이 확보되자 카렌은 목검과 목도 두 자루를 쥐고는 자세를 잡았다. 눈이 내리지 않아 목검 끝으로 주위의 눈을 떠서 머리 위로 뿌렸다.

산산이 흩뿌려져 내려오는 눈송이를 노려보던 카렌은 어느 순간 목검과 목도를 휘두르기 시작했다. 베고 지나가는 것이 아니라 어느 지점에서 멈추는 동작들을 반복하기 시작한 것이다. 절도있는 동작으로 반복하는 카렌은 지금의 동작에 심취했는지 완전히 삼매경에 빠진 얼굴이었다.

조금 떨어진 곳에서 그런 카렌을 주시하는 눈길들이 있었다. 조금 전에 연병장을 달리던 크리스와 그의 친구로 보이는 건장한 체격의 청년이었다.

"저기서 눈 장난을 하고 있는 꼬마 말이야?"

"그래, 틀림없어."

"정말 저렇게 작은 꼬마가 목검을 든 열대여섯 명의 덩치들을 맨손으로 모두 쓰러뜨렸단 말이야?"

"너도 안 믿어지지? 너, 내 동생이 2학년인 것은 알고 있지? 그날도 그 녀석을 만나러 갔었거든. 그런데 기숙사 뒤 공터에서 갑자기 시끄러운 소리가 들리더라고. 너도 알겠지만 몇 년 전에 우리들도 거기서 교관들의 눈을 피해 싸움을 했잖아. 그래서 그냥 그런가 보다 하면서 동생과 구경을 했거든. 그런데 저 꼬마가 무기도 없이 자기보다 훨씬 덩치가 큰 녀석들과 싸우더라고. 그래서 처음에는 말리려고 했지. 그런데 저 녀석 싸우는 모습이 장난이 아니더란 말이야. 나도 저 녀석이 어떻게 움직이는지 자세히 보지 못할 정도 빠르고 정확하더라."

"네가 제대로 보지 못할 정도로 빨랐다고?"

듣고 있던 근육질의 청년은 친구의 얼굴을 빤히 쳐다보았다. 그도 그럴 것이 친구의 실력을 가장 잘 알고 있는 사람이 바로 자신이기 때문이었다.

이번 축제 때에도 친구는 목검 결투에만 참가했지만 너무나 간단하게 승리를 거두었다.

그것도 본래 실력의 절반 정도만 보이고서 말이다. 그런데 그런 친구가 움직임을 보지 못했을 정도로 빨랐다면 대체 얼마나 빨랐단 말인가? 게다가 맨손으로 목검을 든 다수의 적을 모두 무력화시켰다면 꼬마의 실력이 상당히 뛰어난 모양이었다.

"그런데 나에게 저 꼬마를 보라고 한 이유가 뭐야?"

"그건 말이야, 너 저번에 콜트란 놈에게 당했잖아. 내가 생각하기엔 저 꼬마한테 콜트란 녀석을 이길 수 있는 방법이 있는 것 같아."

"저 꼬마한테?"

"그래. 같이 훈련해 보면 그 단서를 찾을 수 있지 않을까 생각돼서 말이야."

친구, 피스렐의 말에 크리스는 다시 한 번 눈송이 베기에 여념이 없는 카렌의 모습을 살폈지만 친구가 말한 것처럼 그렇게 대단해 보이지는 않았다. 그렇다고 친구의 말을 의심하지도 않았다.

"저 꼬마가 그렇게 대단하단 말이지. 그럼 어디 인사나 하러 가볼까?"

크리스는 크게 심호흡을 하고는 카렌을 향해 걸음을 옮겼다.

비록 방학을 했다고는 하지만 아카데미에 남아 있는 학생들의 수는 적지 않았다.

금전적인 사정 때문에 집에 가지 않는 학생들이 대부분이었지만 돌아갈 곳이 없는 학생들도 꽤 되었다. 크리스는 전자의 입장이었다. 하루라도 빨리 졸업해서 집안에 도움이 되고 싶다는 생각 때문에 방학 기간에도 훈련을 계속하고 있었던 것이다.

그가 축제 때 철인대회에 참가한 것도 경기에서 우승하면 명성을 얻게 되고, 졸업할 때 최우선적으로 용병 길드에 스카우트가 되기 때문이었다. 그런데 그런 그의 장래 설계가 콜트라는 무식한 자식 때문에 영망으로 변해 버린 것이다.

물론 정당한 대결이었기 때문에 억울한 생각은 들지 않았지만 그렇다고 기분이 좋을 리도 만무했다. 게다가 대결 당시 공격할 곳을 찾지 못한 것이나 수비를 단단히 못해 막막하기만 했던 그 더러운 기분은 정말 다시는 느끼고 싶지 않았다.

만약 그 더러웠던 기분을 다시 느끼지 않을 수만 있다면 자신보다 나이도 어리고 후배인 카렌에게도 머리를 숙여 도움을 청할 수 있었다. 그런 생각을 하면서 카렌 곁으로 다가가던 크리스는 곧 놀라운 광경을 발견하고는 입을 쩍 벌려야만 했다.

"저럴 수가……!"

평범한 목검과 그 두 배쯤 되어 보이는 두께를 가진 목도가 보는 사람의 눈을 어지럽게 만들 정도로 쾌속한 속도로 움직이고 있었는데, 크리스를 놀라게 만든 것은 목검과 목도가 움직이는 속도가 아니라 그 둘의 궤적에 걸린 눈송이들이 산산이 부서지는 광경이었다.

그렇다고 목검과 목도를 통과해 떨어지는 눈송이가 없는 것은 아니었지만 대부분은 목검과 목도에 걸려 부서지며 아주 작은 물방울로 변해 카렌 주위에 무지개를 그리고 있었다.

크리스의 경탄성을 들었는지 카렌은 목검과 목도를 늘어뜨린 채 호흡을 가다듬었다.

"선배님, 무슨 일이십니까?"

카렌의 질문을 듣지 못했는지 크리스는 뭔가를 열심히 생각하고 있었다.

조금 전 피스렐과 보았을 때도 카렌은 목검과 목도를 휘두르고 있었다.

하지만 멀리서 보았을 때는 단순히 눈으로 장난을 하고 있다고 생각하고 있을 뿐이었는데 가까이 와서 보니 상황이 완전히 달랐다. 그보다 더욱 놀라운 것은 자신이 처음 카렌을 보았을 때부터 넓은 연병장을 가로질러 올 때까지 카렌이 단 한 번도 쉬지 않았다는 사실이었다.

정말 감탄하지 않을 도리가 없는 체력이었다.

자신도 한 시간 정도는 목검을 휘두를 체력은 가지고 있었다.

엄청나게 뛰어난 체력이라고 할 순 없지만 누구에게 체력적으로 떨어진다고 한 번도 생각해 본 적이 없었다. 그렇지만 카렌처럼 처음과 같은 속도로, 그것도 계속 움직일 자신은 없었다.

"선배님, 무슨 일이십니까?"

"응? 난 3학년인 크리스라고 한다."

"그런데요?"

"이번 축제 때 내가 격투기 경기에서 싸우는 것을 본 적이 있냐?"

"안 봤는데요?"

"축제 때 철인대회를 보지 않았단 말이야?"

"그걸 꼭 봐야 하는 건가요?"

자신의 말에 꼬박꼬박 삐딱하게 대꾸를 하는 카렌의 태도에 크리스는 '뭐 이런 녀석이 다 있어' 하는 표정으로 카렌을 바라보아야만 했다. 그건 크리스가 아니더라도 누구든 카렌을 이상한 눈으로 쳐다볼 만한 일이었다. 비록 제국 아카데미에 지원해서 오기는 했지만 훈련과 공부하기를 좋아할 아이는 아무도 없을 것이다.

그런 훈련과 공부에서 해방될 수 있는 유일한 기회인 축제를 즐기지 않았다니……. 크리스가 카렌의 말을 믿지 못하는 것도 크게 틀린 것은 아니었다.

"꼭 봐야 한다는 의무는 없지만 그래도 아카데미 소속 학생들은 대부분 축제 때 열리는 철인대회를 보거든. 내가 말하고 싶은 것은 구경을 했느냐 아니냐가 아니라… 너에게 도움을 청하고 싶은 것이 있기 때문이다."

"제게 도움을 청한다고요?"

크리스의 말에 카렌은 눈을 동그랗게 떴다.

자신을 언제 봤다고, 게다가 자신같이 어린 소년의 무엇을 보고 도움을 청한다는 말인지 카렌은 도저히 이해를 할 수 없었다.

"그래. 내 친구가 그러는데 네가 무척이나 강하다고 하더라. 참고로 말하자면 내 친구는 이번에 철인대회의 목검 결투에서 우승한 피스렐이다. 피스렐의 말이 너랑 같이 훈련을 하다 보면 내가 패했던 콜트란 녀석을 이길 수 있는 단서를 찾을 수 있다고 해서 이렇게 너에게 부탁을 하러 왔다."

"그러니까 친구의 말만 믿고 저에게 부탁을 하러 왔다는 말인가요?"

카렌은 기가 막히다는 표정을 짓지 않을 도리가 없었다.

"선배님은 그 친구 분의 말이 틀릴 수도 있다고는 생각해 보지 않았나요?"

"피스렐이 틀렸다고? 하하하!"

카렌의 질문에 크리스는 갑자기 웃음을 터뜨렸다.

"난 지금껏 피스렐이 잘못 판단한 것을 본 적이 없어. 그리고 난 친구의 말을 의심하지 않아."

당연하다는 듯 말하는 크리스의 말에 카렌은 갑자기 이상한 기분이 들었다.

친구의 말을 저렇게 한 푼의 의심도 없이 무조건 믿을 수 있다는 사실이 부럽기도 했고, 또 자신도 러쎌과 그런 사이가 되고 싶다는 생각도 했다. 그러다가 저렇게까지 친구의 말을 의심하지 않는 크리스의 믿음을 깨어서는 안 된다는 이상한 의무감마저 들었다.

그런 생각에 크리스의 전신을 찬찬히 살피던 카렌은 크리스가 하체에 비해 상체가 상당히 발달해 있다는 것을 금세 깨달을 수 있었다. 방한복이 비록 두텁기는 하지만 그래도 겉으로 보기에도 상당히 차이가 났다.

카렌이 생각하기에는 크리스는 속도보다 파괴력에 치중해 훈련을 해왔던 것 같았다.

"어떻게 훈련하실 생각이죠?"

"우선 가볍게 대련을 해볼래?"

"맨손으로 말인가요?"

"그래. 그래야 상대의 실력을 정확하게 알 수 있지 않을까?"

"알았어요, 선배님."

카렌이 말과 함께 목검과 목도를 허리춤에 꽂아 넣었다.

"대련하는 데 불편하지 않겠어?"

상관없다고 말하려다 상대를 무시했다는 인상을 줄 수도 있다는 생각에 목검과 목도를 뽑아 물기가 없는 곳에 내려놓고 크리스 앞에 다시 섰다. 그러면서 어떻게 하면 크리스에게 상처를 주지 않고 약점을 지적할 수 있을까 생각하다 곧 좋은 생각이 났다.

"시작할까요, 선배님?"

"좋다. 공격해 봐라."

"부탁한 분은 선배님이십니다. 먼저 공격하십시오."

"그래도 내가 선밴데……."

"지금은 누가 선배냐가 중요한 것이 아니라 선배가 저에게 부탁을 했기 때문에 이런 대련을 하고 있다는 것만 생각하십시오."

조금은 자존심을 건드리는 카렌의 말에 크리스는 약간 기분이 상했다. 하지만 카렌의 말처럼 먼저 부탁한 사람이 자신이라는 것을 떠올리며 억지로 마음을 다잡았다. 그리고 카렌을 쳐다보았는데, 자연스럽게 손을 늘어뜨리고 있는 카렌의 자세에서 좀처럼 빈틈이 보이지 않았다.

"지금 뭐 하시는 겁니까? 대련하실 생각이 없다면 전 훈련이나 다시 하겠습니다."

카렌이 몸을 돌리려 하자 마음이 급해진 크리스는 그대로 지면을 박차며 카렌을 향해 달려들며 주먹을 휘둘렀다. 하지만 카렌은 크리스의 공격을 미리 예측했는지 미끄러지듯 뒤로 이동했다.

부웅!

크리스의 커다란 주먹이 허공을 가르며 둔중한 소리를 냈지만 헛손질에 불과할 뿐이었다.

바닥에 납작하게 엎드린 채 크게 휘두른 카렌의 발길질에 크리스는 피하려고 했지만 중심을 잃은 상태에서 몸을 움직이기란 거의 불가능한 일이었다.

툭!

다리에서 전해질 충격에 대비하던 크리스는 전해진 충격이 너무나 미약하자 자신도 모르게 카렌을 쳐다보았는데, 그대로 지면을 박차면서 몸을 날린 카렌을 그런 크리스의 얼굴에 주먹을 휘둘렀다.

툭!

역시 이번에도 전해진 충격은 전무했다.

크리스는 자신이 카렌에게 놀림을 받았다는 생각에 분노가 치밀었다.

크리스의 얼굴이 순식간에 빨갛게 변했지만 카렌의 공격은 아직 끝난 것이 아니었다.

눈 깜빡할 사이에 크리스의 오른편으로 돌아간 카렌은 그의 옆구리를 손가락 하나로 쿡 질렀다.

"큭!"

아직 상처가 낫지 않은 옆구리에서 전해지는 지독한 통증에 크리스는 신음과 함께 자신도 모르게 옆구리를 움켜잡으며 그 자리에 주저앉았다. 그런 모습을 카렌은 그저 지켜보고만 있을 뿐이었다.

잠시의 시간이 지나고 크리스가 인상을 쓰며 일어섰다.

"선배님, 대련을 하는 것도 좋지만 우선 상처부터 치료하는 것이 좋을 것 같습니다."

"내가 부상을 입었다는 것을 어떻게 알았지?"

"왼손의 움직임에 비해 오른손의 움직임이 거의 없더군요. 눈썰미가 있는 사람이라면 누구든 금방 눈치챘을 겁니다. 어떻게 하시겠습니까?"

"무슨 말이냐?"

"지금과 같은 상태에서 훈련하는 것은 아무런 의미도 없습니다. 상처 때문에 오른팔의 움직임이 극도로 제한될 수밖에 없으니 훈련을 해봐야 상처는 계속 낫지 않을 겁니다. 차라리 이럴 때 부족해 보이는 하체 훈련을 해보는 것이 어떻겠습니까?"

"하체 훈련?"

"그렇습니다. 제가 보기엔 상체 훈련에만 집중한 탓에 상대적으로 하체가 빈약해 보이는군요. 이번에 상처를 치료하는 동안에 하체 훈련을 하는 것도 좋을 것 같군요.”

“하체 훈련을 어떻게 하는 것이 좋겠냐?”

“보폭을 최대한 벌린 채로 최대한 천천히 움직이는 것이 좋을 것 같습니다. 선배님이 가지고 있는 상체의 파괴력을 제대로 사용하려면 우선은 하체가 든든히 받쳐 주어야 한다는 것을 알아두셨으면 합니다.”

“하체 훈련이 부족하단 말이지.”

“그렇습니다. 발도 훌륭한 무기가 되지만 일단은 단련되지 않은 하체로는 아무것도 할 수 있는 것이 없다는 사실을 명심하십시오.”

카렌의 말을 듣고 보니 교관이나 친구가 자신에게 상체에 비해 하체가 부실하다는 이야기를 몇 번이나 한 것이 생각났다. 그때는 그냥 그렇겠거니 하며 지나갔었는데 몸놀림이 빠른 카렌을 상대하다 보니 훈련이 되지 않은 하체로는 그저 눈으로 좇아가는 것이 고작이라는 것을 깨달아 고개를 끄덕일 수밖에 없었다.

“그런데 발이 훌륭한 무기가 된다는 게 무슨 말이냐? 기껏해야 쓰러진 상대를 걸어찰 때를 제외하면 전혀 쓸모가 없는……. 헉!”

질문을 하다 말고 크리스는 입을 다물 수밖에 없었다. 어느새 카렌의 한쪽 발이 정확하게 턱 바로 1센티미터 앞에서 멈춘 것을 발견했기 때문이다.

“다리는 팔에 비해 사용하는 것이 쉽지는 않지만 최소 세 배에서 최대 다섯 배 이상의 파괴력을 낼 수 있는 훌륭한 무기입니다. 만약 제가 다리를 썼더라면 지금쯤 선배님은 양호실에 누워 있을 겁니다.”

천천히 다리를 거두면서 하는 카렌의 말에 크리스는 지금까지의 자신의 상식을 완전히 뜯어고쳐야만 했다. 그리고 콜트에게 복수할 수 있는 방법이 무엇인지 깨달을 수 있었다.

하체만 단련한다면 상체의 파괴력도 이끌어낼 수 있을 뿐 아니라 상대가 상상도 못했던 공격을 할 수도 있을 것이었다.

"조금 전 말한 대로 하체 훈련을 하면 되는 것이냐?"

"아닙니다, 선배님. 조금 전 말한 것은 그야말로 단순히 하체의 힘을 키우기 위한 기본적인 훈련이고, 따로 발을 사용하는 기술을 배우셔야 합니다."

"발을 사용하는 기술이 따로 있다고?"

"그렇습니다. 선배님의 이해를 돕기 위해 간단하게 시범을 보여 드리지요."

말을 마친 카렌은 조금 전 내려두었던 목검과 목도를 집어 들고는 눈 뭉치 두 개를 만들었다. 그리고는 목도와 목검 끝에 눈 뭉치를 꽂아 크리스에게 내밀었다.

"선배님께서 이 목검과 목도를 들고 계시면 제가 시범을 보여 드리겠습니다."

카렌의 말에 크리스는 목도는 카렌의 키보다 조금 높은 곳에, 또 목검은 팔을 한껏 뻗어 자신의 키보다 높은 곳으로 뻗었다.

"그대로 계십시오."

자신의 장난에도 아무런 동요를 보이지 않는 카렌의 태도에 크리스가 의아심을 가질 때 조금 떨어져 있던 카렌의 몸이 빠르게 다가왔다.

지면을 박찬 카렌은 뛰어오르면서 목도에 꽂힌 눈 뭉치를 걷어찼고, 공중에서 몸을 비틀어 머리가 아래로 향하는 순간 카렌의 발이 목검에 꽂힌 눈 뭉치를 산산조각 내버렸다. 그야말로 눈 깜빡할 사이에 일어난 일이었다.

가볍게 지면에 내려선 카렌은 멍한 얼굴로 서 있는 크리스를 쳐다봤다.

"어떻습니까? 이해하는 데 도움이 됐습니까?"

"응? 그, 그래."

"선배님께서 이와 같은 하체 훈련을 하신다면 콜트란 사람과 다시 싸운다고 하더라도 충분히 승리를 거두실 수 있을 겁니다."

"난 지금까지 달리기 말고는 아직까지 다른 하체 훈련을 해본 적이 없는데… 내일부터 같이 훈련을 해도 되겠냐?"

"그렇게 하세요. 빨리 달리기와 느리게 걷기, 이 두 가지를 병행해서 연습하고, 발차기 동작을 몇 가지 익힌다면 지금보다 훨씬 강해지실 수 있을 거예요."

"빨리 달리기와 느리게 걷기라고 했지. 알았어. 그럼 내일부터……."

"우선은 옆구리 치료가 먼접니다."

"알았다, 알았어. 하여튼 고맙다. 그럼 내일 보자."

고맙다는 말을 한 크리스는 미처 카렌이 대답할 사이도 없이 그때까지 자신을 기다리고 있던 피스렐에게로 달려갔다.

목검과 목도를 챙겨 든 카렌은 그 모습에 가볍게 한숨을 내쉬었다. 크리스 때문에 더 이상 연습하고 싶은 생각이 들지 않았다.

"에라, 모르겠다. 오늘은 이만 쉬자."

가볍게 몸을 푸는 것으로 훈련을 마친 카렌은 자신의 방으로 들어갔다.

잠깐의 수면을 즐긴 카렌.

마나의 본격적인 통제를 시작한 이후로 카렌은 하루에 그야말로 한 시간만 자더라도 충분히 육체의 피로를 풀 수 있었다.

자리에서 일어나 곤히 잠들어 있는 러쎌의 모습을 잠시 바라본 후 식당으로 가서 간단하게 요기를 하고는 다시 연병장으로 향했다.

눈이 오지 않은 탓인지 오늘은 제법 많은 학생들이 연병장에 나와 끼리끼리 놀거나 개인 훈련을 하고 있었다.

비교적 학생들이 덜 몰려 있는 곳을 찾은 카렌은 목검과 목도를 늘 어뜨리고는 크게 심호흡을 했다.

마나 홀에서 풀려난 마나가 혈도를 통해 전신으로 퍼져 나가다 양손으로 흘러들어 가는 것을 느낀 카렌은 천천히 목검과 목도를 휘두르기 시작했다.

카렌이 시작한 동작은 단순했지만 무척이나 쾌속했다.

물론 그것보다 훨씬 빠르게 목검이나 목도를 휘두를 수도 있지만 괜히 다른 학생들의 관심이나 호기심을 불러일으키기 싫어 조금 빠른 정도로만 목검과 목도를 휘두른 것이다.

얼마나 시간이 지났을까?

삼매경에 빠져 목검을 휘두르던 카렌의 감각에 뭔가의 움직임이 잡혔다. 하지만 육안에 보이는 것은 아무것도 없었다.

계속해 목검과 목도를 휘두르던 카렌은 감각을 더욱 끌어올렸다.

좌후방에서 뭔가가 다가왔는데 낮게 느껴지는 것으로 보아 아마 쌓여 있는 눈 속에서 뭔가가 다가오고 있는 모양이었다. 하지만 겉으로 드러난 흔적은 어디에도 보이지 않는 것을 보면 은신(隱身)하는 법을 확실히 알고 있는 존재 같았다.

상대가 누구일까를 생각하던 카렌은 상대에게서 전해지는 느낌이 언젠가 만난 적이 있는 사람의 느낌과 거의 흡사했다. 그게 누구인지를 카렌이 생각하고 있을 때였다.

파파파팍!

그때 뒤쪽에 쌓여 있던 눈들이 일제히 허공으로 치솟아오르면서 카렌 주위를 완전히 뒤덮었다. 그리고 폭포수처럼 쏟아지는 눈 사이로 밝은 회색의 옷을 걸친 존재 하나가 번개처럼 튀어나와서는 카렌을 공격해 왔다.

눈과 거의 구별이 가지 않는 밝은 회색의 옷을 걸친 것이나 흰색 칠이 되어 있는 목검, 그리고 눈 속에서 은신하고 있었던 것들을 종합해 보면 카렌을 기습하기 위해 꽤나 준비를 많이 한 것 같았다.

하지만 몰랐다면 모르지만 이미 알고도 당할 카렌이 아니었다.

공격이 시작되는 것을 감지한 카렌은 지체없이 달려나간 다음 그대로 지면을 박차고는 뒤쪽으로 몸을 날렸다. 동시에 들고 있던 목검으로 공격을 막은 다음 상대의 머리 부분을 향해 목도를 휘둘렀다.

딱!

"큭!"

카렌의 공격을 받은 상대는 그대로 지면에 쓰러져서는 머리를 움켜잡고 무척이나 고통스러워했다. 바닥에 쓰러진 이는 일전에 한 번 겨뤄본 적이 있던 발트너였다.

카렌은 쓰러져 있는 발트너를 바라보며 어디에서 은신하는 법을 배웠을까 궁금했다. 그러고 보니 그의 검술이 일반적인 검술과는 상당히 달랐다는 게 기억났다.

뭐라고 할까?

정상적인 대결을 위한 검술이 아니라 오로지 기습을 위한 검술이라고나 할까?

아마도 지옥마제가 보았다면 당장 살수의 검[殺手之劍]이라고 외쳤겠지만 경험이 부족한 카렌으로서는 그저 조금 이상하다고 느낄 뿐이었다.

목검과 목도를 회수한 카렌은 쓰러진 발트너 곁에 쭈그리고 앉아서는 가볍게 혀를 찼다.

“쯧쯧쯧. 발트너, 내가 전에 뭐라고 했지? 나를 만나게 되면 이마에 귀여운 혹을 만들어주겠다고 했지. 그런데 미안해서 어떻게 하나? 네 혹은 전혀 귀엽지 않거든. 내가 너무 크게 만들어줬나? 하여튼 많이 아프겠다, 쯧쯧쯧.”

카렌의 동정 어린 말에 발끈한 발트너가 발딱 일어서서는 카렌을 노려봤다. 하지만 전혀 무섭지 않았다. 그도 그럴 것이 이마에는 커다란 혹이 자리하고 있었고, 목검에 스친 것인지 아니면 바닥에 쓰러질 때 부딪친 것인지 발트너의 한쪽 코에서 코피가 흐르고 있었다.

그 모습에 카렌은 웃음을 참으려고 애를 썼지만 소용이 없었다. 결국 폭소가 터져 나왔다.

“푸하하하! 미, 미안. 그, 그렇지만……. 푸하하하!”

배를 잡고 웃는 카렌의 모습을 보고서도 발트너는 몸을 부르르 떨 뿐 카렌을 공격할 생각을 하지 못했다.

비록 카렌이 배를 잡고 웃고는 있었지만 그의 전신에서 풍기는 기운은 너무나 살벌해 당장이라도 발트너의 목을 노릴 듯했기 때문이다.

그 기세에 눌린 발트너는 손가락 하나 까딱할 수 없었다.

겨우 몸을 일으킨 카렌은 갑자기 무표정한 얼굴로 발트너를 쳐다보았다.

금방이라도 피를 부를 것 같았던 칼날 같은 예기는 사라졌지만 지금의 카렌이 발트너는 더욱 무섭게 느껴졌다.

"발트너, 또 나를 기습할 거냐?"

"무, 물론이다! 기, 기회가 이, 있다면 어, 언제라도……."

"다음엔 이렇게 어설픈 기습 따위는 하지 말아줬으면 고맙겠다. 내 훈련에 전혀 도움이 되지 않거든. 귀찮기만 한 기습은 내 쪽에서 사양 하겠다."

말을 마친 카렌은 그대로 몸을 돌려 기숙사로 향했지만 카렌이 멀어 지고도 한참 동안 발트너는 몸을 움직일 수 없었다. 잠시의 시간이 지 난 후.

"헉헉헉!"

급하게 몰아쉬던 발트너는 온몸의 힘이 쭉 빠진 듯 그 자리에 털썩 주저앉았다. 그리고는 이미 멀어져 버린 카렌의 등을 멍하니 바라봤 다.

"헉헉~ 저 자식, 뭐야? 어떻게 내가 공격할 것을 미리 알 수 있었 지? 그리고 어떻게 저런 기세를 가지고 있는 거냔 말이야? 빌어먹을, 길드의 교육을 모두 마친 내가 이렇게 형편없이 당하다니……. 으드 득, 그렇지만 방심하지 않는 것이 좋을 거다. 완벽한 기회를 잡아 네 녀석의 머리에 나보다 더 큰 혹을 반드시 만들어주마!"

발트너는 이까지 갈아가면서 결심했지만 그의 음성은 상당히 힘이 빠져 있었다.

연공실에서의 새벽 수련을 마치고 나온 카렌은 러쎌과 함께 크리스 가 찾아오기를 기다렸다. 각자 훈련에 열중하고 있을 때 크리스가 나 타났는데 혼자가 아니었다.

약간 마른 체구에 눈썹이 약간은 처져 전체적으로 푸근한 인상을 주는 청년은 일반적인 목검보다 약간은 더 긴 목검을 어깨에 걸친 채 의미를 알 수 없는 미소를 띠며 카렌을 바라보고 있었다. 그 청년을 본 러셀은 조금은 흥분한 모습을 보였다.

"안녕하십니까, 피스렐 선배님! 전 카렌의 친구인 러셀이라고 합니다. 이렇게 선배님을 만나게 되어 영광입니다."

"영광은 무슨……. 나도 이렇게 너희들을 만나서 반갑다."

피스렐의 말에 카렌은 피스렐이 나타난 이유를 묻는 듯한 눈길로 크리스를 쳐다보았다.

뒷머리를 긁적이며 어색한 표정을 짓던 크리스가 변명하듯 입을 열었다.

"혼자 오려고 했는데 피스렐이 굳이 따라오겠다고 해서……. 나도 어쩔 수 없었어."

"카렌이라고 했냐? 이 친구에게 뭐라고 하지 마라. 내가 따라오겠다고 떼를 썼어. 내가 한 번 떼를 쓰기 시작하면 당할 사람이 없거든."

마치 떼를 쓰는 것이 무슨 자랑이라도 되는 양 약간은 으스대며 입을 여는 피스렐의 태도에 카렌은 어이가 없었지만 그렇다고 불쾌한 생각은 들지 않았다. 피스렐이 미소를 지으면서 말한 탓도 있지만 장난스러운 그의 말투 때문이었다.

"피스렐 선배님은 무슨 일로 오셨습니까?"

"어제 네가 이 친구에게 뭔가 대단한 것을 시범 보였다면서? 어제 하루 종일 이 친구가 얼마나 자랑을 했는지 아냐? 정말 귀가 따가워서 못 살겠더라."

"야, 피스렐. 내가 언제 그렇게 자랑을 했다고 그래?"

얼굴이 빨갛게 변한 크리스의 말에도 피스렐은 아랑곳하지 않았다.

"쯧쯧쯧, 덩치가 산만한 놈이 소심하기는……. 어제 네가 자랑하는 걸 모르는 사람이 들었다면 카렌이 네 애인인 줄 알았을 거다. 뭔 놈의 자랑을 그렇게 하는지."

짓궂은 미소를 지은 채 놀리듯 하는 피스렐의 말에 크리스의 얼굴은 더욱 붉어졌다.

"선배님, 무슨 일로 오셨느냐고……."

"별일 아니다. 네가 엄청난 검술을 가지고 있다고 해서 한번 겨뤄볼까 해서 왔다."

"제가 엄청난 검술을 가지고 있다니요?"

"크리스 말로는 뭐라더라……. 맞다, 무지개 검법이라고 하더라."

"무지개 검법이라고요?"

카렌이 눈을 동그랗게 뜬 채 쳐다보았지만 피스렐은 꿈쩍도 하지 않았다.

"눈송이를 그 목검으로 쳐서 무지개를 만들었다며? 그 이야기를 듣고 참을 수가 있어야지. 그래서 너랑 겨뤄보려고 이렇게 왔다. 한번 겨뤄보자."

"저는 누구랑 겨룰 만한 실력이……."

"그러지 말고 겨뤄보자."

"다시 말씀드리지만……."

"겨뤄~보자~ 응?"

마치 애인에게 애교를 부리듯 콧소리를 내면서 매달리는 모습에 카렌은 자신도 모르게 움찔하며 뒤로 물러섰다. 하지만 피스렐은 계속 카렌을 쫓아다니며 대결을 종용했다.

피스렐의 무시무시한 애교(?)에 결국 카렌은 고개를 끄덕이고 말았다.

그 모습을 지켜보던 크리스는 슬쩍 곁눈질로 러셀의 모습을 살폈다.

정확한 나이는 모르겠지만 자신보다 더 큰 체격에, 잘 발달된 근육이 전신을 덮고 있는 것을 두터운 동계 훈련복을 입었지만 분명하게 알 수 있었다.

러셀의 모습에 호승심이 자극되는지 크리스는 입맛을 다셨다.

"러셀이라고 했냐?"

"그렇습니다, 크리스 선배님."

"심심한데 우리도 한번 겨뤄볼까?"

"예? 저와 말입니까?"

"그럼 여기 너 말고 누가 있냐? 살살 해줄 테니까 한번 겨뤄보자."

'아직 힘 조절이 잘 안 되는데……. 어떻게 하지?

"참! 선배님은 아직 부상이 낫지 않았잖아요?"

"옆구리 말이냐? 어제 카렌 녀석이 상처부터 치료하라고 해서 양호실에서 치료를 받았다. 크게 무리만 하지 않으면 재발할 일도 없고, 잠깐 겨루는 정도는 아무 무리도 안 된다."

"알았습니다. 그럼 잠깐만 겨뤄보죠."

크리스는 미리 준비해 온 가죽 글러브를 꺼내 러셀에게 내밀었다.

양털이 가득 든 글러브를 신기하듯 쳐다보던 러셀은 크리스의 도움을 받아 글러브를 착용했다.

3미터쯤 떨어진 곳에 서서 몸을 비스듬히 하고는 왼쪽 주먹을 앞으로 내밀며 선 크리스는 러셀을 노려보고 섰고, 러셀도 패황권의 기수식 자세를 취했다.

왠지 무게감이 느껴지는 러쎌의 자세에 크리스는 선뜻 공격을 할 수 없었다.

뭔가 모를 불길함이 느껴졌기 때문인데 그것이 정확히 무엇인지는 알 수 없었다.

크리스가 좀처럼 공격할 생각을 하지 않자 러쎌이 먼저 공격해 들어갔다.

지면을 박차며 앞으로 나선 러쎌은 진각을 밟으며 그대로 주먹을 내뻗었다.

지금까지 겨뤘던 상대들과는 다른 러쎌의 공격 형태에 크리스는 깜짝 놀라면서도 재빨리 옆으로 몸을 피했다. 하지만 러쎌의 공격은 끝난 것이 아니었다.

미끄러지듯이 이동한 러쎌은 연속적으로 주먹과 팔꿈치를 날렸다.

서로 간의 거리가 너무도 가까운 탓에 방어를 할 수도 없었다.

크리스는 어쩔 수 없이 뒤로 물러섰지만 크리스의 품 안으로 파고든 러쎌의 공격은 집요하다고 할 정도로 계속되었다.

상체를 이리저리 흔들어 공격을 피하던 크리스는 갑자기 발차기를 시도했다. 하지만 그런 어설픈 크리스의 공격까지 예상했는지 지체없이 몸을 숙인 러쎌은 크리스의 종아리를 그대로 걷어찼다.

픽! 쿵!

둔탁한 타격음과 함께 크리스의 몸은 공중으로 그대로 떠올랐다가 지면으로 떨어졌다.

몸 전체에 전해지는 충격에 크리스는 자신도 모르게 눈을 감았고, 그가 눈을 떴을 때는 러쎌의 가죽 글러브가 눈앞에 멈춰 있었다.

서로의 눈길이 마주쳤을 때 러쎌이 가죽 글러브를 쫘악 펴며 손을 내밀었다.

"일어나세요, 선배님."

러쎌의 손을 잡고 일어난 크리스는 제법 육중한 자신을 단숨에 일으켜 세운 러쎌의 팔 힘에 놀라지 않을 수 없었다. 그러나 러쎌의 놀라운 팔 힘보다는 조금 전의 팔꿈치 공격이 더 궁금했다. 결국 궁금함을 참지 못하고 질문을 했다.

"대체 그 팔꿈치로 공격하는 것은 어디서 배웠냐?"

"누군지 알려 드릴 수는 없지만 가르침을 준 분이 계십니다. 인간의 신체 가운데 따로 훈련을 하지 않아도 강한 부분이 있는데, 그곳이 팔꿈치와 무릎이라고 하셨습니다. 방금 전의 공격은 팔꿈치와 주먹을 번갈아가면서 공격하는 방법인데, 두 가지 중 어느 것에 걸리더라도 상대는 큰 타격을 받을 수밖에 없다고 하셨습니다."

러쎌의 말을 들으면서 크리스는 조금 전 러쎌에게 살살 하겠다고 말한 것이 얼마나 건방진 소리였는지 얼굴이 다 화끈거릴 정도였다.

"계속할까요? 아니면 그만 할까요?"

"여기서 그만둘 수는 없지. 계속하자."

두 사람이 다시 대치 상태에 들어갔을 때 근처에 있던 카렌과 피스렐은 여전히 서로를 쳐다보기만 할 뿐 조금도 움직일 생각을 하지 않고 있었다.

카렌은 목검과 목도를 늘어뜨린 채 지면을 향하고 있었는데 피스렐이 보기에도 지극히 자연스러운 자세였다. 그런 반면 피스렐은 목검을 옆구리 쪽에 세운 채 마치 동상처럼 꼼짝도 하지 않았다. 두 사람 가운데 어느 누구도 먼저 공격할 의사가 없어 보였다. 그 모습을 이미 대결을 마친 크리스가 러쎌과 함께 보고 있다가 놀람을 감추지 못했다.

"뭐야? 이 녀석 알고 보니 완전히 괴물 아니야?"

"괜찮으십니까, 선배님?"

"괜찮아. 팔이 조금 저리기는 하지만 좀 지나면 나을 거다. 그런데 너 몇 살이냐?"

"열여섯 살인데요?"

"뭐? 열여섯? 그럼 저 꼬마는?"

"카렌은 열다섯 살이에요."

"열다섯? 흐흐흐, 푸하하하!"

기가 막히다는 듯 웃음을 흘리던 크리스는 곧 큰 소리로 웃음을 터뜨리다 나중에는 자신의 배를 움켜잡고 바닥을 뒹굴었다. 뭐가 그렇게 우스운지 크리스는 한동안 웃음을 그치지 못했다.

한참을 웃고 난 크리스는 러셀의 부축을 받으며 일어났다. 그런 크리스의 얼굴에는 눈물이 흐른 흔적까지 있었다.

"크리스 선배님, 뭐가 그렇게 우스운 겁니까?"

"내가 말이야, 지금까지 살아오면서 내가 상대하지 못할 사람은 하나도 없다고 생각했었거든. 그런데 말이야, 여기 아카데미에 오고 보니까 잘난 놈이 너무나 많더라고. 지금은 친구가 된 저 피스렐만 하더라도 학기가 시작될 때는 꽤나 자주 싸웠거든. 자주 싸우다 보니까 격투기는 내가, 검술은 피스렐이 뛰어나더라고. 그래서 세상에는 나만큼 잘난 놈도 있구나 하고 생각했었는데 얼마 전 콜트란 놈한테 졌을 때 세상엔 나보다 강한 녀석이 있다는 사실에 어떻게 생각하면 기쁜 마음까지 들더라. 왜냐하면 그 녀석을 라이벌로 생각하고 목표로 삼으면 되니까 말이야. 그런데 말이야, 이제 겨우 열다섯, 열여섯 먹은 녀석들한테도 이렇게 속수무책으로 당하고 나니까 내가 얼마나 한심한 놈인지 이제는 잘 알겠더라고. 그 생각을 하니까 갑자기 웃음이 터지는데 도저히 참을 수 없더란 말이야."

크리스의 말에 러쎌은 아무 말도 할 수 없었다.

자신이 생각해 봐도 얼마 전 패배를 해서 상심하고 있던 차에 자기보다 어린 소년에게 또다시 패배를 당한다면 무척이나 스스로에게 실망을 하게 될 것 같았다.

뭐라고 위로의 말을 건네고 싶었다.

"크리스 선배님, 사실 저도 카렌에게 격투기를 배웠습니다. 카렌의 격투기 실력은 저 같은 것은 상대도 되지 않을 정도로 엄청납니다. 특히 카렌이 발을 쓸 때의 모습은 정말 환상이라고 할 정도로 빠르고, 강하고, 또 아름다웠습니다."

"뭐? 저 꼬마한테 격투기를 배웠다고? 이거 참, 가면 갈수록 기가 막히네. 그러니까 내가 저 꼬마한테 격투기를 배운 녀석에게 형편없이 졌단 말이지."

"꼭 그런 것만은 아니에요. 우선 선배님의 몸 상태가 정상이 아니기 때문에 당연히 제가 유리했고, 둘째, 저는 선배님이 싸우는 모습을 봤지만 선배님은 제가 어떤 무술을 익혔는지 전혀 모르지 않습니까? 그러니 역시 제가 유리할 수밖에 없습니다."

"자식, 겸손하기는……. 이유야 어찌 되었든 진 건 진 거다. 대신 앞으로 너희가 훈련할 때 나도 꼭 불러줘야 한다?"

"저도 아직은 배우는 형편이라 반드시 그렇게 하겠다고 약속은 드릴 수 없어요. 대신 선배님께서 카렌에게 부탁을 해보세요."

"저 꼬마에게?"

"카렌 앞에서는 절대로 꼬마라고 부르지 마세요. 카렌은 그 말을 제일 싫어하거든요. 그리고 저도 친구를 무시하는 사람과는 함께 훈련하기 싫어요."

단호한 러쎌의 말에 크리스는 가늘게 눈을 뜨고는 러쎌을 쳐다봤다.

"꼬마란 말을 싫어한다? 알았다. 그런데 꼬… 아니, 카렌은 무슨 훈련을 어떻게 했기에 저렇게 어리고 작은데도 그렇게 강한 거지? 피스렐을 알고 지낸 후 저렇게 공격을 망설이는 모습은 처음 보거든. 저걸 보면 카렌의 실력이 최소 피스렐과 비슷한 경지거나 더 위라는 말인데……. 정말 이해가 되지 않을 정도야."

"카렌의 아버지는 소드 마스터세요. 그래서 카렌은 어렸을 때부터 체계적으로 훈련을 했대요. 물론 지금도 보는 사람이 질릴 정도로 훈련을 하고 있지만요."

"아버지가 소드 마스터라고? 그렇다면 어리지만 저렇게 강한 것이 이해되는군. 그런데도 불구하고 지금도 질릴 정도로 훈련을 한단 말이지……."

러쎌의 설명에 크리스는 그제야 이해가 가는지 고개를 끄덕였다.

한편 카렌과 피스렐은 여전히 대치 상태에서 꼼짝도 하지 않고 있었다.

"졌다, 졌어. 도저히 못 당하겠군."

치커들었던 목검을 내려놓으며 피스렐은 고개를 내저었다.

"아닙니다, 저 역시 선배님의 빈틈을 찾지 못해 공격하지 못했습니다."

"건방진 녀석 같으니라고. 선배가 승부에 승복했으면 그런 줄 알 것이지 건방지게 말대꾸를 하다니."

"그게 아니라……."

“됐다. 됐으니까 그만 하고. 꼬마야, 방학 기간 동안에 함께 훈련하는 것이 어떠냐?”

피스렐의 말에 카렌의 눈썹이 꿈틀거렸다.

“피스렐, 그 후배의 이름은 카렌이다. 강자에 대한 예의를 차려라.”

크리스의 말에 찔끔한 피스렐은 잠시 친구의 얼굴을 잠시 바라보다가 그의 뜻을 짐작했는지 곧 말을 정정했다.

“실례했군, 카렌. 실수를 용서하기 바란다.”

“괜찮습니다.”

“실수는 실수고, 내 질문에 대한 답은?”

대답을 종용하듯 은근히 압박을 가하는 피스렐의 태도에 잠시 망설이던 카렌이 곧 대답했다.

“낮 훈련 때뿐이라면 저는 상관없습니다.”

'낮 훈련 때? 그게 무슨 소리지?'

'낮 훈련이라면 그럼 정말 밤에도 훈련한다 말이야? 이거 혹시 훈련에 미친 녀석 아니야?'

한 사람은 의아한 눈으로, 또 한 사람은 마치 정신병자를 보는 듯한 눈길로 쳐다보았다. 어느 사람의 눈길이든 마음에 들지 않았지만 특히 믿을 수 없다는 듯한 크리스의 눈길은 정말 마음에 들지 않았다.

어차피 각자 알아서 훈련할 수밖에 없는데 그게 서로에게 무슨 도움이 될 것인지 의문이었다.

“그럼 저희는 이만 돌아가 쉬겠습니다.”

“그래, 그래라.”

두 사람의 배웅을 받으며 카렌과 러쎌은 자신들의 기숙사로 향했고, 그런 두 소년의 뒷모습을 보며 피스렐은 기가 막히다는 표정을 지었다.

"세상에, 저렇게 강한 꼬마가 있을 줄은 상상도 못했어. 이건 아예 빈틈을 찾아 공격해 볼 엄두도 내지 못했거든. 오늘처럼 이렇게 무력하게 포기한 적은 처음이야."

"쟤 아버지가 소드 마스터래. 그리고 어렸을 적부터 훈련을 시작했는데 요즘도 밤낮으로 보는 사람이 질릴 정도로 훈련을 하고 있다는데?"

"그럼 아까 낮 훈련 운운했던 것이 정말 밤에도 훈련을 한단 말이야? 그럼 대체 잠은 언제 잔다는 거야? 그리고 식사는? 휴식은?"

"낸들 아냐. 하여튼 정말 대단한 실력을 가진 녀석이야. 그런데 넌 뭘 할 거냐?"

"지금?"

"그래, 난 훈련을 할 생각인데 같이 할래?"

"훈련? 젠장, 이렇게 좋은 날 훈련이나 하고 있어야 한다니……. 정말 따분한 인생이군."

"이봐, 친구야."

갑자기 크리스가 목소리를 깔자 피스렐은 얼떨떨한 표정으로 친구의 얼굴을 쳐다보았다.

"왜, 왜 그래?"

"난 말이야, 정말 창피해서 얼굴을 들지 못하겠다."

"뭐라고?"

"콜트란 녀석한테 당한 것만 해도 밤이 잠이 오지 않을 정도로 분통이 터질 일인데 이젠 열다섯, 열여섯 살짜리들한테까지 얻어터져야 하니 어떻게 창피하지 않을 수 있겠냐? 따분이고 뭐고 간에 난 훈련이나 할란다. 훈련에 미친 녀석처럼 밤낮으로 할 자신은 없지만 그래도 할 수 있을 만큼은 노력해 봐야겠다. 후배한테까지 얻어터지고 어떻게 얼굴을 들고 다니냐. 그건 내 자존심이 용납을 못하겠다.”

“휴우~ 그러면 그렇지, 내 복에 방학은 무슨 방학이냐? 그래, 훈련이나 하자. 어디서 저런 괴물 같은 녀석이 나타나서는⋯⋯.”

“자식, 저 괴물 같은 녀석을 내게 알려준 사람이 너라는 걸 벌써 잊었냐?”

“에구구, 내가 미쳤지, 미쳤어. 내 무덤을 내가 왜 팠냐?”

“그만 투덜대고 어서 가자.”

“알았다. 간다, 가.”

도살장으로 끌려가는 소처럼 힘이 쭉 빠진 모습으로 터덜터덜 발걸음을 옮기는 피스렐의 모습을 쳐다보던 크리스가 곧 그의 뒤를 따라갔다.

휘이잉~

날카로운 한줄기 바람이 텅 빈 연병장을 거세게 휩쓸고 지나가며 바닥에 쌓였던 눈들을 하늘 높이 뿌렸다.

연병장 중앙에 생긴 회오리바람 탓에 그 주위로는 단 한 사람도 찾아볼 수 없었다.

한데 그런 눈 쏟아지는 연병장을 바라보는 눈길이 있었다.

그것도 하나가 아니라 둘이었다.

무심하기 이를 데 없는 눈길 하나와 증오와 복잡미묘한 감정의 편린이 뒤섞인 눈길 하나.

그들에게 연병장 중앙에서 맹위를 떨치고 있는 눈보라와 회오리바람 따위는 상대를 확인하는 데 아무런 불편도 주지 못했다.

얼마나 시간이 지났을까?

한 사람의 입에서 억눌린 듯한 무거운 음성이 흘러나왔다.

"카르메이안."

〈3권에 계속〉

FANTASY
FRONTIER
SPIRIT

청 어 람 판 타 지 장 편 소 설

마신의 불길보다 더 사나운 환염의 붉은 불꽃!

홍염의 성좌 / 아울 지음

THE CONSTELLATION OF BLAZE
『홍염의 성좌』

98년 『검은 숲의 은자』, 02년 『폭풍의 탑』, 04년 『겨울 성의 열쇠』
고품격 판타지 작품 세계만을 선보여온 작가 민소영! 그녀의 최신작!!

신세대적인 기발함과 경쾌한 문체,
풍부한 상상력이 빚어낸 판타지계의 명품 중 명품!
짙고 그윽한 그녀만의 농밀함이 빚어낸 장대한 스펙터클 드라마!

2005년 여름,
진한 감동과 짜릿한 전율이 시원하게 회오리친다!